KB262345

고검추산

허담 新무협 판타지 소설

FANTASTIC ORIENTAL HEROES

고검추산 12

허담 新무협 판타지 소설

초판 1쇄 찍은 날 § 2008년 9월 10일
초판 1쇄 펴낸 날 § 2008년 9월 18일

지은이 § 허담
펴낸이 § 서경석

편집장 § 문혜영
편집책임 § 이재권
편집 § 정서진 · 유경화 · 최하나

펴낸곳 § 도서출판 청어람
등록번호 § 제1081-1-89호
등록일자 § 1999. 5. 31
어람번호 § 제2-1575호

주소 § 경기도 부천시 원미구 심곡동 163-2 서경B/D 3F (우) 420-010
전화 § 032-656-4452 팩스 § 032-656-4453
http://www.chungeoram.com
E-mail § eoram99@chollian.net

ⓒ 허담, 2007

ISBN 978-89-251-1468-2 04810
ISBN 978-89-251-0913-8 (세트)

협객전기
강호천하 下
[완결]
12
허담 新무협 판타지 소설
FANTASTIC ORIENTAL HEROES

目次

第一章

수상혈전(水上血戰)

쿠우우웅!

지진이라노 일어난 듯 장대한 굉음이 수면 아래에서 일어났다. 동시에 잔잔하던 호수의 물이 크게 원을 그리며 다섯 개의 소용돌이를 만들기 시작했다. 그 거대한 소용돌이의 중심이 수면 아래쪽으로 깔때기 모양의 공간을 만든다 싶은 순간, 갑자기 강력한 물줄기 다섯 개가 허공으로 솟구쳤다.

콰아아아!

동시에 다섯 마리의 수룡이 허공으로 솟구치는 물줄기를 따라 수면을 박차 올랐다.

"굉장하군!"

호수 아래에서 솟구친 다섯 마리의 용 중 한 마리를 마주하고 선 대웅산의 입에서 호쾌한 외침이 터져 나왔다. 호수에서 튀어나온 용 모양의 괴물은 일반인이 보았다면 오금이 저릴 정도로 무시무시한 형상이었지만 이미 그 정체를 알고 있는 대웅산에게는 오랜만에 마주친 제대로 한판 싸워볼 만한 흥미 있는 적수일 뿐이었다.

파팟!

단번에 사람들의 시선을 사로잡은 수룡의 몸에서 갑자기 무엇인가 튕겨져 나오는 소리가 들려왔다. 동시에 길이가 거의 십여 장에 육박하는 용의 신체가 갈가리 찢겨지며 사방으로 흩어지기 시작했다.

"쳐라!"

흩어지는 용의 조각들 사이에서 누군가의 서늘한 목소리가 들려왔다. 그러자 수십 개로 분리된 용의 몸 조각 하나하나가 한 명씩의 인간의 모습으로 변하더니 검은 복색을 한 인영들이 다섯 척 동궁 척후선을 향해 날아들기 시작했다.

"조심햇!"

다섯 척의 척후선 이곳저곳에서 급한 고함 소리가 들려왔다. 기습을 가한 적들이 얼마나 고강한 무공을 지닌 인물들인지는 알 수 없었다. 하지만 기습을 가한 그 방법이 괴이하기 이를 데 없어 막 배를 돌려 후퇴하려다 기습을 당한 동궁의 고수들은 자신도 모르는 사이 이 기괴한 적들에게 당황하고 있었다.

"침착하라! 대형을 유지하고 적을 맞으라!"

지휘선에서 호광의 굵은 목소리가 호수 위로 퍼져 나갔다. 그러자 배 위에 타고 있던 동궁의 고수들이 일제히 적들이 날아드는 방향으로 움직였다.

그런데 동궁의 고수들이 날아드는 적들을 막기 위해 배의 난간 쪽으로 이동하는 순간, 갑자기 수십 명의 적이 일제히 기이한 형태의 병기를 던져 냈다.

차르릉!

수룡맹 고수들이 던져 낸 병기는 낫과 같은 모양을 가졌는데 병기 전체가 날카로운 날로 이루어져 있어 닿기만 해도 손발이 잘려 나갈 듯 흉험하기 이를 데 없었다. 더군다나 날렵한 모양의 병기는 일단 그 주인들의 손을 떠나자 기이한 음향과 함께 무서운 속도를 내며 동궁의 고수들을 향해 날아드는 것이었다.

"요놈늘 봐라? 하는 짓이 음흉하구나!"

다른 네 척의 배와 마찬가지로 고검과 추산이 타고 있는 배를 향해서도 수룡맹 고수들이 던져 낸 기병 수십 개가 날아들었다. 기병을 날려 보낸 적들을 향해 호통을 친 인물은 가장 앞에서 적을 맞고 있는 대웅산이었다. 대웅산이 적을 향해 일갈을 터뜨리는 동시에 들고 있던 장창을 무서운 속도로 휘두르기 시작했다.

차차창!

순간 거대한 원을 그리며 회전하는 대웅산의 장창에 막혀 대여섯 개의 괴병기가 이리저리 튕겨져 나갔다.

"웃! 보통이 아니구나."

순간 대웅산의 입에서 한마디 감탄사가 흘러나오며 배의 난간에 올라섰던 그의 신형이 허공으로 떠오르더니 이내 배 안쪽으로 밀려나듯 날아내렸다.

공력으로는 누구에게도 뒤지지 않는다는 자부심을 가진 대웅산이 뒤로 물러날 정도라면 기병(奇兵)을 날려 보낸 적들의 무공 수위를 능히 짐작할 수 있다. 그런 적의 실력을 증명하기라도 하듯 동궁 척후 선단 이곳저곳에서 거친 비명 소리가 터져 나왔다.

"큭!"

"악!"

소리만으로도 적지 않은 숫자의 동궁 고수들이 수룡맹 고수들이 던져 낸 기병에 상한 것이 분명했다.

"당황치 마라! 놈들은 얼마 되지 않는다!"

다시금 호광의 목소리가 호수 위로 퍼져 나갔다. 호광의 말대로 물속을 이동해 동궁의 척후선들을 공격한 수룡맹 고수들의 숫자는 그리 많은 편이 아니었다. 수룡맹 고수들이 수중 괴물 한 마리를 만들기 위해서는 고수 십여 인이 필요했으므로 동궁의 척후 선단을 공격한 수룡맹 고수는 도합 오십 명에 불과했다.

그러니 동궁의 척후 선박 한 척이 열 명씩의 적만 상대하면 되는 일이었다. 지금 동궁의 각 척후선에는 적어도 이십 인 이상의 고수가 승선해 있었으므로 숫자로 본다면 절대 상대의 공격에 밀릴 이유가 없는 전력이었다.

괴상한 적들의 등장과 공격으로 잠시 당황하며 각 배마다 몇 명씩의 손실을 입은 동궁의 고수들은 호광의 경고에 급격하게 안정을 되찾아갔다. 그 아무리 흉험한 도산검림의 전쟁터에 떨어뜨려 놓아도 능히 한 사람 이상의 몫을 해낼 수 있는 고수들로 구성된 것이 동궁 척후 선단의 고수들이었다.

일단 안정을 찾기 시작하자 동궁의 고수들이 상대에 대한 전의를 불태우며 날아드는 적을 향해 일제히 반격을 가하기 시작했다. 당연히 고검과 추산 등 무불장 고수들이 타고 있는 배에서도 적을 향한 반격이 시작되고 있었다.

"이놈들, 어디 다시 한 번 붙어보자."

적의 기병과 충돌하며 배 안쪽으로 밀려났던 대웅산이 호랑이 같은 안광을 번뜩이며 다시금 허공으로 솟구쳤다. 동시에 그의 창이 날아드는 수룡맹 고수 한 명의 가슴을 향해 번개처럼 뻗어나갔다.

파아앙!

대웅산의 창날이 일으키는 파공음이 맹렬하게 터져 나왔다. 동시에 그의 창끝이 갑자기 한 자 이상 늘어나며 앞으로 쑥 밀려 나갔다. 검신에서 검기가 만들어지듯 대웅산의 막강한 공력이 창끝에서 유형화된 기파를 만들어냈던 것이다.

순간 대웅산의 공격을 받은 수룡맹 고수의 눈에 언뜻 당황의 빛이 스치고 지나갔다. 그러나 당황도 잠시, 수룡맹 고수가 들고 있던 도를 맹렬하게 휘둘러 자신의 심장을 향해 파고드는 대웅산의 창을 막아갔다. 그렇게 두 사람이 만들어내는 흉험한 기파가 허공에서 강렬한 충돌을 일으키려는 찰나,

"홍!"

갑자기 대웅산이 콧소리를 흘려내더니 일직선으로 뻗어냈던 장창을 빙글 회전시켰다. 순간 적의 검과 격돌할 것 같던 대웅산의 창이 슬쩍 적의 도를 비켜나더니 번개처럼 그가 처음 노렸던 적의 오른쪽 가슴이 아닌 왼쪽 가슴을 찔러대는 것이었다.

"웃!"

너무도 현묘하고 갑작스런 창술의 변화에 수룡맹 고수의 눈빛이 흔들리며 입으로 다급성을 토해냈다. 그러면서도 황급하게 그 또한 대웅산의 창끝을 따라 초식을 변경했다.

그러나 본시 아무리 무공의 강한 고수라 하더라도 일단 펼쳐 낸 초식을 중간에 변화시키는 것은 그리 쉬운 일이 아니었다. 당연히 대웅산의 변식에 대한 수룡맹 고수의 대응은 한발 늦고 말았다. 그리고 그 결과는 명백했다.

"늦었어!"

대웅산의 입에서 한마디 냉랭한 경고성이 터져 나오는 순간 그의 창날이 거침없이 적의 왼쪽 가슴을 꿰뚫고 지나갔다.

"끄르륵!"

가슴을 꿰뚫린 수룡맹 고수의 입에서 가래 끓는 소리가 흘러나오며 그의 눈에서 급격하게 생기가 사라졌다.

"놈!"

동료 중 최초의 희생자가 발생하자 수룡맹의 고수 두 명이 양쪽에서 노성을 터뜨리며 대웅산을 향해 날아들었다. 대웅산은 미처 적에게 꽂혀 있는 자신의 창을 회수하지 못한 상태라 적의 기습에 대응할 수단이 마땅치 않았다. 당연히 대웅산은 고스란히 적의 공세 아래 맨몸을 노출한 형상이 되고 말았다. 굳이 대응하자면 죽은 적의 가슴에 꽂혀 있는 창을 포기하고 적수공권으로 기습을 가하는 두 명의 적을 상대하는 것. 하지만 대웅산은 고집스레 자신의 창을 포기하지 않았다.

쐐애액!

대웅산을 공격하는 두 수룡맹 고수의 도(刀)에서 날카로운 파공음이 만들어졌다. 이들은 수룡맹이 동궁을 향해 빼 든 첫 번째 칼로 선택된 자들이다. 비록 신묘한 대웅산의 창술에 어이없이 한 명의 동료가 죽임을 당했지만 이들이 지니고 있는 무공은 결코 무시할 수준이 아니었다.

그런 고수들을 상대로 여전히 시체에 꽂혀 있는 창을 포기하지 않는 대웅산, 그리고 그런 대웅산을 향해 떨어져 내리는 강력한 두 개의 도기. 그러나 대웅산이 절체절명의 위기 속에서도 여유를 부리는 데에는 그만한 이유가 있었다.

적의 시체가 꽂힌 창을 들고 우뚝 서 있는 대웅산을 향해 날아든 두 개의 도기가 대웅산의 반 장 안으로 접근해 들었을 때 갑자기 두 도기를 향해 대웅산의 양쪽 뒤편에서 두 개의 빛줄기가 무서운 속도로 뻗어나갔다.

콰쾅!

순간, 천지를 진동시키는 충돌음이 일어나며 대웅산의 면전에 떨어져 내리던 두 개의 도기가 접근할 때보다 몇 배나 빠른 속도로 대웅산에게서 멀어졌다.

"음!"

동시에 두 도기의 주인들 입에서 나직한 신음성이 흘러나왔다. 순식간에 대웅산에게서 멀어진 두 수룡맹 고수가 재빨리 자신들의 도기를 밀어낸 빛의 주인들을 찾아 시선을 돌렸다. 그리고 다음 순간 그들은 자신들이 일생일대의 위기에 빠졌다는 것을 깨달았다.

파아앙!

허공에 정지하듯 멈춰 선 두 수룡맹 고수를 향해 날아오는 두 개의 검기. 그 검기를 뻗어내는 검은 쌍둥이처럼 닮아 있었다. 짙은 묵빛으로 번들거리는 두 개의 검은 그러나 각기 다른 형태의 검기를 뻗어내고 있었다.

하나는 산이라도 밀어낼 듯 육중한 무게감을 담은 형태로, 또 다른 하나는 물 찬 제비가 날아오르듯 경쾌하면서도 서늘한 기운을 담은 형태로, 그렇게 두 개의 묵검은 상이한 검기를 두 수룡맹 고수를 향해 뻗어내고 있었다. 그러나 서로 다른 형태의 검기였지만 두 개의 검기가 모두 상대에게 치명적인 위험을 가하는 검기임은 분명했다.

"놈들!"

한순간에 공격자에서 수비자로 변한 수룡맹의 두 고수가 자신들을 압박하는 두 검기의 주인을 향해 노성을 터뜨리며 마치 쌍둥이처럼 자신들의 도를 휘둘러 댔다.

그러나 만약 수룡맹의 두 고수가 이 두 검기의 주인들이 누구인지 알았다면 무모하게 반격에 나서는 대신 몸을 피했을 것이다. 왜냐하면 지금 두 사람을 향해 같은 모양의 묵검을 뻗어내며 날아오르고 있는 두 사람은 바로 고검과 추산 두 사형제였기 때문이다.

슈우욱!

검기의 속도는 추산이 고검보다 빨랐다. 추산의 유성검은 빛보다도 빠른 속도로 움직이더니 미처 수룡맹 고수가 휘두른 도가 자신의 앞을 막기도 전에 수룡맹 고수의 옆구리를 베고 지나갔다.

"큭!"

옆구리에 일검을 허용한 수룡맹 고수의 입에서 신음성이 흘러니왔다. 동시에 그의 몸이 속절없이 전선 밖으로 튕겨져 나가더니 덧없이 홍택호의 푸른 수면으로 떨어져 내렸다.

그러는 와중에 이번에는 고검이 뻗어낸 검기가 다른 한 명의 수룡맹 고수에게 도달해 있었다. 그러나 고검의 검기는 추산의 검기와 달리 속도보다는 진중함을 앞세운 검기였기에 수룡맹 고수 또한 너끈히 고검의 검기에 대응할 시간을 가질 수 있었다. 그러나 비록 대응할 기회를 가진 수룡맹 고수였지만 그 결과는 자신의 동료에 비해 나을 것이 없었다. 아니, 어쩌면 오히려 홍택호로 떨어져 내린 자신의 동료보다도 더 안 좋은 결과를 감수했다고 해도 틀리지 않았다.

쿠웅!

고검의 마검이 강력한 용음을 토해냈다. 마총에서 검신과 손잡이가 분리되었던 고검의 마검은 이미 동궁의 전력이 모여 있는 묘산에서 본래의 모습을 되찾은 후였다.

축기를 통해 공력을 얻은 고강한 무림인이라 하더라도 싸움에 임해선 병장기를 소홀히 할 수 없는 일. 수룡맹이라는 대적과 마주한 동궁 묘산 숙영지에는 솜씨 좋은 대장장이들이 동원되어 동궁 고수들의 병장기를 살펴주고 있었기에 마검은 그리 어렵지 않게 본래의 모습을 찾을 수 있었다.

본래의 모습으로 돌아온 마검은 본신을 회복한 것을 기뻐하기라도 하듯 힘차게 고검의 공력을 싣고 검기를 만들어냈다. 고검 특유의 중검(重劍)이 펼쳐지자 마검 주변의 공기가 사방으로 찢어지고 거대한 바람이 일어나 배 옆 수면의 물결을 일렁이게 만들었다.

그리고 그런 고검을 상대하기 위해 도를 휘두른 수룡맹의 고수는 온전히 혼자의 힘으로 천하팔대고수의 경지에 육박하는 고검의 검을 막아내야 하는 운명에 처했다.

콰직!

마검을 막아가던 수룡맹 고수의 도가 마검의 검기에 닿는 순간 여지없이 부서져 버렸다. 동시에 그의 가슴이 완벽하게 마검의 검끝에 노출됐다.

"흡!"

단번에 자신의 도를 부숴 버리고 진입하는 마검의 기세에 놀란 수룡맹 고수가 다급성을 흘려냈다. 하지만 그것은 그가 이 세상에서 마지막으로 흘려낸 목소리였다.

콰쾅!

벽력 치는 소리와 함께 마검이 수룡맹 고수의 가슴을 강타했다. 이상한 것은 검을 가슴에 허용한 수룡맹 고수가 가슴이 아닌 입으로 피를 토해냈다는 사실이다.

고검의 검이 미처 검의 날카로움으로 적의 살을 베기 전에 이미 그 기세가 상대의 가슴을 타격했고, 수룡맹 고수는 검에 베인 것이 아닌 장력에 당한 사람처럼 내장이 으스러지는 충격 속에 입으로 선혈을 토해낸 것이다.

고검의 중검에 당한 수룡맹 고수의 운명은 외길이었다. 부서진 그의 신형이 허공을 날아 애초에 추산에 의해 호수로 추락한 동료의 곁으로 떨어져 내렸다.

풍덩!

그의 신형이 떨어진 수면에서 추산의 검에 옆구리를 베인 채 간신히 목숨을 부지하고 있던 그의 동료가 두려운 눈으로 배 위의 고검과 추산을 응시하고 있었다.

"와아아!"

고검이 수룡맹의 고수를 격살한 순간 고검과 추산이 타고 있던 배 안에서 일제히 함성 소리가 터져 나왔다. 아직도 배 안에 날아든 적은 일곱이나 남아 있었지만 일시에 삼 인의 적이 제압되는 것을 목격한 동궁의 고수들이 투기를 일으키며 질러대는 소리였다.

그런데 동궁의 고수들이 수룡맹의 일곱 명 고수들을 향해 도검을 빼 들고 달려들려는 순간 고검의 목소리가 그들의 행보를 막았다.

"적은 본 장에서 맡겠소이다, 노 대협. 노 대협께서는 동궁의 대협들과 함께 서둘러 배를 움직여 주십시오. 호수의 중심으로 나가야 합니다."

고검의 말에 눈치 빠른 노삼이 상황을 파악하고는 재빨리 대답했다.

"알겠습니다, 고 대협. 배는 걱정 마십시오. 모두들 노를 잡게!"

노삼의 명에 흉포한 투기를 드러내며 수룡맹의 고수들을 향해 달려들려던 동궁의 고수들이 재빨리 뒤로 물러나 노삼의 곁으로 모여들었다. 그 모습을 본 능운백이 감탄한 얼굴로 고개를 끄덕였다.

"과연 동궁이다. 일개 평범한 무사들까지 자신의 감정을 절제하고 상황을 조율할 줄 아니 어찌 천하사패의 한자리를 차지하지 않을 수 있으랴!"

피가 튀는 전장에서 차가운 이성을 유지하는 것은 무림의 절대고수라도 쉬운 일이 아니다. 그런데 동궁의 고수들은 노삼의 명령 한마디에 적에 대한 투기를 접고 뒤로 물러나 배를 움직이고 있었으니 천하팔대고수 능운백이라 하더라도 감탄하지 않을 수 없었던 것이다.

"그나저나 이 늙은이가 나설 일은 없겠군."

동궁 고수들의 일사불란한 움직임에 감탄하던 능운백이 이제 본격적인 격돌로 접어든 수룡맹과 동궁의 싸움을 훑어보고는 편안한 표정으로 말했다.

수중으로 이동한 수룡맹 고수들의 기이한 공격으로 시작된 양측의 싸움이 본격적인 국면으로 접어들자 기습의 이점으로 일시 승기를 잡았던 수룡맹의 우위가 지속되지 못하고 이제 양측은 팽팽한 접전을 벌이고 있었다.

그리고 접전이 계속되자 장내의 판세는 서서히 동궁 쪽으로 기울어지기 시작했다. 수중 공격을 감행한 수룡맹의 고수들이 비록 괴이한 수공을 익히고 있는 고수들이기는 했지만 다섯 척의 척후 선단에 몸을 싣고 적진 바로 앞까지 접근한 동궁의 고수들 또한 고르고 고른 고수들이라 시간이 흐르자 숫자의 우위를 점한 동궁 고수들이 서서히 승기를 잡아가고 있었던 것이다.

그중에서도 능운백이 타고 있는 배에서의 싸움은 단연 빠른 속도로 진전되고 있었는데, 비록 다른 배들과 달리 싸움에 참여한 동궁의 고수들은 거의 없었지만 동궁 고수들을 대신해 싸움을 맡은 무불장 고수들의 무위가 워낙 뛰어났기에 싸움의 승패가 순식간에 가려지고 있었던 것이다.

"저놈, 정말 몰라보게 무공이 증진되었군. 어쩌면 몇 년 되지 않아 이 사부의 수염을 뽑으려 들지도 모르겠는걸!"

장내의 싸움을 살피던 능운백이 눈빛을 반짝이며 중얼거렸다. 그의 시선은 둘째 제자 추산의 움직임을 보고 있었는데, 과연 그의 말처럼 추산의 무공은 백일검을 익혀 마공의 저주에 빠지기 이전과는 판이하게 다른 경지를 보이고 있었다.

땅이 아닌 배 위에서의 싸움은 몸의 균형을 잡는 것이 중요한데 추산의 몸은 마치 가벼운 깃털처럼 흔들리는 배 위를 이리저리 움직이며 날카롭게 검을 뻗어내고 있었다.

그의 검이 한차례 번뜩일 때마다 묵색 선검에서는 투명한 빛줄기가 유성우처럼 쏟아져 나왔고, 그 빛줄기는 어김없이 수룡맹의 괴고수들을 위기에 빠뜨리는 것이었다.

더군다나 추산의 곁에는 막강한 공력을 자랑하는 고검과 대웅산이 버티고 서서 강력한 진기가 서린 일수 일수를 뻗어내고 있었기에 겨우 추산의 공세를 피한 적들은 어김없이 고검과 대웅산의 검과 창에 목숨을 잃곤 했다.

덕분에 그들의 뒤쪽에 위치한 왕민과 미심은 그저 가끔 세 사람을 지나쳐 배 안 깊숙이 진입하려는 적을 막기 위해 손을 쓸 뿐 거의 싸움에 참여치 않고 방관자의 모습으로 서 있는 상황이었다.

"어서 끝내라. 빨리 끝낼수록 유리한 싸움이다."

고검과 추산 등에게 능운백이 속전을 독려했다. 그러자 손 속에 약간의 여유를 두고 있던 고검과 추산, 그리고 대웅산이 서서히 싸움의 속도를 높이기 시작했다. 그러자 장내의 정세가 급변하며 수룡맹 고수들이 서서히 배의 난간 쪽으로 밀려나기 시작했다.

"죽든지 물속으로 돌아가든지!"

　이제는 겨우 네 명만 남아 있는 수룡맹 고수들을 향해 번개처럼 창을 놀려대며 대웅산이 소리쳤다. 수룡맹 고수들 또한 이대로 배에 남아 있다가는 자신들의 목숨이 일각을 넘기 힘들다는 것을 깨닫고 있었으므로 위급한 와중에도 재빨리 서로 눈빛을 교환했다. 그리고 그중 한 명이 나직하면서도 빠르게 입을 열었다.

　"물러난다!"

　명령일하, 고검 등의 공세를 힘겹게 막아내던 사 인의 수룡맹 고수가 재빨리 배의 난간을 박차고 허공으로 솟구치더니 이내 길게 신호음을 흘려내며 홍택호의 푸른 물결 속으로 뛰어들었다.

　"쳇, 등장할 때의 괴이함과는 달리 그리 실력이 좋은 편은 아니군."

　적들이 물러나자 대웅산이 실망한 목소리로 중얼거렸다.

　"그렇게 볼 것만은 아닐세. 만약 배 위가 아닌 물속이었다면 우린 힘든 싸움을 해야 했을 걸세."

　고검이 침착한 시선으로 배 아래쪽으로 고개를 숙여 수중에 뛰어든 적들의 움직임을 살피며 말했다.

　"사형 말이 맞아요. 저였다면 배 위로 진입하는 일 따위는 하지 않았을 거예요. 물속에서 배 밑에 구멍을 뚫어버리고 말았지요."

　그러자 대웅산이 고개를 끄덕이며 대답했다.

　"오, 정말 그런 방법도 있었군. 그런데 왜 저자들은 그런 좋은 방법을 놔두고 배 위로 올라왔을까?"

"아마도 자신들의 실력을 과신하고 있었겠지요. 능히 동궁 척후선을 제압할 수 있을 거라 생각했던 것 같아요."

"만약 평상시의 척후선이었다면 그들의 예상이 맞았을 수도 있을 것이다."

고검의 말에 추산이 고개를 끄덕였다.

"맞아요. 평상시의 척후선에는 지금처럼 강한 고수들이 타고 있지 않으니까요."

"흐흐, 한마디로 계산 한번 잘못했다가 낭패를 당한 것이군. 놈들, 꼴좋군. 괴물 흉내 내며 사람들을 놀래키더니 이번에는 제놈들이 혼비백산했겠구먼."

"하지만 문제는 나중에라도 상황을 파악했다는 것이죠."

추산이 씁쓸한 표정으로 말했다.

"그게 무슨 말이지?"

대웅산이 의아한 얼굴로 묻자 추산이 손을 들어 그들이 타고 있는 배와 조금 뒤쪽에 떨어져 있는 동궁의 척후선을 가리켰다. 추산이 가리킨 이십여 장 뒤쪽의 동궁 척후선에서도 무불장의 고수들이 탄 배에서와 같은 현상이 벌어지고 있었다. 일단의 수룡맹 고수들이 동궁 고수들의 저항에 밀려 배 밖으로 밀려나고 있었던 것이다.

그러나 다른 점도 있었다. 고검과 추산이 탄 배에서는 겨우 네 명의 수룡맹 고수가 살아서 물러났지만 추산이 지목한 배에서는 팔 인의 수룡맹 고수가 홍택호의 푸른 물결 속으로 몸을 날렸다는 사실이다. 즉, 동궁의 척후선을 공격했던 수룡맹 고수들의 손실이 그리 많지 않았던 것이다.

"뭐, 많이 살아나긴 했지만 결국 도주 중이잖아?"

대웅산이 여전히 추산의 말을 이해하지 못하겠는지 추산을 돌아보며 물었다. 그러자 추산이 다시 손을 들어 수룡맹 고수들이 뛰어든 물속을 가리켰다.

"다르죠. 이곳에서 살아간 자들은 그야말로 목숨을 구하기 위해 후퇴한 것이지만 저 배에서 물러난 자들은 다른 공격을 하기 위해 물러난 것입니다. 그들은 드디어 이번 싸움에서 이기려면 자신들의 장점을 이용해야 한다는 것을 깨달은 거지요."

추산의 말에 대웅산이 다시 시선을 추산이 가리킨 배 쪽으로 돌렸다. 그리고는 대웅산의 입에서 나직한 탄성이 흘러나왔다.

"저건!"

"수중에서 배를 공격할 셈인 모양이군."

고검이 나직한 목소리로 중얼거렸다. 그리고 고검의 말이 채 끝나기도 전에 호광의 외침이 들려왔다.

"조심하라! 놈들이 배 밑으로 들어갔다! 배의 속도를 높여라!"

호광의 경고가 떨어지자 수룡맹 고수들을 물리친 동궁의 척후선들이 일제히 속도를 높이기 시작했다.

고검과 추산이 탄 척후선은 다른 배들보다 십여 장 앞쪽으로 나와 있었다. 무불장 고수들이 다른 배의 동궁 고수들보다 빨리 수룡맹 고수들을 패퇴시켰을 뿐 아니라 배 위에서의 싸움을 온전히 무불장 고수들이 맡았기 때문에 노삼을 비롯한 동궁의 고수들이 다른 척후선들보다 일찍 전장에서 배를 몰아 나올 수 있었기 때문이기도 했다.

당연히 다섯 척의 척후선 중 가장 앞에 나선 배는 무불장 고수들이 탄 배였고, 그 바로 뒤쪽으로 상당군과 호광이 타고 있는 지휘선이 따라붙은 상태였다. 반면 나머지 세 척의 배는 두 척의 배와 십여 장 거리를 두고 이제야 겨우 앞서거니 뒤서거니 하며 호수의 중심을 향해 속도를 높이기 시작하는 중이었다.

“제길! 놈들의 모습이 보이지 않아!”

수중에서 공격당하는 동궁 척후선을 바라보고 있던 대웅산의 입에서 욕지거리가 흘러나왔다. 어느새 날이 저물어 푸르던 홍택호의 수면은 검은색으로 물들어가고 있었다. 물빛이 변하자 더더욱 수중으로 숨어든 수룡맹 고수들의 모습을 찾기 힘들었다.

더군다나 수중에서 수룡맹 고수들의 움직임은 물 만난 고기처럼 영활하고 빨라 낮이라 해도 그들의 움직임을 파악하기 어려운 상황이었다. 그리고 그사이 뒤에 처진 세 척의 동궁 척후선을 향한 수룡맹 고수들의 수중 공격이 시작됐다.

쿵!

이십여 장 떨어진 무불장 고수들의 귀에도 크게 들릴 정도로 묵직한 충돌음이 수면을 타고 전해졌다. 동시에 동궁 고수들의 다급한 외침이 들려왔다.

"배 밑이 뚫렸다! 구멍을 막고 속도를 높여!"

다급한 외침이 울려 퍼진 척후선 위에서 동궁 고수들이 분주하게 움직이기 시작했다. 그러나 수룡맹의 수중 공격은 계속됐다.

쿠쿵!

다시 한차례 충돌음이 일어나자 한 척의 동궁 척후선이 급격하게 속도가 떨어지기 시작했다. 그리고 들려오는 또 한마디의 다급한 명령.

"배를 포기한다! 서둘러 다른 배로 이동하라!"

명령이 떨어지기가 무섭게 세 척의 척후선 중 속도가 떨어지기 시작한 배에 타고 있던 동궁의 고수들이 옆쪽에서 움직이고 있던 배로 날아 넘기 시작했다.

그런데 그 순간 갑자기 동궁의 고수들이 날아 넘는 배와 배 사이의 수면을 뚫고 은빛 찬란한 물체들이 솟아오르기 시작했다.

쇄애애액!

소름 끼치는 파공음을 만들어내는 은빛 물체들은 쏘아진 화살처럼 날아올라 배 사이를 날아 넘던 동궁 고수들을 공격했다.

"크악!"

"기습이다! 조심햇!"

수면에서 날아오른 십여 개의 은빛 물체가 배를 날아 넘던 동궁 고수 삼 인의 목숨을 순식간에 앗아갔다. 그에 따라 미처 반대편 배로 옮겨 타지 못한 동궁의 고수들은 감히 월선을 시도하지 못하고 침몰하는 배 위에 머물 수밖에 없었다. 그리고 그사이 포기한 척후선은 어느새 그 중간 부위까지 물속에 잠겨 있었다.

그럴수록 배의 속도는 떨어졌고, 어느새 두 배의 사이는 한 번의 도약으로 날아 넘기 어려울 정도로 벌어졌다. 그렇다고 성한 배들이 침몰하는 배에 남아 있는 동료들을 구하기 위해 다시 뱃머리를 돌릴 수는 없었다. 이미 두 척의 배 근처에도 수룡맹 고수들이 접근하고 있었기 때문이다.

"곤란하게 되었군요."

추산이 난처한 목소리로 입을 열었다. 지금 상황으로 봐서는 침몰하는 배 위에 남아 있는 동궁 고수들을 구하는 것이 거의 불가능해 보였기 때문이다. 그런데 그때 갑자기 그들의 바로 뒤까지 접근한 호광의 배가 서서히 속도를 늦추기 시작했다. 그리고 들려온 호광의 목소리.

"물속에서 겨룬다!"

명령일하, 호광이 타고 있던 배와 뒤에 처진 세 척의 배에 타고 있던 동궁의 고수들이 일제히 몸을 날려 어두운 홍택호의 물속으로 뛰어들기 시작했다.

"수중전인가?"

고검이 어두운 음색으로 말했다.

“동궁 해신문에도 수공에 능한 고수들이 많지요. 해볼 만할 겁니다.”

동궁 출신인 대웅산은 해신문의 무공에 대해 제법 많이 알고 있었으므로 기대감이 어린 목소리로 말했다.

“하지만 이곳은 바다가 아닐세.”

고검이 말하자 대웅산이 고개를 저었다.

“물론 이곳은 바다가 아니지요. 하지만 그래서 더 해신문의 수공이 빛을 발할지도 모릅니다. 아시다시피 물속 사정이야 바다가 호수보단 훨씬 거친 법이니까요.”

대웅산의 말에 고검이 그럴 수도 있겠다는 표정으로 고개를 끄덕였다. 그러자 이번에는 추산이 입을 열었다.

“하지만 수룡맹의 저 종자들은 필시 수어왕 이철극이나 장강사마신이 키워낸 자들일 거예요. 아무래도 그런 면에서 보자년…….”

“물론 수어왕과 장강사마신이 수공에 관한 한 천하제일이긴 하지. 하지만 해신문도 만만치는 않네. 단지 중원에서 떨어진 동해의 바다에서 활동하는지라 강호에 그 능력이 잘 알려지지 않았을 뿐, 역대 해신문의 고수 중에는 수어왕이나 장강사마신을 능가하는 수공의 고수도 여럿 있었다고 알고 있네.”

“그런가요? 그렇다면 재미있는 싸움이 되겠군요. 바다와 강의 고수들이라…….”

피가 튀는 싸움터에서도 무인의 본능은 어쩔 수 없는 것. 추산이 해신문과 수룡맹 고수들의 수공 대결에 흥미가 동하는지 눈빛을 반짝였다. 그리고 그사이 어느새 물속에서 격돌한 양측의 고수들이 수중전을 시작하고 있었다.

해가 진 호수, 어두운 물속에서 벌어지는 싸움을 눈으로 볼 수는 없었다. 그러나 그 흉험함은 보지 않아도 알 수 있는 것. 해신문 수공 고수들과 수룡맹 수공 고수들이 들어 있는 호수의 수면이 마치 폭풍을 만난 것처럼 어지럽게 움직이고 있었다. 더군다나 간혹 시뻘건 선혈과 함께 한두 구의 시체가 물 위로 떠올랐던 것이다.

시간이 갈수록 시체의 숫자가 늘어났다. 더불어 밤이 찾아오면서 검은색으로 물들어가던 수면이 때 아닌 붉은빛으로 물들어가고 있었다.

"이러다간 양패구상이겠는데요?"

추산이 물 위로 떠오른 시체의 모습을 살피다가 입을 열었다. 그도 그럴 것이, 물 위에 떠오른 시체의 복장으로 볼 때 동궁과 수룡맹 양측 고수의 숫자가 거의 비슷했기 때문이다.

"그러게 말이야. 이러다간 물속에서 살아 나오는 사람이 없겠어. 그렇다고 우리가 물속으로 뛰어들 수도 없고 말이야."

대웅산이 어두운 얼굴을 한 채 대답했다.

"그나마 다행인 것은 척후선에 대한 수룡맹의 공격이 멈췄다는 것이다. 웅산 아우의 말처럼 해신문 고수들의 수공 역시 만만치 않다는 증거겠지. 수룡맹의 수귀들이 미처 배를 공격할 여유를 찾지 못하고 있으니 말이야."

"글쎄, 해신문의 수공은 잘 알려지지 않아서 그렇지 강호제

일이라니까요."

대웅산이 자신의 예측이 맞아떨어진 것이 자랑스러운지 어깨를 으쓱거리며 말했다.

"하지만 역시 수룡맹 물귀신들이 강하긴 강하네요. 물속에 들어간 숫자로 보면 해신문 고수들의 숫자가 더 많은데 싸움이 팽팽하게 진행되는 것을 보면요."

추산의 말에 대웅산이 고개를 끄덕였다.

"그건 그래. 난 솔직히 해신문 고수들이 어렵더라도 승기를 잡을 거라 생각했거든. 역시 수어왕과 장강사마신이 물속에선 천하제일이란 말인가?"

"그들이 직접 오지 않은 것이 다행이라면 다행이겠지. 그나저나 조금 있으면 앞을 분간하기도 어렵겠군."

날은 이미 어두워진 상태였다. 동궁의 척후선 위에 밝혀놓은 불빛이 아니라면 물속의 싸움은 아예 구경조차도 하지 못할 상황이었다. 그렇게 싸움은 계속되고, 물 위로 떠오르는 시체의 숫자도 늘어나고 있었다.

그사이 배 밑에 구멍이 뚫린 동궁의 척후선 한 척은 어느새 완전히 물속으로 잠겨들었고, 나머지 두 척의 배는 고검과 추산이 타고 있는 배 근처로 이동해 있었다.

다행인 것은 수룡맹 고수들이 타고 온 세 척의 배가 일정한 거리를 유지한 채 동궁의 척후 선단을 공격하고 있지 않다는 것이었다. 어쩌면 그 세 척의 배에는 동궁의 고수들과 싸울 수 있는 인물이 남아 있지 않는지도 몰랐다. 애초에 동궁의 척후

선단을 공격한 수중 괴인들은 바로 그 세 척의 배에 타고 있던 인물들이었으므로.

싸움은 여전히 팽팽한 균형을 이루며 진행되고 있었다. 늘어나느니 피에 잠긴 시체들. 그 시체의 숫자가 어느덧 이십여 구를 넘어서고 있었다. 이대로 가다가는 추산의 말대로 양패구상의 결말을 보고 말 상황. 그런데 그렇게 어둠 속에 이어지는 수중전을 걱정스런 눈으로 바라보고 있던 고검이 어느 순간 안광을 번쩍였다.

"저건!"

침착하기로 둘째가라면 서러울 고검의 입에서 다급한 음성이 흘러나왔다.

"사형, 무슨 일이에요?"

좀체 흥분하지 않는 고검의 모습에 놀란 추산이 고검을 보며 물었다. 그러자 고검이 손을 들어 세 척의 수룡맹 선박 뒤쪽을 가리키며 다급한 목소리로 말했다.

"사제, 저게 도대체 어떻게 된 일인 것 같아?"

"어디요?"

추산이 고개를 길게 뺐다.

"저 수룡맹 배들 뒤쪽 말이야."

고검의 말에 추산이 고개를 살짝 비틀어 세 척의 수룡맹 선박 뒤쪽을 바라봤다. 순간 추산의 눈에도 한광이 일었다.

"저건!"

"뭐 같으냐?"

고검이 기다리지 않고 물었다.

"저건 진이 움직이는 것이에요."

"역시 그렇지? 그런데 문제는 그 변화가 이쪽을 향해 오고 있다는 것이다."

고검이 나직하면서도 서늘한 음성으로 말했다. 고검의 말처럼 천보산 아래 수면에 넓게 펼쳐져 있던 수룡맹의 진이 서서히 움직이고 있었다. 변화가 없던 진의 경계가 서서히 호수의 중심, 그러니까 수룡맹 고수들과 동궁 해신문 고수들이 치열한 수중전을 벌이고 있는 방향으로 밀려오고 있었는데, 그 위쪽으로는 밤에 어울리지 않는 짙은 운무가 일어나고 있었다.

"도대체 왜 진에 변화를 준 것일까?"

고검이 짙은 의혹이 담긴 어조로 말했다.

"진이 움직인다면 당연히 그 안에 있는 자들도 움직인다는 말이겠지요."

추산이 서늘한 시선으로 서서히 그 경계를 확장하고 있는 수룡맹의 진을 보며 대답했다.

"그 안의 사람도 움직인다니?"

대웅산이 서둘러 추산에게 질문을 던졌다. 대웅산 역시 고검과 추산이 본 것을 함께 보고 있었다. 대웅산의 질문에 추산이 침착하면서도 무거운 목소리로 말했다.

"그들은 아마도 오늘 밤, 그것도 바로 지금을 때로 잡은 것 같아요."

"때로 잡다니, 그게 무슨 말이야?"

“기습을 시작할 때 말이에요.”

순간 대웅산의 눈이 화등잔만 하게 커졌다.

“기습? 그럼 지금 저 진이 변하고 있는 것이 기습을 시작하기 위한 준비란 말이야?”

“준비가 아니라 이미 시작한 거죠. 진의 영향력이 미치는 범위까지는 최대한 자신들의 움직임을 진 속에 숨긴 채 전진할 거예요. 그리고 진의 영향권을 벗어나는 순간 전광석화처럼 진격을 시작하겠죠. 아! 그리고 보니 오늘 저들이 고수를 보내 동궁의 척후 선단을 공격한 것은 자신들의 움직임을 숨기기 위한 것이었군요. 더불어 척후 선단을 접수해 자신들의 기습이 동궁에 전해지는 것을 막기 위한 것이기도 하고요.”

“그런 것 같구나. 역시 다른 목적이 있는 공격이었어.”

고검이 말했다.

“그럼 이러고 있을 때가 아니지 않습니까? 얼른 퇴각을 해야죠?”

대웅산이 급한 표정으로 고검을 보며 말했다. 그러자 고검이 빠르게 고개를 끄덕였다.

“그래야겠지. 문제는 물속에서 싸우는 사람들인데…….”

“약간 손해를 보더라도 사람들을 불러 올려 퇴각을 시작해야 해요. 진이 변하는 속도가 만만치 않아요.”

안개를 밀어내며 커져 가는 수룡맹의 진은 무서운 속도로 호수의 중심을 향해 밀려오고 있었다. 고검 역시 추산의 말대로 더 이상 망설일 시간이 없다는 것을 알고 있었다. 고검이 재빨리 노삼을 불렀다.

"노 대협!"

"말씀하시지요, 고 대협!"

노삼은 곁에서 고검과 추산이 나누는 대화를 듣고 있었으므로 이미 현 상황이 무척 다급하다는 것을 깨닫고 있었다.

"수룡맹의 기습이 시작되었다는 것을 알리십시오. 퇴각할 시간입니다. 그리고… 저들이 본격적으로 추격전에 나설 때 저들과 일정한 거리를 유지해야 합니다. 너무 빨리 달아나도 안 되고 너무 늦게 움직여도 안 됩니다."

"알겠습니다, 고 대협!"

노삼이 얼른 대답을 하고는 재빨리 가까이 근접해 있는 동궁 척후 선단의 지휘선에 소식을 전하기 시작했다. 불빛 아래에서 어지럽게 이어지는 노삼의 수신호가 지휘선에 전해지자 갑자기 지휘선 위의 움직임이 분주해지기 시작했다.

둥둥둥……!

급하게 지휘선에서 북소리가 울려 나오기 시작했다. 배 위에서의 신호는 여러 가지를 사용하지만 이런 어두운 밤에는 북소리만 한 것이 없다. 숱한 해전의 경험을 가지고 있는 해신문의 고수들은 다양한 신호를 상황에 맞게 사용하는 데 능숙했다.

북소리가 어지럽게 호수 위에 울려 퍼지자 갑자기 수중에서 접전을 벌이고 있던 동궁의 고수 이십여 명이 수면 밖으로 튀어나왔다. 동시에 그들을 향해 네 척의 척후선에서 수십 개의 밧줄이 쏟아져 내렸다.

촤아악!

거친 물소리와 함께 수면 위로 숏구친 동궁의 고수들이 일제히 배 위에서 던져 낸 밧줄에 의지해 허공으로 숏구치기 시작했다. 그렇게 허공으로 몸을 띄워 올린 동궁의 고수들은 밧줄이 내려진 배의 옆구리를 차며 번개처럼 근처의 척후선으로 날아올랐다.

파아앙!

그런데 막 동궁 고수들이 척후선으로 복귀하려는 순간, 갑자기 물속에서 예의 그 낫 모양의 은빛 기병들이 다시 모습을 드러냈다. 그리고는 미처 배 위로 올라서지 못한 대여섯 명의 해신문 고수를 가차없이 베고 지나갔다.

팟!

"큭!"

소름 돋는 소음과 더불어 누군가의 비명 소리가 흘러나오고, 허공에 붉은 피분수가 터져 나왔다. 수룡맹 고수들이 던져 낸 기병의 공격을 받은 동궁의 고수 중 셋이 그 자리에서 목숨을 잃고 맥없이 차가운 물속으로 떨어져 내렸다.

"이놈들!"

순간 배 위에서 동궁 고수들이 적의 기병에 목숨을 잃는 것을 보고 있던 대웅산이 노성을 터뜨리며 막 물 위로 모습을 드러내는 수룡맹 고수들을 향해 빗살처럼 창을 찔러댔다.

"커컥!"

강력한 대웅산의 창날이 순식간에 수룡맹 고수 둘의 목숨을 끊어냈다. 그러자 동궁의 고수들을 따라 물 밖으로 고개를 내밀었던 십여 명의 수룡맹 고수들이 재빨리 물속으로 숨어들었다.

"대 형님, 여기요!"

그 순간 추산의 목소리가 들려오며, 어느새 물 위로 떨어져 내리고 있던 대웅산을 향해 추산이 한 자가량 되는 나무판자를 던져 냈다. 그러자 대웅산이 허공에서 한 바퀴 몸을 회전하며 장창을 휘둘러 강하게 수면을 강타했다. 그리고는 그 반탄력을 이용해 훌쩍 허공으로 떠오른 다음 그의 발밑을 파고드는 나무판자를 발끝으로 차며 다시금 한차례 도약해 배 위로 돌아왔다.

대웅산이 보인 일련의 움직임은 그야말로 번개처럼 빠르고 신묘한 것이어서 그 모습을 보고 있던 장내의 고수들이 모두 감탄사를 흘려냈다. 그 와중에 호광의 우렁찬 목소리가 들려왔다.

"퇴각한다! 대열을 맞춰 지휘선을 따르라!"

호광의 명령이 떨어지자 대웅산의 신위에 감탄해 잠시 손을 멈추고 있던 동궁 고수들이 분주히 움직이기 시작했다. 그러자 네 척의 척후선이 순식간에 마름모 형태의 진형을 갖추며 맹렬하게 호수의 중심을 향해 질주하기 시작했다.

그리고 잠시 후 동궁의 네 척 척후선이 떠난 자리로 수룡맹의 대선단이 해일처럼 밀려들기 시작했다.

第二章

도주(逃走), 혹은 유인(誘引)

가뜩이나 어두운 호수 위로 검은 구름이 밀려왔다. 구름이 밀려든 수면은 거친 물소리를 만들어내며 마치 곧이라도 폭풍이 일 것처럼 일렁였다.

그리고 그 검은 구름 삼십여 장 앞쪽에서 네 개의 검은 점이 빠르게 수면을 이동하고 있었는데 검은 구름과 네 개의 점은 한동안 거의 일정한 거리를 유지한 채 호수 위를 내달리고 있었다.

"엄청나군."

대웅산이 배의 후미에서 끊임없이 밀려오는 검은 구름을 보며 중얼거렸다.

"단번에 승패를 가르려고 단단히 준비한 것 같아요."

추산이 대웅산의 말을 거들었다.

"몇 척이나 될까? 한 오십여 척?"

"그 정도는 되어 보이네요."

"휴, 그럼 한 척에 이십 명씩만 타고 있다 해도 일천일세. 대단한 공세야."

대웅산이 혀를 내둘렀다.

"그게 전부냐가 또 문제지요. 아마도 후방에 있는 숫자가 또한 그 정도는 될 거예요."

"수룡맹의 전 고수를 몰고 나온 것인가?"

대웅산이 기가 질린다는 표정으로 말하자 곁에 있던 미심이 입을 열었다.

"알려진 대로라면 수룡맹에 몸담고 있는 고수는 거의 오천에 육박한다고 하더군요. 그러니 대략 삼 할의 전력을 천보산에 투입했다고 할 수 있지요."

"허! 엄청난 모험이군. 전력의 삼 할이라면 패했을 경우 수룡맹의 기반이 흔들릴 수 있는 숫자가 아닌가? 적이지만 화끈한 맛은 있는 놈들이야."

대웅산은 앞으로 벌어질 건곤일척의 대결이 내심 기대되는 눈치였다. 강호에서 수천의 고수들이 격돌하는 싸움은 십여 년 전 사패시대의 마지막 오대혈전으로 불리는 혈사평 혈전이 마지막이었다.

그러니 십여 년 사이에 성장한 신진고수들에게는 이 홍택호의 싸움이 그들이 접하는 최초의 대전이라 할 수 있었다. 대웅산 역시 예외가 아니어서, 그간 무불장에 몸담고 있으며 동분서주 강호를 종횡했지만 이런 대전(大戰)을 경험하는 것은 이번이 처음이라 무인으로서의 흥분이 생기지 않을 수 없는 상황이었다.

"홍택호에 나와 있는 동궁의 고수가 칠백이던가?"

무불장의 고수들과 함께 일정한 거리를 유지한 채 다가오는 오십여 척의 수룡맹 기습 선단을 지켜보고 있던 능운백이 누구에겐지 모르게 나직하게 물었다.

"묘산에 모인 고수 중 삼백이 남고 칠백이 이동했습니다."

고검이 능운백의 말에 대답했다.

"흠, 일단 일천 대 칠백이라……. 그리고 후군으로 다시 수백의 적이 뒤를 받치고 있다면 쉽지 않겠군."

능운백이 살짝 고개를 저었다.

"하지만 일단 저들이 진 안으로 들어오기만 하면 능히 저들을 제압할 수 있을 거예요. 진을 펼친 이유가 숫자의 부족함을 메우기 위해서였으니까요."

추산이 자신감있는 표정으로 말했다. 자신이 수일에 걸쳐 공들여 펼쳐 놓은 사해교진에 대해 어느 정도 자신하고 있는 추산이었다.

"물론 계획대로 될 경우 승리를 의심하는 것은 아니다. 문제는 동궁이 얼마나 피해를 적게 보느냐다. 아마 묘산 동궁의 숙영지에 나와 있는 나머지 삼패의 고수들도 이번 싸움의 결과를 주의 깊게 살필 것이다. 이 싸움의 결과에 따라 그들의 행

보가 결정되겠지. 이곳에서 살아남는 동궁 고수의 숫자가 절
반을 넘지 못한다면 그들은 어쩌면 단번에 묘산을 점거해 버
릴지도 모른다."

"설마 그렇게까지……."

"천하를 노리는 자들이라면 그러고도 남을 거야."

능운백이 확신하는 어조로 말했다.

"결국 오늘 싸움에서 대승을 거둬야 한다는 말이군요."

고검이 담담한 목소리로 말했다.

"그렇지. 이 한 판의 싸움에 동궁의 운명이 결정되는 거지."

능운백이 차가운 시선으로 밀려오는 수룡맹 선단의 모습을
바라보며 중얼거렸다.

네 척의 동궁 척후선은 바람처럼 물살을 갈랐다. 그들의 뒤
쪽으로 묘산 동궁 고수들의 숙영지를 기습하려는 수룡맹 전선
들이 한 치의 여유도 두지 않고 동궁의 척후선들을 따라붙고
있었다. 어느새 어둠이 눈에 익어 무림 고수들의 시야를 수십
장 밖으로 넓혀놓고 있었다.

"제길, 한 치의 여유도 없군."

대웅산이 조금 초조한 표정으로 중얼거렸다. 애초에 동궁의
척후선들은 수룡맹의 전선들과 일정한 거리를 유지한 채 사해
교진으로 적을 유인할 생각이었지만 수룡맹의 전선들은 동궁
의 척후선들에게 거리를 조절할 여유조차 주지 않고 있었던
것이다.

“아무래도 바다에서의 항해에 적합하게 만들어진 배들이라 내륙의 호수에서는 조금 속도가 떨어지는 모양이에요. 이런 상태라면 저들과의 거리를 조절하기는커녕 죽을힘을 다해 배를 몰아야 겨우 잡히지 않겠어요.”

추산 역시 조금 걱정스런 표정으로 말했다.

“오히려 잘된 것 아니냐? 일부러 거리를 조절하다가 저들의 의심을 받는 것보다야 이렇게 전력을 다해 도주해야 하는 상황이 좀 더 저들을 유인하기에 좋지 않겠느냐?”

“혜, 그렇긴 하지만 그전에 따라잡히지 않으리란 보장이 없어서요.”

“글쎄, 그럴 것 같지는 않구나. 수룡맹이라면 분명 다른 전선들보다 빠른 속도를 낼 수 있는 쾌속선이 몇 척 있을 텐데 쾌속선을 투입하지 않는 것을 보면 그들도 이쪽을 몰아댈 뿐 아예 잡고 싶은 생각은 없는 거야.”

고검이 담담한 어투로 말했다.

“잡을 생각이 없다고요?”

대웅산이 이해할 수 없다는 표정으로 고검을 보며 물었다.

“상황이 그렇지 않은가? 잡고자 했다면 저들은 분명 빠른 배를 움직였을 거야.”

“그야 그렇지만… 이유가 뭘까요?”

대웅산이 고개를 갸웃하며 물었다. 그러자 고검이 추산을 바라봤다.

“사제의 생각은 어때?”

순간 추산의 입가에 씁쓸한 미소가 만들어졌다.

"흠, 우리를 길잡이쯤으로 생각한 모양이군요."

추산의 말에 고검이 빙긋 웃으며 고개를 끄덕였다.

"잘 봤다. 그들이 애초에 동궁의 척후 선단을 공격한 것도 동궁의 고수들로 하여금 다급하게 도주하게 만든 후 그 뒤를 따라 손쉽게 묘산 동궁 숙영지를 급습하기 위함이었던 거지."

"홍택호는 몰라도 홍택호에서 묘산까지 이어지는 수로는 제법 복잡하지요. 사실 그 덕에 저 또한 그 입구에 사해교진을 펼칠 수 있었고요. 그들이 지난번 묘산에 사자를 파견해 그 지형을 살폈다지만 이렇게 어두운 밤중에 제대로 길을 찾아 기습을 하기란 쉬운 일이 아니지요. 역시 길잡이가 필요한 상황이에요. 더군다나 동궁의 척후 선단이라면 그것처럼 좋은 길잡이도 없지요."

추산이 눈빛을 반짝이며 말했다.

"제길, 그럼 놈들의 수작에 말려든 건가?"

대웅산이 투덜거리자 추산이 득의한 미소를 머금고 말했다.

"그들의 수작에 말려들긴 했지만 기실 우리 쪽에서 바라던 바지요. 본래 우린 그들을 사해교진으로 유인하는 것이 목적이었잖아요. 후후, 결국 도주가 아니라 유인이 되어버린 셈인데… 더군다나 우린 저들의 의도를 알고 있고 저들은 우리의 의도를 모르고 있으니 이 장사는 우리에게 많은 이문이 남는 장사가 분명해요."

"헛, 듣고 보니 그도 그렇군. 놈들이 머리를 쓰느라고 썼지만 스스로 자신의 꾀에 자신이 넘어간 셈이군. 그럼 이대로 사해교진으로 들어가면 되겠네. 저 엄청난 고기 떼를 이끌고 말이야."

대웅산이 신이 난 듯 말했다.

"그래야지요. 하지만 그러자면 우린 조금 힘을 써야 할 것 같아요."

추산의 말에 사람들의 시선이 추산에게로 모아졌다.

"따로 할 일이 있느냐?"

고검이 다른 사람들을 대신해서 묻자 추산이 고개를 끄덕이며 말했다.

"우린 모두 노꾼이 될 필요가 있겠어요."

"노꾼?"

대웅산이 무슨 황당한 소리냐는 표정으로 되물었다.

"그래요. 노꾼. 홍택호를 가로지르는 것은 호 대협과 상당군이 타고 있는 지휘선이 이끌 수 있지만 사해교진으로 저들을 유인하는 것은 아무래도 제가 나서야 하지 않겠어요? 우리가 이 척후 선단에 포함된 이유도 그 때문이고요. 그러자면 우린 다른 배들을 추월해야 하는데 지금도 젖 먹던 힘까지 내고 있는 노 대협과 그 동료 분들께 더 속도를 내라고 요구하는 것은 아무래도 무리죠."

"옳거니. 그래서 우리보고 노꾼이 되란 말이었군. 좋아, 힘 좀 쓰지 뭐!"

대웅산이 팔을 걷어붙이고 당장이라도 노를 잡을 것처럼 앞으로 나섰다. 그러자 추산이 손을 저었다.

"아직은 아니에요. 우린 아직 홍택호의 중심을 벗어나지도 못했다고요. 아마 자시(子時)는 지나야 호수의 동안(東岸)에 이를 거예요. 그때까지는 이 기이한 추격전을 계속 구경이나 하자구요."

"그렇게 되는 건가? 자시(子時)라… 아직 제법 시간이 남았군. 그럼 잠이나 잘까?"

"이런 상황에서 잠이 와요?"

추산이 기가 막힌 듯 대웅산을 흘겨보며 물었다.

"한밤중에 힘을 쓰려면 시간날 때 자두는 것도 좋아. 나도 다 생각이 있어서 하는 말이라구."

대웅산은 추산의 빈정거림에도 아랑곳하지 않고 훌쩍 걸음을 옮겨 배의 난간에 등을 기댄 채 정말로 잠을 청하는 것이었다.

"대 대협의 배포는 언제 봐도 대단하군요. 이런 상황에서 잠을 청할 사람은 천하에 대 대협밖에 없을 거예요."

미심이 가벼운 미소와 함께 말하자 능운백이 살짝 인상을 찌푸리며 말했다.

"내가 사위를 잘 얻은 건지 모르겠어. 제법 호탕한 구석이 있는 것 같다가도 어떻게 보면 아무 대책 없이 사는 인사 같단 말이야."

"그래도 자기가 할 일에 한 번도 소홀히 한 적이 없는 사람입니다."

고검이 대웅산의 편을 들었다.

"그렇긴 하다만… 흐흠, 저런, 벌써 코를 고는 건가?"

과연 대웅산은 머리를 배 난간에 대자마자 코를 골기 시작했다. 코 고는 소리 또한 호랑이 울음소리만큼 커서 배가 흔들리는 것처럼 느껴질 지경이었다.

"자, 우리도 좀 쉬도록 하자. 솔직히 말하자면 웅산 저 아이의 말이 맞아. 조금이라도 쉬어두는 게 좋은 시간이다. 오늘 밤부터 혈풍이 끝나는 순간까지는 잠을 청할 여유가 없을 테니……."

능운백의 말에 고검을 비롯한 무불장 청부사들이 가볍게 고개를 숙여 보이고는 편한 자리를 찾아 휴식을 취하기 시작했다.

달도 없는 밤, 서늘한 물 기운이 호수를 가득 메웠다. 날은 맑았다. 덕분에 하늘에 떠 있는 별들이 흘려내는 빛만으로도 제법 멀리까지 시야가 가 닿았다. 그 별빛 아래 어느 순간부터 거뭇한 산봉우리들이 모습을 드러내기 시작했다.

시각은 자시가 지나고 있었고, 동궁과 수룡맹의 추격전은 여전히 일정한 거리를 유지한 채 계속되고 있었다.

"움직일 시간이다."

모든 사람들이 휴식을 취하는 동안 여전히 정세를 살피고 있던 고검이 대웅산의 곁으로 다가서며 말했다.

"어, 벌써 도착했수?"

대웅산이 부스스 눈을 뜨며 물었다. 무불장 고수들은 모두 휴식을 취하고 있었지만 그중 잠까지 잔 사람은 대웅산이 유일했다. 그래서 대웅산을 제외한 다른 사람들은 이미 자리를 털고 일어나 움직일 준비를 하고 있었다.

"어서 정신 차리고 준비하세요. 이건 때를 잘 맞춰야 하는 일이라고요."

"알았어. 시작하자고!"

추산의 재촉에 대웅산이 훌쩍 몸을 일으켰다. 그리고는 고개를 한 번 세차게 흔들어 남아 있던 수마를 쫓아내고는 추산이 있는 쪽으로 이동했다.

"그런데 어떻게 해야 하는 거지? 우리가 저들 대신 노를 잡아야 하는 건가?"

추산의 곁에 다가선 대웅산이 고개를 갸웃하며 물었다.

"노질이야 수십 년 해온 저분들을 우리가 무슨 수로 당해요. 힘만 세다고 되는 일도 아니고……."

추산이 대웅산을 보며 핀잔을 주었다.

"그럼 어떻게 배의 속도를 높인단 말이야?"

"무림인이니 무림인의 방식으로 해야지요."

"무림인의 방식?"

대웅산이 여전히 추산의 말을 이해하지 못하고 되묻자 추산이 미소를 지으며 능운백을 돌아봤다.

"아마도 사부님이 가장 힘을 많이 쓰셔야 할 거예요."

그러자 능운백이 눈을 부라리며 호통을 쳤다.

"이런 버르장머리없는 놈을 보았나? 팔팔한 제자 놈들을 놔두고 내가 왜 이 나이에 힘을 써야 한단 말이냐?"

"그야 장력을 쳐내 배를 밀어내는 기술은 사부님이 최고시니까 그렇죠."

그러자 능운백이 단호하게 고개를 저었다.

"필요없다, 이놈아. 양쪽에 서서 균형을 맞춰 장력을 쳐내면 그뿐인 일이다. 나까지 나설 필요는 없단 말이지. 더군다나 네 놈은 온갖 영약을 처먹어 부쩍 힘도 늘어났으니 오늘 제대로 힘을 한번 써보거라. 검아, 이 일은 너희들이 알아서 하도록 하거라."

능운백이 더 이상 추산과는 말을 하고 싶지 않다는 듯 고검을 보며 말했다.

"알겠습니다, 사부님. 저희들로 충분할 겁니다."

"헛허, 역시 형만 한 아우 없다더니 옛말 그른 것 하나 없구나. 에이 못된 놈!"

고검의 대답에 흡족한 표정을 지은 능운백이 추산을 노려보고는 훌쩍 뒤로 물러났다.

"그러니까 지금 노 대신 장력을 쳐내 배의 속도를 높이자는 말인 거야?"

대웅산은 그제야 추산이 말한 방법이 무엇인지 깨닫고 뜨악한 표정으로 추산을 보며 물었다.

"맞아요. 노를 저을 수 없으니 그렇게 해야지요."

"뭐 그런 무식한 방법을……."

“무식해도 효과는 최고죠. 더 좋은 방법을 찾을 수도 없고요. 자, 뜸 들이지 말고 시작하자고요.”

추산이 사람들을 독려하며 노삼을 향해 신호를 보냈다. 그러자 노삼이 다부진 얼굴로 고개를 끄덕이고는 노를 젓고 있는 동궁의 고수들에게 명을 내렸다.

“속도를 올릴 것이다! 중심이 흔들리지 않게 주의하라!”

“옛, 대주!”

동궁의 고수들이 일제히 대답하자 노삼이 추산에게 다시 눈으로 신호를 보냈다. 그러자 추산이 무불장 고수들을 돌아보며 말했다.

“나와 사형은 오른쪽을 맡을게요. 세 분은 왼쪽에서 장력을 쳐내세요. 처음에는 약하게 시작해야 해요. 양쪽의 균형을 맞추며 강도를 높이도록 하지요.”

“알았네, 추 소협. 재미있겠군.”

왕민이 고개를 끄덕이고는 훌쩍 배의 왼편 난간 쪽으로 이동했다.

“잘될까?”

대웅산도 고개를 갸웃거리며 중얼거리고는 미심과 함께 왕민의 곁으로 이동했다.

“시작하죠?”

왕민 등 삼 인이 배 왼쪽 난간에 자리를 잡자 추산이 고검을 보며 말했다.

“어디, 사제의 공력이 얼마나 늘었나 한번 볼까?”

　고검이 추산에게 빙긋 미소를 지어 보이고는 배 오른편으로 이동했다. 추산은 고검의 앞쪽에 나란히 선 후 소리를 질러 반대편 왕민 등에게 신호를 보냈다.

　"준비하세요!"

　추산의 말에 무불장 고수들이 진기를 끌어올리기 시작했다. 능운백은 그런 무불장 고수들의 움직임을 호기심 어린 표정으로 바라보고 있었다.

　"지금이에요!"

　추산이 시작을 알리자 무불장의 다섯 고수가 일제히 배의 양쪽 수면을 향해 장력을 떨쳐 냈다.

　퍼퍼펑!

　장력이 수면에 부딪치며 적지 않은 파열음을 일으켰다. 순간 무불장 고수들이 타고 있던 배의 중심이 크게 흔들리면서 배가 왼쪽으로 쏠렸다.

　"이런 제길! 좀 살살하라고!"

　대웅산이 크게 출렁이는 배에서 애써 중심을 잡으며 고검과 추산 쪽을 보며 소리쳤다.

　배가 흔들린 것은 양쪽에서 쳐낸 장력의 힘에 차이가 난다는 것. 고검과 추산이 쳐낸 장력이 대웅산 등이 쳐낸 장력보다 강했기에 배가 왼쪽으로 쏠린 것이었다. 이런 현상은 양쪽에서 처음 쳐낸 장력의 세기를 조절하지 못했기 때문에 일어난 일이기도 하지만 한편으로는 고검과 추산의 공력이 대웅산 등 삼인의 공력을 능가하고 있다는 것을 의미하는 것이기도 했다.

　대웅산이 짜증을 낸 것은 공력에 관한 한 자신도 고검과 추산에 비해 그리 뒤지지 않을 거란 예상이 보기 좋게 빗나갔기 때문이기도 했다.

　"알았어요! 다시 해봐요!"

　추산이 고개를 끄덕이며 소리쳤다. 다행히 노삼의 배 모는 실력은 타의 추종을 불허할 정도로 뛰어났기에 힘의 균형이 맞지 않아 흔들리던 배는 금세 균형을 되찾은 후였다.

　"자, 다시요!"

　추산이 또 한 번 신호를 보냈다. 이미 양쪽 힘의 차이가 드러난 이후였기에 이번에는 서로 힘을 조절해 장력을 쳐냈다.

　퍼펑!

　강력한 충돌음이 터져 나오고 배는 다시 흔들렸다. 하지만 그 흔들림의 강도가 처음과는 확연히 차이가 났다. 양쪽 편에서 쳐내는 장력의 세기가 어느 정도 균형을 맞췄다는 의미.

　"좋아요! 이대로 계속해요!"

　추산이 고개를 끄덕이며 다시 소리쳤다. 그에 따라 다섯 무불장 청부사들이 일정한 간격을 두고 장력을 쳐내기 시작했다.

　처음에는 갑작스럽게 가해진 힘에 놀라 움찔하던 배도 어느새 서서히 강호 고수들의 장력이 만들어내는 추진력을 받아들이기 시작했다. 동시에 능숙한 뱃사람인 노삼은 무불장 고수들이 만들어내는 힘을 고스란히 배의 속도를 높이는 데 끌어

썼다. 그러자 배가 순풍을 맞은 듯 속도를 끌어올리기 시작했다.

촤아아악!

물살 갈라지는 소리가 경쾌하게 들려왔다. 물소리가 높아짐에 따라 배의 속도도 더욱 빨라졌다. 그리고 어느 순간, 고검과 추산 등이 타고 있는 배가 마름모꼴 대형을 유지하고 있던 동궁 척후 선단에서 벗어나기 시작했다.

두두두둥!

동시에 노삼이 가볍게 북을 울렸다. 자신들이 선단의 선두에 나서겠다는 것을 다른 배에 알리는 신호였다.

처음 배를 몰고 천보산 수룡맹의 진영으로 향할 때 이미 적의 기습이 시작되면 추산이 적을 진 안으로 유인하는 일을 맡기로 정해져 있었기에 호굉과 상당군이 타고 있는 지휘선은 자연스럽게 고검과 추산이 타고 있는 척후선에 앞자리를 내주었다. 홍택호의 물 위에서라면 모를까, 사해교진이 펼쳐진 곳에서는 동궁의 고수들이라 해도 길을 잃기 십상이었기 때문이다.

무불장 고수들이 쳐내는 장력의 힘을 받아 선단의 선두로 나선 배가 순식간에 세 척의 척후선과 거리를 벌렸다. 물 위에서는 한 번 받은 탄력을 쉽게 멈출 수 없는 법. 고검과 추산이 타고 있는 배는 쏜살같이 홍택호의 동안(東岸)을 향해 질주했다.

"너무 빠른 것 같아요! 거리가 지나치게 벌어지면 안 됩니다!"

이미 지휘선을 추월하는 순간 장력을 쳐내 배의 속도를 높이는 일을 중지한 추산이 노삼을 보며 소리쳤다.

"알겠소이다, 추 대협! 속도를 줄이지요!"

노삼이 재빨리 고개를 끄덕이고는 서둘러 배의 속도를 조절하기 시작했다. 그러자 뒤따르는 세 척의 척후선과 무불장 고수들이 탄 배와의 거리가 서서히 좁혀지기 시작했다.

위치를 바꿔 무불장 고수들이 탄 척후선을 선두로 일정한 대형을 유지하며 네 척의 척후선이 어느새 홍택호 동안(東岸)으로 진입해 들어가기 시작했다. 그들 뒤에선 여전히 수룡맹의 대선단이 마치 도주하는 사냥감을 놓고 유유히 사냥을 즐기는 맹수들처럼 뒤따르고 있었으나 여전히 아직은 동궁의 척후 선단을 향해 이빨을 드러내지 않고 있었다.

척후 선단의 대형이 안정을 되찾자 고검과 추산은 배의 후미를 떠나 전방으로 이동했다. 두 사람의 눈에 거뭇한 산야가 들어왔다. 하늘에는 어느새 별빛조차 사라지고 없었다. 동궁의 척후 선단과 수룡맹 기습선의 기이한 추격전이 계속되는 동안 홍택호의 하늘은 어느새 검은 구름의 차지가 되어 있었던 것이다.

"좋구나."

고검이 문득 입을 열었다. 모두들 다급하게 움직이고 있었지만 고검의 표정은 언제나처럼 침착했고 하늘이 무너져도 동요치 않을 안정감이 느껴졌다.

“뭐가요?”

“날씨 말이다. 마침 구름까지 끼었으니 적을 끌어들이기에
는 무척 유리하지 않겠느냐?”

“맞아요. 이 정도라면 수룡맹에 아무리 뛰어난 책사가 있다
고 하더라도 우리가 묘산으로 향하는 수로가 아닌 사해교진
안으로 자신들을 유인하고 있다는 것을 눈치 챌 수는 없을 거
예요. 하늘이 동궁을 돕고 있군요.”

“좋은 결과가 있어야 할 텐데…….”

고검이 어두운 하늘을 보며 중얼거렸다.

“너무 걱정하지 마세요. 모든 게 계획대로 진행되고 있으니
까요.”

자신감있는 추산의 말에 고검이 미소를 지으며 대답했다.

“이번 일이 성공한다면 아마도 강호에 지운 노사의 후인이
탄생했음이 널리 알려질 게다. 어쩌면 사제의 명성이 이 사형
을 능가할지도 모르겠구나.”

“설마 그럴 리가요. 사형은 이미 천하팔대고수에 근접한 고
수로 알려진 사람인데요. 그리고 나처럼 뒤에서 귀계를 부리
는 사람은 명성을 얻기 어려운 법이지요. 특히 강호에서는
요.”

“그렇다면 이번 참에 네 무공을 한번 온전히 드러내 보거라.
내 판단으로는 지금의 네 무공은 결코 내 아래가 아닌 것 같은
데.”

“그런 말씀 마세요. 제가 백일검의 저주에서 벗어나면서 몇

가지 기연을 얻기는 했지만 어떻게 사형에게 비하겠어요.”

“네 공력은 나에 못지않을걸.”

“하긴, 공력은 제법 는 것 같아요. 그런 면에선 영약도 무공에 큰 도움이 되긴 하네요. 하지만 역시 무공은 깨우침 아니겠어요?”

“그 이치를 알고 있으니 네 무공이 더더욱 기대가 되는구나.”

“기대가 크면 실망도 큰 법이니 너무 기대하진 마세요. 그나저나 이제 움직일 때인 것 같아요.”

추산의 말에 고검이 고개를 들어 앞을 바라봤다. 그러자 어느새 두 사람 주위로 수십 개의 작은 섬이 모습을 드러냈다. 그리고 그 섬들 사이의 어두운 수면 위로 구불거리는 수로가 멀리 동북쪽을 향해 이어져 있었다.

“그렇구나. 이제야말로 사제의 실력을 발휘할 때군. 그런데 정말 묘하구나. 누가 보더라도 묘산에 이르는 수로로 보겠어.”

고검이 어둠 속으로 길게 이어진 섬들 사이의 수로를 보며 말했다.

“제법 비슷하죠?”

“비슷한 정도가 아닌걸. 누가 눈앞의 수로가 사해교진으로 이어진 길이라고 생각하겠느냐? 정말 사제의 진법은 대단하구나.”

“헤헤, 제 진법이 대단한 게 아니라 자운 사부의 진법이 대단한 거지요. 어쨌거나 이제부터는 제가 길 안내를 해야겠지요. 노 대협도 사해교진 속에서는 그저 한 명의 뱃사람에 지나지 않을 테니까요."

"그래. 시작하자."

고검의 말이 떨어지자 추산이 재빨리 신형을 옮겨 배의 키를 잡고 있는 노삼의 곁으로 다가갔다. 노삼은 추산이 다가오자 반색을 하며 자리 한 켠을 추산에게 내주었다.

"이제부터는 추 아우가 길잡인가요?"

대웅산이 말하자 능운백이 고개를 끄덕이며 말했다.

"이제부턴 저 녀석이 주인공이지. 허허, 참으로 기이한 일이야. 무림의 판세가 저 어린 녀석의 손에 결정되게 되었으니 말이야. 허허허, 그놈 참!"

능운백이 추산에 대한 대견함을 숨기지 않고 얼굴에 드러냈다.

추산이 노삼의 곁으로 이동하자 고검은 추산과 노삼이 서 있는 배의 중앙부에서 더 뒤쪽으로 이동했다. 그리고는 뒤따르고 있는 세 척의 동궁 척후선을 응시하며 거대한 산처럼 우뚝 섰다.

그런데 자세히 보면 고검의 시선은 동궁 척후선이 아니라 그 뒤쪽에서 검은 해일처럼 밀려오는 수룡맹 전선들을 응시하고 있었다. 배를 인도하는 추산을 향해 어떤 위험이 닥칠 만약의 경우를 대비하고 있는 것이었다.

그렇게 수룡맹 전선들을 거대한 함정으로 끌어들일 준비가

끝났다. 그리고 그 순간 무불장 고수들이 몸을 싣고 있는 척후
선이 삼십여 장 크기의 작은 섬 하나를 지나쳤다.

촤아악!

섬을 지나치며 배 아래에서 거칠게 물 갈라지는 소리가 들
려왔다. 동시에 고검과 추산이 타고 있는 배가 한차례 기우뚱
하더니 급격하게 왼쪽으로 기울어지며 방향을 틀었다.

"어이쿠야!"

대웅산이 갑작스런 배의 움직임에 놀라 다급성을 흘려냈다.
하지만 행동은 그랬지만 이미 몸의 중심을 잡고 있는 대웅산
이었다. 무불장 고수들이 탄 배가 선로를 변경하자 뒤따르던
동궁의 척후선들 역시 급격하게 방향을 변화시켰다.

촤아악!

세 척의 배가 수면을 가르며 방향을 회전하는 소리가 꼿꼿
하게 서 있는 고검의 귓가에 들려왔다.

'반응이 있군.'

자신들의 뒤를 따르고 있는 세 척의 척후선이 방향을 트는
순간 고검의 눈이 한차례 번뜩였다. 일정한 거리를 유지하고
추격해 오던 수룡맹의 전선들 사이에서 약간 소란스런 소리가
들려오더니 이내 십여 척의 배가 선단의 대형에서 벗어나 무
서운 속도로 질주하기 시작했던 것이다.

'빠르군.'

고검의 얼굴에 한순간 긴장의 빛이 떠올랐다. 하늘이 무너
져도 꼼짝하지 않고 자리를 지킬 것처럼 보이던 고검에게도

대형을 벗어나는 십여 척 수룡맹 추격선의 속도는 가히 놀라운 것이었다.

"모두 조심해야겠습니다. 저들이 속도를 높이기 시작했습니다."

고검의 입에서 나직한 경고음이 흘러나왔다. 그러자 배 안에 타고 있던 무불장의 고수들이 일제히 수룡맹 전선들을 향해 고개를 돌렸다.

"정말 빠르구먼. 이러다간 잡힐지도 모르겠는데요."

대웅산이 긴장한 목소리로 말했다.

"그러게 말이다. 이 배와 상당군이 타고 있는 배는 몰라도 나머지 두 척은 조금 위험할지도 모르겠군."

능운백 역시 걱정스런 시선으로 추격에 나선 십여 척의 수룡맹 전선을 바라보며 중얼거렸다.

능운백의 걱정은 기우가 아니었다. 어느새 삼십여 장의 거리를 유지하고 있던 동궁 척후 선단의 후미와 수룡맹 추격선과의 거리가 이십여 장 안쪽으로 좁혀들고 있었다.

더군다나 능운백이 말한 두 척의 척후선과 앞선 두 척의 거리가 서서히 벌어지고 있었다. 그렇다고 앞선 배들이 두 척의 배를 기다릴 수도 없는 상황이었다.

작금의 상황은 호랑이 등에 올라탄 상황과 마찬가지여서, 최대한 속도를 끌어올려 사해교진 깊숙이 적을 끌어들이는 것이 척후 선단의 최대 목표였기 때문이다.

"희생을 감수해야 할지도 모르겠군요."

왕민이 고개를 저으며 말했다.

"음… 전장에서 희생이 없기를 바랄 수는 없지만 동료를 사지에 떨어뜨리고 가는 것 같아 기분이 좋지는 않군. 그렇다고 저들을 구하자면 그로 인해 수룡맹의 전선을 진(陣) 안으로 끌어들이는 일이 어그러질 것이고… 쯧쯔……."

애초에 천하팔대고수 능운백은 그 추레한 용모와 자유분방한 성정에 어울리지 않게 무척 정이 많은 사람이었다. 강호에서 그가 행한 숱한 청부를 통해 구축된 인맥은 바로 그의 그 정 많은 성정이 은연중 청부 일에 반영되었기에 청부자들이 마음으로 그를 존경하며 생긴 인맥들이었던 것이다.

그런 능운백이었으므로 멀어지고 있는 두 척의 척후선에 탄 동궁의 고수들을 걱정하는 것은 당연했다. 하지만 그렇다고 그들을 돕기 위해 그들에게로 갈 수는 없는 일이었다.

물론 능력으로 보자면 어쩌면 능운백은 두 척의 배에 타고 있는 동궁의 고수들을 구할 수 있을지도 몰랐다. 하지만 그러자면 자연히 수룡맹을 사해교진으로 끌어들이려던 애초의 계획은 어그러지게 될 것이다. 그리고 그건 아마도 동궁에게 치명적인 결과를 가져올 터였다.

"저들의 운명에 맡기는 수밖에……."

능운백이 씁쓸한 어조로 중얼거렸다. 강호의 인생이란 본래 목숨을 하늘에 맡겨놓은 존재들이 아니던가. 그렇게 능운백이 멀어지는 두 척의 척후선을 안타까운 눈으로 응시하고 있을 때 갑자기 주변의 풍광이 변화를 일으켰다.

갑자기 잔잔하던 수면이 폭풍을 만난 듯 일렁이기 시작했
다. 쏜살같이 질주하던 배가 크게 출렁였다.

“시작인가?”

능운백은 흐릿하게 감도는 밤안개를 바라보며 중얼거렸다.
드디어 배가 진의 초입으로 들어선 것이다.

추산은 초조한 기색으로 다가오는 작은 섬의 군락을 바라봤
다. 섬과 섬 사이에 그렇게 짙지 않은 안개가 감돌고 있었다.
또한 섬 사이를 흐르는 물은 마치 해상의 거친 해류처럼 어지
러운 움직임을 보이고 있었다. 그 자신이 사해교진을 통해 일
으킨 변화이지만 추산 본인이 보아도 왠지 모를 공포감이 깃
든 사해교진이었다.

“왼쪽 격류를 따라가세요.”

어느 순간 추산이 입을 열었다. 그러자 노삼이 두려운 눈으
로 추산을 바라봤다.

“그리되면 저 바위섬에 부딪칠 것 같습니다만…….”

“허상이에요.”

“네?”

“진에 의해 만들어진 허상의 섬입니다. 그리고 격류를 따라
움직여도 그 섬을 스쳐 지나지 부딪치지는 않을 겁니다. 위험
한 것은 오히려 오른쪽에 늘어선 세 개의 섬이지요.”

“저쪽은 물살이 거세지 않아 안전할 것 같습니다만…….”

“진이란 것은 항상 사람의 눈을 속이지요. 보이는 것과 달리

저기 세 개의 섬은 일직선으로 서 있는 것이 아니라 횡으로 늘
어서 있습니다. 앞에 나와 있는 섬만 바라보고 가다가는 뒤의
두 섬과 충돌하게 될 겁니다."

"아니, 그게 정말입니까? 강호의 절진에 대해 들어보지 못
한 바는 아니지만 섬의 위치를 변화시키는 진이 있을 줄은 몰
랐군요. 누구든 거친 격류를 피해 잔잔한 물길을 선택할 테니
수룡맹의 배 중 상당수가 이곳에서 침몰하겠군요."

"그들이 우리의 뒤를 따른다면 피해가 없겠지만 스스로 물
길을 찾는다면 그리되겠지요."

"하지만 그리되면 그들이 이곳에 진이 설치된 것을 알고 되
돌아가지 않을까요?"

"그렇지는 않을 겁니다. 그들은 섬에 부딪치기 전 갑작스런
물길의 변화를 경험할 테니 섬의 위치가 변화되었다고 느끼기
보다는 격류에 휩말렸다고 생각할 겁니다. 그러면 또 자연히
다른 배들은 이쪽을 향하게 되겠지요."

"정말 대단한 진이군요. 대단하신 분인 줄은 알았지만 이런
기진을 펼치실 줄은 몰랐습니다. 추 대협이 동궁을 돕는 건 동
궁으로선 큰 복이 아닐 수 없습니다."

"목숨 값을 갚는 것뿐이지요. 그리고 이곳에서의 변화는 그
저 시작에 불과합니다. 사해교진의 변화는 그야말로 무궁무진
하지요. 아마도 진이 정식으로 발진되면 천하의 그 어떤 세력
도 벗어나기 힘들 겁니다. 또한 곳곳에 위험한 환영들이 숨어
있으니 제가 설명하는 대로 오차없이 배를 몰아주십시오."

"알겠습니다. 추 대협이 시키는 대로 하지요."

노삼이 고개를 끄덕여 보이고는 추산이 말한 거친 물길이 흐르는 곳으로 배를 몰아갔다. 그러자 무불장 고수들이 탄 배가 무섭게 흔들리기 시작했다.

"어어, 뭐 하는 거야?"

대웅산은 갑자기 배가 거칠게 흔들리는 이유를 알아보려고 고개를 돌렸다가 배 앞에 다가온 작은 바위섬을 보고는 화들짝 놀라며 소리쳤다. 그들이 타고 있는 배가 바로 그 바위섬을 향해 무서운 속도로 돌진하고 있었기 때문이다.

"걱정 마라. 산이 녀석이 길을 잡고 있고, 해신문 최고의 뱃사람이라는 사람이 키를 잡고 있다."

능운백이 잔뜩 긴장한 대웅산을 보며 말했다.

"하지만 이대로 가다가는 저 바위섬과 충돌하고 만다고요. 아무리 배를 잘 몰아도 이대로는 피할 길이 없어요."

"원, 그놈 참 말 많군. 글쎄 기다려 보자니까? 덩치에 안 맞게 호들갑스럽기는… 쯧쯔!"

능운백이 대웅산을 흘겨보며 말하자 대웅산이 더 이상은 입을 열지 않았지만 배와 바위섬의 충돌에 대한 걱정은 여전해 보였다. 그리고 그 와중에도 배는 거친 물살을 따라 무서운 속도로 바위섬을 향해 돌진하고 있었다.

좌아아악!

물살이 갈라지며 차가운 물방울이 배 안으로 튀어 들어왔다. 배의 앞머리가 번쩍 들리는가 싶다가도 이내 물속으로 고꾸라지듯 아래로 내려갔다. 그야말로 바다에서 거대한 폭풍을 만난 것 같은 상황. 그 상황에서도 배는 여전히 바위섬을 향해 돌진하고 있었다.

"어어어!"

능운백의 핀잔에 입을 닫고 있던 대웅산이 다시 입을 열었다. 어느새 배 십여 장 앞쪽에 바위섬이 다가왔던 것이다. 이제 배와 바위섬의 충돌은 피할 수 없어 보였다. 그리고 이번에는 능운백 역시 대웅산을 타박할 수 없었다. 그가 보기에도 그들이 탄 배는 무척 위험한 상태였기 때문이다.

"어엇!"

두려운 것은 대웅산만이 아니었다. 거친 물살에 대항해 힘차게 노를 젓고 있던 동궁의 고수들 입에서 다급성이 터져 나왔다.

"정신 차려! 노에서 손을 놓지 마라!"

당황하는 동궁 고수들의 귀에 노삼의 불호령이 떨어졌다. 잠시 당황했던 동궁 고수들의 손에 다시 힘이 들어갔다. 그러자 크게 흔들리던 배가 다시 단단하게 중심을 잡는 것이 사람들의 발을 통해 느껴졌다. 그리고 그 순간 갑자기 배의 방향이 거의 직각으로 꺾이며 섬의 오른쪽으로 돌아가기 시작했다.

"이, 이게 도대체가……?"

대웅산의 입에서 의혹이 가득 담긴 목소리가 흘러나왔다.

그도 그럴 것이, 거의 수직으로 방향을 꺾은 배였지만 그 위에
타고 있는 사람들은 아무런 쏠림도 느끼지 않았기 때문이다.
정상적이라면 배의 왼쪽으로 모든 사람이 쏠려가고 배 또한
크게 기울어져야 하는 상황이었지만 배는 여전히 균형을 잡고
있었고, 사람들 역시 한쪽으로 쏠리지 않았다. 그리고 그사이
어느새 배는 부딪칠 것 같던 바위섬을 스쳐 지나고 있었다.

"이 바위섬은 허상이구나."

놀라는 대웅산의 옆에서 능운백의 목소리가 들려왔다.

"허상이라고요?"

대웅산이 믿지 못하겠다는 듯 능운백을 보며 물었다.

"그렇다. 이 바위섬은 허상이었어. 진에 의해 만들어진 것
이지. 배 또한 실제로는 방향을 튼 것이 아니다. 그저 앞으로
곧게 전진하고 있을 뿐."

"어떻게 그런 일이?"

"달리 천하제일현자라 불린 자운 노사겠느냐? 과거 자운 노
사가 남련의 대군을 진법 하나로 막아냈다는 것이 과연 사실
이었구나."

능운백이 새삼스레 자운 노사의 뛰어난 진법에 감탄하는 사
이 배는 어느새 바위섬을 뒤로 두고 있었다.

무불장 고수들이 탄 배를 따라 순식간에 상당군과 광풍검
호광이 모는 배가 따라붙었고, 멀리 삼십여 장 뒤쪽에 나머지
두 척의 배가 바위섬을 향해 돌진하는 것이 보였다. 그리고 그
두 척의 배 십여 장 뒤에는 어느새 수룡맹의 배들이 모습을 드

러내고 있었다.

그런데 그렇게 급박하게 동궁의 배를 추격하던 수룡맹의 전
선들이 어느 순간 서서히 속도를 줄이기 시작했다. 추산이 예
상했던 바로 그곳, 왼쪽으로는 거친 물살이 바위섬을 향해 흐
르고 있고, 오른쪽으로는 일렬로 늘어선 바위섬 곁으로 잔잔
한 물길이 이어진 곳에서였다.

뱃사람이라면, 배를 모는 데 물길이 얼마나 중요한지를 아
는 사람이라면 누구라도 망설일 수밖에 없는 지점. 그곳에서
수룡맹 추격선들의 고민이 시작되었던 것이다.

그러나 추격자의 고민은 길지 않았다. 고민하며 시간을 허
비하는 사이 동궁의 척후선들이 추격권에서 사라지는 것을 두
고 볼 수는 없었던 것이다.

그리고 수룡맹의 결정은 의외로 간단했다. 동궁의 척후선들
이 험한 물살을 따라 움직인 데에는 그만한 이유가 있을 거란
결론을 내린 수룡맹의 추격자들은 열 척의 추격선을 둘로 나
눴다.

그리하여 다섯 척의 배는 동궁의 척후선들을 따라 거친 물
길을 따라 움직였고, 다른 다섯 척은 부드러운 물의 흐름을 보
이는 세 개의 작은 섬이 일렬로 늘어선 방향의 수로를 선택해
움직이기 시작했다.

아마도 그들은 양쪽의 선로 중 좀 더 나은 쪽으로 수룡맹의
본 선단을 인도하게 될 것이다. 열 척의 추격선에게는 동궁의
척후선들을 따라잡는 것보다도 본대의 길을 여는 임무가 더

중요했으므로 양쪽의 길 모두를 살피기로 결정하는 것은 당연한 일이었다.

그렇게 열 척의 추격선이 각기 다른 물길을 따라 동궁의 척후선들을 추격하기 시작했을 때, 어느새 그 뒤쪽으로 거대한 해일처럼 수룡맹의 전선들이 밀려들었다.

촤아아악!

두 패로 갈라진 수룡맹의 열 척의 추격선이 속도를 내기 시작했다. 작은 섬들로 가득 찬 홍택호의 동안, 추격자들은 어둠 속에서 용케 길을 잃지 않고 동궁의 네 척 척후선의 꼬리를 붙잡고 늘어졌다.

그러나 두 갈래의 길을 선택한 수룡맹 추격선들은 서로 다른 두 물길만큼이나 크게 달라질 운명이었다. 그리고 그 운명의 시간이 수룡맹 전선들을 찾아드는 데는 그리 많은 시간이 필요치 않았다.

콰아아아!

갑자기 잔잔한 물길을 따라 움직이던 오른편의 다섯 척 수룡맹의 추격선 밑에서 거친 물소리가 일어나기 시작했다. 바야흐로 추산이 수십 리에 걸쳐 펼친 사해교진이 그 위력을 발휘하기 시작하는 순간이었다.

第三章

경천동지(驚天動地)

孤劍秋山

쿠쿠쿵!

거대한 충돌음이 홍택호 동안(東岸)을 뒤흔들었다. 동시에 은은한 비명 소리가 충돌음에 섞여 들려왔다. 한 치 앞을 내다보기 힘든 어둠 속에서 두 척의 배가 멍청하게도 눈앞의 바위섬을 들이받고 침몰하고 있었다.

그 와중에 누군가의 다급한 외침이 아련하게 들려왔다. 고검은 배의 후방에 고정되어 있던 시선을 돌려 난장판이 펼쳐진 것 같은 소음이 들려오는 방향으로 고개를 돌렸다.

아릿하게 배의 앞부분이 부서진 채 물속으로 침몰하는 두 척의 배가 보였다.

'시작인가!'

고검의 눈빛이 번뜩였다. 수룡맹의 배가 최초로 추산의 사해교진에 걸려 침몰하고 있었다. 아마도 두 척의 침몰을 시작으로 이 홍택호 동안은 그동안 강호에서 경험하지 못했던 천하 절진의 위력 속으로 빠져들게 될 터였다.

"신호를!"

갑자기 고검의 뒤쪽에서 추산의 목소리가 들려왔다. 그러자 노삼 곁에 있던 동궁의 고수 한 명이 지체하지 않고 횃불을 들어 올렸다.

"발진(發陣)이냐?"

고검이 뒤를 돌아보며 묻자 추산이 싱긋 미소로 답했다.

"이제 시작이에요."

"기대하마!"

"아마 아주 오랫동안 기억에 남을 밤이 될 거예요."

고검과 추산 두 사형제의 시선이 허공에서 교차했다.

그때 고검 등이 탄 척후선이 지나온 바위섬을 지나쳐 수룡맹의 전선들이 거친 물살을 빠져나왔다. 그리고는 덮치듯 뒤처진 두 척의 동궁 척후선을 따라잡았다. 동시에 거친 파공음이 터져 나왔다.

파파팟!

무림에서 활[弓]은 극히 사용이 제한된 병기다. 무림의 싸움이란 비록 전장이 크다 하더라도 도검을 이용해 일 대 일로 맞부딪치는 백병전이 주를 이룬다. 대형을 이루고 화살을 쏘아 올려 적을 공격하는 방식은 무림의 싸움에선 좀체 경험할 수 없는 형태의 싸움인 것이다.

그런데 동궁의 척후선을 추격한 수룡맹의 다섯 척 전선에서 수백 개의 화살이 허공을 가르며 떠올랐다. 그리고는 마치 폭우가 내리듯 뒤처진 두 척의 동궁 척후선 위로 떨어져 내렸다.

따다당!

거친 충돌음이 아련하게 들려왔다. 동궁 고수들이 도검을 휘둘러 날아드는 화살을 쳐내는 소리였다. 하지만 그 때문에 공격받은 두 척 척후선의 속도가 뚝 떨어졌고, 그사이 수룡맹의 다섯 척 추격선이 동궁 척후선을 따라잡았다. 수룡맹의 전선 중 두 척은 이내 동궁의 척후선과 교전을 시작했다. 그리고 나머지 세 척은 내처 앞서 나가고 있는 나머지 두 척의 동궁 척후선을 추격하기 시작했다.

차차창!

“악!”

“막앗!”

세 척의 수룡맹 추격선의 뒤쪽에서 거친 목소리들이 들려왔다. 드디어 동궁과 수룡맹의 싸움의 막이 오른 것이다.

그러나 이 첫 번째 싸움이 길게 가지 않을 거란 건 누구나 짐작할 수 있는 일이었다. 비록 얼마간 버텨내긴 하겠지만 적에게 따라잡힌 두 척의 동궁 척후선이 거대한 해일처럼 밀려오는 수룡맹 대선단을 상대로 살아남을 수는 없는 일이었다.

“망할 놈들, 반드시 빚을 갚아주마.”

대웅산이 이를 갈며 비명 소리가 들려오는 어두운 호수를 바라보며 중얼거렸다. 무불장의 청부사들과 동궁의 관계는 비록 추산의 목숨 값에 의해 거래가 성사된 관계이기는 하지만 그래도 대웅산에게만큼은 조금 다른 의미였기에 대웅산의 분노는 무척 강렬한 것이었다.

“흥분하지 마라. 저들의 희생은 이미 예상했던 바가 아니냐? 강호의 전장에서 흥분은 금물이다. 목에 칼이 들어오는 상황에서도 차가운 이성을 유지하는 자만이 살아남을 수 있는 곳이 바로 강호다.”

능운백이 마치 제자인 고검과 추산에게 가르침을 주듯 말했다.

“흐흐, 걱정 마십시오. 이래 봬도 십 년이 넘게 청부사 생활을 한 제가 아닙니까?”

“하긴, 서당 개 삼 년이면 풍월을 읊는다고 했으니 청부사 생활 십 년에 마음을 다스리지 못한다면 헛산 것이지. 그나저나 안타까운 일이야. 저들을 그대로 두고 봐야 한다는 것은.”

어느새 수룡맹의 본대가 치열한 싸움을 벌이고 있는 두 척의 동궁 척후선 바로 뒤까지 접근해 있었다. 그리고 그것으로 그들의 운명은 결정된 것이나 마찬가지였다. 능운백이 더 보고 싶지 않다는 듯 휙 신형을 돌려 배의 앞쪽으로 이동했다.

“제길, 언제나 애꿎게 죽어가는 사람들이 있단 말씀이야.”

대웅산도 우울한 목소리로 중얼거리며 능운백을 따라 신형을 옮겼다. 그러나 그렇게 사람들이 마지막을 향해 치닫는 자들의 싸움을 외면하는 중에도 고검은 그들에게서 시선을 거두지 않고 있었다.

그는 여전히 두 다리를 갑판에 박아 넣은 듯 흔들리지 않는 자세로 서서 뒤처진 두 척의 동궁 척후선과 그 안에 탄 사람들의 최후를 응시하고 있었다. 물론 밤이 깊어 자세한 상황을 볼 수는 없었지만 그 소리를 듣는 것만으로도 싸움의 상황을 능히 짐작할 수 있었다.

쿠쿠쿵!

어둠에 가린 시야보다 밤공기를 타고 들려오는 소리가 훨씬 많은 사실을 알게 해준다.

'아예 배로 밀어버리는 건가?'

거대한 충돌음은 배가 배를 향해 돌진하는 소리다. 수룡맹의 전선 중 적선을 파괴하기 위한 충돌선이 있음이 분명했다. 그리고 그 충돌선들이 두 척의 동궁 척후선을 파괴하고 있음이 분명했다.

'끝이군.'

고검은 잠시 눈을 감았다. 보지 않아도 보이는 그림. 여지없이 부서진 배에서는 동궁의 고수들이 최후의 항전을 하고 있을 것이다. 살아남기 위해서가 아니라 무인으로서의 자신의 운명에 순응하기 위해서.

'운명이란 언제나 가혹한 것이지.'

고검이 눈을 떴다. 가혹한 운명을 맞이한 동궁의 고수들에 대한 연민은 잠깐이면 충분하다. 그들은 그들의 운명이, 그에게는 그의 운명이 남아 있으니까.

촤아악!

세 척의 수룡맹 추격선이 바싹 거리를 좁혀왔다. 하지만 적의 공격에 당한 두 척의 동궁 척후선과 달리 무불장 고수들이 타고 있는 척후선과 호광과 상당군이 타고 있는 척후선은 쉽사리 적에게 꼬리를 허용치 않았다. 그래서 양측은 일정한 거리를 유지한 채 바람처럼 작은 섬들이 어우러진 홍택호의 동안(東岸)을 가로지르고 있었다.

"여유를 두지 않고 몰아대겠다는 건가?"

노삼이 적의가 드러난 얼굴에 한가닥 미소를 지으며 뒤따르는 수룡맹 전선들을 보고 말했다. 공격이 가능한 거리에 들어왔음에도 화살 한 대 날려 보내지 않는 수룡맹의 전선들이다.

"이렇게 묘산까지 쉴 틈 없이 길을 안내하라는 거겠죠."

추산이 노삼의 말을 받았다.

"기꺼이 안내해야지요. 묘산이 아니라 지옥의 입구로."

노삼이 한껏 살기가 묻어나는 눈빛을 흘려내며 말했다.

"이제 얼마 남지 않았습니다. 노 대협의 솜씨가 필요할 때입니다."

추산이 주의를 주듯 말했다.

"걱정 마십시오, 추 대협. 이르시는 길이 어떤 물길이라도 이 노삼이 반드시 헤쳐 나갈 것입니다."

"하지만 조심해야 합니다. 사해교진에서는 한 치의 실수라도 곧 죽음으로 연결될 수 있으니까요."

"알겠습니다. 주의하지요."

노삼의 대답을 들은 추산이 손을 들어 다섯 개의 바위섬이 갈지자로 서 있는 곳을 가리켰다.

"저 섬들 사이를 통과해야 합니다. 특별히 진의 변화가 있는 곳은 아니지만 지형 자체가 위험한 곳이지요."

"눈속임이 없는 곳이라면 이 노삼을 믿어도 좋습니다."

노삼이 자신있는 어투로 말하고는 이내 다섯 개의 바위섬을 향해 배를 몰아가기 시작했다.

쿠우우!

다섯 개의 바위섬이 갈지자로 늘어선 수면에서 거대한 물 흐름 소리가 흘러나왔다. 곳곳에서 물이 휘돌며 소용돌이를 만들고 있었고, 바위섬 쪽으로 부딪쳐 가는 물결 또한 그 세기가 만만치 않아서 여간한 뱃사람이 아니면 섬 사이를 통과하기가 결코 쉽지 않은 지역이었다.

그러나 노삼은 망설임없이 그 험한 물길 속으로 배를 밀어넣었다. 배의 요동이 다시금 거세졌다. 무불장의 고수들조차 긴장으로 낯빛이 변했다. 그러나 배는 위태롭게 기우뚱거리면서도 다섯 개의 바위섬을 교묘하게 피해 나가고 있었다.

무불장의 고수들이 탄 배를 따라 상당군과 광풍검 호광이 탄 배도 위태로운 곡예를 펼치며 다섯 개의 바위섬을 통과했다. 그 뒤쪽으로는 여전히 세 척의 수룡맹 전선들이 따르고 있었는데, 급류 앞에서 잠시 주춤하던 수룡맹의 전선들 역시 동궁의 척후선에 비해 크게 뒤지지 않는 움직임으로 급류를 타기 시작했다.

"역시 물에서는 강하군요."

노삼이 힐끗 뒤를 보며 말했다. 여간해선 따라오지 못할 물길이었지만 수룡맹의 추격선들이 크게 뒤떨어지지 않고 따라붙는 것에 대한 뱃사람으로서의 감탄이었다.

"저들의 이름 자체가 수룡맹이니까요."

추산은 예상했던 일이라는 듯 말했다. 수룡맹은 천하의 물길을 장악하며 탄생한 세력이다. 천하사패의 시대 사패의 눈앞에서 천하의 물길을 장악하는 것은 결코 쉬운 일이 아니었다. 물길에 대한 탁월한 능력 없이는 거의 불가능한 일이라고 할 수 있었다.

"하지만 그래서 저들은 더욱 함정에 빠질 수밖에 없을 겁니다."

추산이 연이어 입을 열며 득의한 표정을 지어 보였다. 그러자 노삼이 고개를 끄덕였다.

"그렇겠지요. 이렇게 위태로운 물길을 따라 이동하는 것이 저들을 유인하는 것이라고는 생각지 못할 겁니다. 아마도 자신들을 따돌리기 위해 일부러 위험한 길을 택한 것이라 생각하겠지요. 그래서 아무 의심 없이 추격하는 것이겠고요."

"모두 해신문의 고수 분들이 있기에 가능한 일이지요."

"핫하하, 저희들이 뭐 한 게 있나요? 그저 추 대협이 지시하는 대로 배를 모는 것 말고는……."

노삼이 기분 좋게 웃음을 터뜨렸다. 그사이 배는 드디어 다섯 개의 바위섬을 지나쳐 두 개의 거대한 섬이 마주 보고 있는 지점에 도달했다.

홍택호 동안(東岸)에 늘어서 있는 수많은 섬들은 본래 섬이라고 부르기 민망할 정도로 작은 것들이 대부분이었다. 바다가 아닌 내륙의 호수이기에 바다에서처럼 큰 섬은 극히 찾아보기 힘들었다. 그런데 지금 무불장 고수들이 타고 있는 척후선 앞에 등장한 두 개의 섬은 그 등에 거대한 숲을 이고 있을 만큼 컸다.

"드디어 도착했군요."

노삼이 입을 열었다. 노삼은 이 두 개의 섬이 사해교진 중심으로 들어가는 입구임을 알고 있었다.

"그렇군요. 이제 고기들이 그물에 들어오길 기다리는 일만 남았습니다."

"동료들이 희생되었으니 반드시 성공해야지요."

노삼이 어두운 표정으로 입을 열었다. 수룡맹의 숙영지가 구축된 천보산으로 떠난 다섯 척의 척후선 중 세 척의 손실 끝에 도달한 사해교진이었다. 아무리 강호에서 무림인의 목숨이 낙엽같이 가볍다 해도 동료의 죽음을 헛되이 할 수는 없는 일이었다.

"이제부터는 최대한 속도를 내서 일직선으로 나가주십시오. 저들이 따라붙지 못해도 좋습니다. 거리가 멀어지면 저들은 더욱 속도를 내어 따라붙을 테니 어떤 의심을 가질 여유도 없을 겁니다."

"알겠습니다. 그리하지요."

노삼이 재빨리 대답하고는 이내 뒤를 돌아보며 노를 젓고 있는 해신문 고수들을 향해 입을 열었다.

"전속력으로!"

노삼의 입에서 명이 떨어지자 해신문 고수들의 눈빛이 변하며 그들의 두 팔에 굵은 힘줄이 생겨났다. 그러자 척후선이 나는 듯이 물결을 헤치며 앞으로 나아가기 시작했다.

시원한 강바람이 찬 밤공기와 섞여 고검의 얼굴에 와 부딪쳤다. 배의 후미를 바라보고 있는 고검의 시선에 양옆으로 지나가는 거대한 두 개의 섬이 들어왔다.

'도착했군.'

고검이 오랜만에 고개를 돌려 배의 정면을 바라봤다. 어둠에 잠긴 채 섬들로 둘러싸인 분지 모양의 거대한 수면이 눈에 들어왔다. 오늘 밤, 혹은 내일 낮까지도 피에 잠길 장소였다.

호수 속의 호수라 불러도 좋을 이 전쟁터는 사해교진에 의해 만들어진 곳이었다. 추산은 수십 개의 섬 사이에 존재하는 이 공간을 찾아낸 후 섬과 섬, 그리고 그 안쪽의 육지까지를 포함해서 일대의 거대한 지역에 사해교진을 펼쳤다. 섬 중에는 실재하는 섬도 존재했지만 사해교진에 의해 허상으로 만들어진 섬도 존재했다. 실재하는 섬 뒤쪽에는 아마도 동궁의 고수들이 칼을 갈고 숨어 있을 터이다.

수없이 강호의 전장을 누벼온 고검이지만 피를 보는 싸움은 언제나 새롭다. 고검이 잡고 있던 마검의 손잡이를 만지작거렸다. 손에 익은 익숙한 느낌이 정겹다. 하지만 그 정겨운 검이 검집에서 뽑히는 순간 마검은 땅과 호수에 피를 뿌릴 터였다.

"사형, 거의 다 왔어요."

문득 고검의 상념을 깨뜨리는 추산의 목소리가 들려왔다. 고검이 눈을 돌려 추산을 바라봤다. 그러자 추산이 손을 들어 호수의 안쪽 깊숙한 곳을 가리켰다.

어느새 호수가 끝나고 무성하게 자란 침엽수림의 검은 그림자가 눈앞에 들어왔다. 사해교진의 중심부에서 동쪽은 이 거대한 침엽수림이 차지하고 있었다. 북쪽과 남쪽의 섬들 뒤쪽으로는 수십 척에 이르는 동궁의 전선들이 매복해 있을 것이다. 이 호수는 완벽한 함정이었다.

고검이 훌쩍 몸을 날려 추산의 곁에 내려섰다. 능운백과 무불장의 청부사들도 추산의 곁으로 모여들었다.

"동궁의 수뇌부는 어디쯤 있는 것이냐?"

물론 능운백도 현재 사해교진을 둘러싼 동궁 고수들의 포진(布陣) 형태를 모르는 것은 아니었지만 어두운 밤에 그것도 진에 의해 방위가 뒤틀린 곳에서 고수들의 위치를 정확하게 읽어낼 수는 없었다.

"저쯤에 있을 거예요."

추산이 손을 들어 송림의 북쪽 한 지점을 가리켰다.

"중심에 있지 않다는 말이냐?"

"혹시 있을지도 모르는 적의 공격에 대비한 포진이에요. 궁지에 몰린 쥐는 고양이를 무는 법이니까요. 그래서 중심을 비워두고 북쪽으로 지휘부를 돌린 거지요. 저들이 최후의 반격을 가한다면 저들은 또 한 번 함정에 빠지게 되겠지요. 그리된다면……."

추산이 말꼬리를 흐렸다. 그러나 추산의 말을 듣지 않아도 무불장의 고수들은 그럴 경우 벌어질 일을 능히 예상할 수 있었다. 수룡맹이 궁지에 몰려 동궁 수뇌부를 급습하기로 한다면 아마도 이 홍택호의 싸움은, 아니, 동궁과 수룡맹의 싸움은 그 순간 끝이 날 것이다.

"함정 속의 함정, 그물 속의 그물… 추 아우의 심기가 과연 대단하구나."

대웅산이 감탄사를 흘려내자 추산이 고개를 주억거리며 대답했다.

"이번에는 정말 신경을 좀 썼지요. 하지만 결과는 두고 봐야죠. 그들 중 조금이라도 냉정을 유지하는 사람이 있다면 동궁 수뇌부를 공격하는 짓 따위는 하지 않을 거예요. 어떻게든 배를 돌려 이곳을 벗어나려 하겠지요. 그리된다면 이 싸움은 며칠 더 가겠지요. 싸움의 승패는 천보산에서 결정될 테니까요."

"하지만 이곳에서 일대 타격을 입은 수룡맹이 천보산을 사수할 수는 없을 거야."

대웅산이 고개를 저으며 말했다.

"싸움에는 항상 변수가 있는 법이다. 결국 끝이 나봐야 결과를 알게 되는 법. 속단하지 말거라. 어쨌든 이제 시작할 때구나.”

능운백이 고개를 돌려 호수 속의 호수로 들어오는 입구를 바라봤다. 두 개의 커다란 섬에 의해 만들어진 입구로 까맣게 수룡맹 선단이 짓쳐드는 것이 보였다.

“조금 더 기다려야 해요. 저들이 진의 중심에 들어온 이후에 공격을 시작해야 해요. 한 척이라도 더 많은 적선을 끌어들여야 하니까요.”

“흠, 그렇게 되는 건가? 하면 우린 어디로 움직여야 하느냐?”

능운백의 물음에 추산이 손을 들어 북쪽에 육지와 연해 위치한 작은 섬을 가리켰다.

“저 섬에서 이 싸움을 구경하게 될 거예요. 저쪽으로 배를 몰아주세요, 노 대협.”

“알겠습니다, 추 대협!”

노삼은 추산의 말에 따라 재빨리 배의 방향을 북쪽으로 틀었다. 배가 크게 원을 그리며 북쪽의 작은 섬을 향해 이동했다. 상당군과 호광이 타고 있는 배 또한 방향을 돌렸다.

그들의 뒤를 바싹 쫓고 있던 수룡맹의 추격선들은 두 개의 섬이 마주 보고 있는 사해교진의 입구에서부터 조금씩 뒤처지기 시작했는데, 그건 그들의 배 모는 솜씨가 동궁의 고수들보다 뒤처지기 때문이라기보단 일단 사해교진 안에 들어온 이상 물길조차도 추산의 손바닥 위에 있기 때문이라고 할 수 있었다.

　그러나 조금 거리가 벌어졌다고는 해도 수룡맹의 추격선은 꾸준히 두 척의 동궁 척후선을 추격하고 있었다.

　배가 북쪽으로 방향을 튼 지 다시 이각여가 흐른 뒤, 드디어 고검과 추산이 타고 있던 척후선이 목표했던 작은 섬에 도착했다. 노삼은 단단한 바위로 둘러싸인 섬에서 용케도 안전하게 접안할 수 있는 땅을 찾아내 배를 밀어 넣었다. 달려오던 속도가 있었기 때문에 배는 노삼이 찾아낸 육지 위로 그 앞머리를 살짝 올려놓으며 긴 여정을 끝마쳤다.

　"하선(下船)!"

　노삼의 짧은 명이 떨어지자 노를 젓고 있던 해신문의 고수들이 일제히 노를 놓고 배에서 뛰어내렸다. 그중 일부는 배를 섬에 고정시키는 일을 맡았고 다른 몇몇은 서둘러 섬 주변의 경계에 들어갔다.

　고검과 추산 등 무불장의 고수들 역시 즉시 배에서 뛰어내려 섬에 올라섰다.

　"야, 이게 얼마 만에 밟아보는 땅이야!"

　급박한 와중에도 대웅산이 감개무량한 목소리를 흘러냈다.

　"섬의 정상으로 올라가요!"

　추산이 일행을 재촉했다. 그러자 고검이 일행의 선두에 서서 사방 오십여 장 넓이의 섬 중앙에 솟아 있는 커다란 바위를 향해 움직이기 시작했다.

　"미리 준비를 해놓았었군."

섬 중앙의 큼직한 바위에 도착한 대웅산이 바위와 바위 사이의 공터에 준비된 것들을 보며 입을 열었다.

"애초부터 이곳에서 진을 움직이며 이번 싸움을 지켜볼 생각이었거든요."

추산이 사해교진이 설치된 호수를 한눈에 내려다볼 수 있는 바위 위로 날아오르며 말했다. 그의 뒤를 따라 무불장의 고수들도 일제히 바위에 올라섰다.

호수는 여전히 어둠에 잠겨 있었다. 사물의 모습을 분간하기 힘든 어둠. 그러나 수룡맹 전선들의 움직임을 살피는 데는 큰 어려움이 없었다. 워낙 거대한 무리를 형성하고 있는 수룡맹 전선들이었기에 밤의 어둠과는 확연히 다른 어둠의 색깔을 내고 있었기 때문이다.

"얼추 다 들어온 것 같군."

능운백이 눈을 가늘게 떠 수룡맹의 대선단을 바라보며 말했다. 과연 수룡맹의 전선들은 어느새 두 개의 섬이 마주 보고 있는 사해교진의 중심부 입구를 모두 지나치고 있었다.

"시작해야겠어요."

추산이 다부진 표정으로 입을 열었다.

"어디 사해교진이 얼마나 대단한지 구경해 볼까."

능운백이 잔뜩 기대가 서린 목소리로 말하자 추산이 고개를 끄덕이고는 훌쩍 신형을 날려 다시 바위 아래로 내려갔다. 그리고는 한쪽에 높다랗게 쌓아 올린 통나무 더미 옆으로 가더니 망설이지 않고 통나무 더미에 불을 붙였다.

미리 기름을 먹여놓은 통나무 더미는 불꽃이 닿자 순식간에 거칠게 타오르기 시작했다. 덕분에 섬 주변이 대낮처럼 환해졌다.

둥둥둥둥!

추산이 피워 올린 불꽃이 작은 섬을 환하게 물들이자 갑자기 사방에서 웅대한 북소리가 들려오기 시작했다. 동시에 수룡맹의 전선들이 들어선 호수 안의 호수를 둘러싸고 있는 수십 개의 섬에서 일제히 북소리가 흘러나오기 시작했다. 그중 십여 개의 섬에서는 추산이 피워 올린 것과 같은 불길이 솟아오르고 있었다.

갑작스럽게 들려오는 북소리와 사방에서 피어오르는 불길은 자연스럽게 수룡맹 전선들의 움직임을 정지시켰다. 맹렬한 기세로 고검과 추산이 타고 있던 척후선을 추격하던 수룡맹의 세 척의 추격선 역시 무불장의 고수들이 하선한 작은 섬과 삼십여 장 떨어진 곳에서 배를 멈추었다.

수룡맹의 세 척의 추격선이 멈춰 선 곳에서 이십여 장 떨어진 곳에는 호광과 상당군이 타고 있는 척후선이 마치 세 척의 수룡맹 전선이 섬에 접근하는 것을 막기 위해서인 듯 멈춰 서 있었으나 세 척의 전선에 타고 있는 수룡맹 고수들은 더 이상 섬에 접근하지도, 또 호광이 지휘하는 척후선을 공격하지도 않았다. 그들도 이쯤 되면 뭔가 일이 잘못되었다는 것을 깨닫고 있다는 의미였다.

거대한 변화가 일어나기 시작한 호수 위에 어느 순간부터 서서히 안개가 밀려들기 시작했다. 섬과 섬 사이에서 피어오르기 시작한 안개는 서서히 수룡맹의 전선이 가득 들어찬 곳으로 밀려가기 시작하더니 순식간에 오십여 척의 수룡맹 전선들을 집어삼키기 시작했다.

"놀랍구나."

천하팔대고수 능운백의 입에서 감탄사가 흘러나왔다. 수십 개의 섬으로 둘러싸인 광활한 호수 위를 짙은 안개가 덮어가는 데에는 채 일각의 시간도 걸리지 않았다. 어두운 밤, 호수는 순식간에 안개로 가득 찼고 그 안에 있던 수룡맹의 전선들은 마치 그물에 걸린 고기마냥 우왕좌왕하기 시작했다.

"조심하라!"

"배의 균형을 잡아!"

은은하게 들려오는 다급한 목소리는 안개에 휩싸인 수룡맹 전선들에서 흘러나오는 것이었다. 그리고 그것은 참으로 이상한 일이기도 했다. 왜냐하면 지금 호수는 비록 안개에 휩싸여 있기는 했지만 그 수면은 무척 잔잔했기에 수룡맹 고수들이 다급하게 배의 균형을 잡기 위해 움직일 이유는 없었기 때문이다. 그런데 그보다 더 기이한 일이 안개 속에서 벌어지기 시작했다.

쾨쾨쾨쾅!

갑자기 수룡맹의 배들이 서로를 향해 돌진하며 충돌하기 시작한 것이다.

"저게 갑자기 무슨 일이지?"

대웅산이 놀란 얼굴로 입을 열었다. 안개가 끼었을 뿐인데 서로 충돌하고 있는 수룡맹 전선들의 움직임이 도저히 이해가 되지 않았던 것이다.

"진이 변화를 시작한 모양이구나?"

고검이 대웅산의 물음에 대한 대답 대신 추산을 보며 물었다. 그러자 어느새 바위 위로 올라와 있던 추산이 고개를 끄덕였다.

"맞아요, 사형. 드디어 사해교진이 발동한 거예요. 비록 우리 눈에는 그저 안개가 낀 것처럼 보이지만 지금 저 안개 속에서는 마치 거대한 폭풍이 불어오는 듯한 환상이 일어나고 있을 거예요. 그래서 저들이 제풀에 서로 충돌하고 있는 거지요."

"아니, 도대체 어떻게 그런 변화가 가능한 거지? 작은 공간이라면 모를까, 이렇게 넓고 광활한 호수 위에서?"

대웅산이 놀란 얼굴로 묻자 추산이 담담한 목소리로 말했다.

"그게 바로 사해교진이지요. 천하제일현자 자운 노사의 최고 진법이니 그 정도는 해야지 않겠어요?"

"하, 아무리 그래도 인간이 만든 진이 저런 변화를 일으킨다는 것은 믿기 어렵군. 그나저나 저대로라면 동궁은 손 한 번 쓰지 않고 이 싸움에서 승리하겠는걸. 자기들끼리 들이받다 침몰하고 말테니 말이야."

대웅산의 말처럼 이미 안개 속의 수룡맹 전선 중 일부는 자기편 전선과 충돌해 호수 속으로 가라앉고 있었다.

"그렇게는 안 될 거예요. 저들 중에도 분명 뛰어난 심기와 재능을 가진 자가 있을 테고, 이제 곧 자신들이 진에 빠졌다는 것을 알게 되겠지요."

추산의 말은 이내 현실로 드러났다. 갑자기 수룡맹 전선들 사이에서 거대한 북소리가 울려 나오기 시작했다.

둥둥둥둥!

그러자 평온한 호수 위에서 이리저리 움직이던 수룡맹의 전선들이 일제히 그 움직임을 멈췄다.

"앗!"

"조심하라!"

그 와중에도 안개 속에서는 여전히 수룡맹 고수들의 다급한 고함 소리가 흘러나왔으나 수룡맹 전선들은 빠르게 안정을 되찾아가고 있었다.

"저들은 여전히 자신들이 거친 풍랑 속에 들어 있다는 환상에 시달리고 있을 거예요. 하지만 정력이 강한 고수들이 맡고 있는 배들은 더 이상 환상에 빠져 함부로 배를 움직여 침몰하는 일은 없을 거예요."

추산이 여전히 안개에 휩싸인 수룡맹 선단을 보며 말했다.

"결국 살아남는 자들이 고수란 말이군."

대웅산이 중얼거렸다.

호수 위의 혼란은 근 한 시진 가까이 이어졌다. 가끔씩 들려오는 비명 소리와 전선의 침몰 소리가 어느 순간부터 뜸해지기 시작하더니 이내 안개 속에 갇힌 수룡맹 선박들 중 일부가 안개를 벗어나기 시작했다.

"생로(生路)를 찾은 자들이 나타났군요."

추산이 눈빛을 반짝이며 말했다.

"저들에 대한 대비는?"

고검의 물음에 추산이 미소를 지었다.

"저들은 일단 뭍으로 이동할 거예요. 본시 물 위에서 낭패를 당한 자들은 자연스럽게 땅을 그리워하는 법이지요. 또 그런 심리적인 부분보다도 저 안개 진의 생로는 대부분 동쪽 침엽수림과 연결되어 있어요. 그리고 숲에는 동궁의 고수들이 기다리고 있지요."

"생로가 아니라 사지(死地)군."

"꼭 그런 것만도 아닌 게 처음 말했듯이 저들이 무리하게 동궁의 수뇌부를 향해 숲으로 진격하지만 않는다면 얼마간의 전력은 유지한 채 이곳을 벗어날 수 있을 거예요."

고검과 추산이 대화를 나누는 사이 안개 진을 벗어나는 수룡맹 전선의 숫자가 점점 많아지기 시작했다. 그래서 결국에는 도합 삼십여 척의 배가 안개를 벗어나 육지 쪽으로 이동하기 시작했다.

"육 할이라… 역시 생각보다 뛰어난 자들이군요."

애초에 안개 속에 갇힌 수룡맹 전선의 숫자가 오십여 척이었던 것을 생각하면 육 할이 안개 진을 벗어난 것이다. 그건 애초에 추산이 생각했던 것보다 훨씬 많은 숫자의 생존이었다.

"천하를 노리는 수룡맹이다. 어찌 만만하겠느냐."

고검이 담담한 목소리로 말하자 추산이 고개를 끄덕이고는 훌쩍 몸을 날려 다시 바위 아래로 내려갔다. 그리고는 다른 한쪽에 쌓아놓은 통나무 더미에 다시 불을 붙였다. 그러자 이제 섬 위에서 두 개의 거대한 불꽃이 피어오르기 시작했다.

두 개의 불꽃이 타오르자 이내 너른 호수 위에 다시 은은한 북소리가 울려 퍼졌다. 사해교진이 두 번째 변화를 일으킬 시간이 된 것이다. 북소리에 맞춰 마치 기다렸다는 듯 호수 위를 뒤덮고 있던 안개가 서서히 물러나기 시작했다. 안개가 물러난 호수 위에는 침몰한 수룡맹 전선들의 잔해와 죽은 자들의 시신이 어지럽게 떠다니고 있었다.

"제길, 참혹하군요."

바위 위로 올라서던 추산이 살짝 인상을 찡그렸다. 비록 전장이라지만 자신이 설치한 진에 의해 죽어간 자들의 모습이 너무도 참혹했기 때문이다.

"강호의 싸움이란 결국 한쪽의 죽음으로 끝을 봐야 하는 것이다. 더군다나 먼저 싸움을 시작한 쪽은 수룡맹, 너무 마음 쓰지 말거라."

곁에 있던 능운백이 어린 손자를 달래듯 추산에게 말했다.

"그렇긴 하지만 가히 유쾌하지는 않네요. 다행히 이제부터는 제가 아니라 동궁의 고수들이 저들을 상대할 테지만 말이에요."

추산의 말이 끝나기가 무섭게 송림에서 이백여 명의 동궁 고수들이 갑자기 모습을 드러냈다. 동궁의 고수들이 나타나자 막 절대기진에서 벗어난 수룡맹의 전선 위에서 다급한 목소리가 흘러나왔다.

"적이다! 공격에 대비하라!"

동시에 배 위에서 어지럽게 북소리가 울려 퍼졌다.

둥둥둥둥!

그러는 사이 송림에서 모습을 드러낸 동궁의 고수들이 일제히 거대한 철궁을 꺼내 들더니 끝에 불을 붙인 불화살을 수룡맹의 전선을 향해 쏘아 올리기 시작했다.

"완벽한 복수군."

유성처럼 수룡맹 전선들을 향해 날아가는 불화살을 보면서 대웅산이 중얼거렸다. 수룡맹의 추격선들이 앞서 침몰한 두 척의 동궁 척후선을 향해 화살 공격을 퍼부었던 것을 두고 하는 말이었다.

"화공이다! 대비하라!"

수백 대의 화살이 연이어 허공을 가르는 와중에도 사해교진의 첫 번째 관문을 벗어나 육지에 다다른 수룡맹 고수들은 침착하게 동궁의 화공(火攻)에 대응했다. 수룡맹의 고수들은 제각기 도검을 빼 들고 배를 향해 날아오는 불화살을 쳐내거나 혹은 그들의 방어막을 뚫고 배에 꽂힌 화살의 불씨를 껐다.

그러나 쉴 새 없이 날아오는 화살을 모두 막아낼 수는 없는 일. 그중 일부의 전선에서 화광이 일렁이기 시작했다. 잠시 후 어두운 호수 변이 화광에 휩싸인 전선들에 의해 대낮처럼 밝아졌다. 그러자 송림 바깥쪽에 늘어선 채 수룡맹의 전선들을 향해 불화살을 날리고 있는 동궁 고수들의 모습이 일목요연하게 드러났다.

순간 십여 척의 수룡맹 전선에서 일단의 고수들이 허공으로 치솟더니 무서운 속도로 불화살을 날리고 있는 동궁 고수들을 향해 돌진하기 시작했다.

"드디어 백병전인가?"

대웅산이 묘한 흥분으로 번들거리는 눈빛을 흘려내며 말했다. 그의 목소리에서 진한 투기가 느껴졌다. 그리고 그런 대웅산의 투기가 발산될 기회는 어렵지 않게 찾아왔다.

일단의 수룡맹 고수들이 불화살을 날리는 동궁의 고수들을 향해 돌진하는 것과 때를 맞춰 고검과 추산 등이 타고 온 척후선을 추격해 온 세 척의 수룡맹 전선의 고수들이 드디어 움직이기 시작했던 것이다.

급변하는 장내의 상황을 지켜보고 있던 세 척의 수룡맹 전선 중 한 척이 서서히 호광과 상당군이 타고 있는 척후선 쪽으로 다가갔다. 그러자 호광과 상당군도 이제는 더 이상 배를 뒤로 물리지 않고 뱃전에 고수들을 집결시키며 적과 일전을 결할 준비를 시작했다.

그사이 나머지 두 척의 수룡맹 전선은 고검과 추산 등이 오른 작은 섬에 접안을 시도하고 있었다. 때맞춰 노삼과 해신문의 고수들이 앞으로 달려나와 적의 상륙을 저지하려 했으나 뱃사람으로서는 몰라도 무인으로서 노삼이 이끄는 해신문 고수들이 두 척에 그득한 수룡맹 고수들의 상륙을 막아낼 수는 없는 일이었다.

"가봐야겠군."

능운백이 상륙을 시도하는 수룡맹의 전선들을 보며 말하자 고검이 입을 열었다.

"사부께선 추 사제와 이곳에 계십시오. 저들은 저희들이 맡지요."

"숫자가 너무 많지 않으냐?"

"오늘 이놈을 춤추게 해보지요."

고검이 담담한 목소리로 마검을 빼 들었다. 그러자 능운백이 고개를 끄덕였다.

"좋다. 네 무공이 어느 경지에 이르렀는지 한번 보자꾸나."

능운백의 말 속에서 고검에 대한 믿음이 묻어난다. 고검은 그런 능운백에게 가볍게 고개를 숙여 보이고는 대웅산 등을 바라보며 말했다.

"가볼까요?"

"흐흐흐, 기다리던 바지요. 밤새 도망만 다녀 좀이 쑤시던 참입니다. 그럼 제가 앞장서지요."

대웅산이 능글거리는 목소리를 흘려내고는 훌쩍 바위 위에서 몸을 날렸다. 그리고는 순식간에 장창을 휘두르며 상륙을 시도하는 수룡맹 전선들을 향해 달려가기 시작했다. 그 뒤를 따라 고검 등 삼 인이 신형을 날렸다.

"사형, 조심하세요!"

신형을 날리는 고검의 귀에 추산의 목소리가 들려왔다.

"걱정 마라, 사제. 곧 돌아오마!"

고검이 뒤도 돌아보지 않고 대답을 하고는 한순간 허공으로 신형을 솟구치더니 나는 새처럼 적을 향해 움직이기 시작했다.

"어서 오너라! 기다리고 있었다!"

대웅산의 입에서 호랑이가 포효하는 듯한 음성이 흘러나왔다. 그 우렁찬 목소리에 놀라 막 전선에서 섬에 내려선 수룡맹 고수들이 흠칫하며 소리가 들려온 쪽을 바라봤다.

휘르릉!

순간 대웅산의 창끝이 허공에서 어지럽게 흔들리며 기묘한 바람 소리를 만들어냈다.

"웃!"

그러자 창끝에 노출된 수룡맹의 고수가 기겁을 하며 다급하게 들고 있던 도를 휘둘렀다. 그러나 대웅산의 창은 마치 뱀처럼 상대의 도를 휘감아 오르더니 순식간에 상대의 목젖을 베어내는 것이었다. 비명도 없이 수룡맹의 고수가 목에서 피를 뿌리며 땅 위에 쓰러져 갔다.

"이놈!"

갑작스런 동료의 죽음에 분노한 수룡맹의 고수들이 노성을 터뜨리며 대웅산을 향해 도검을 뻗어냈다. 그중 가장 빠른 공격은 번쩍이는 순간 대웅산의 목에 와 떨어지는 한 자루 검기였는데, 그 속도가 너무도 빨라 절정고수인 대웅산조차도 미처 몸을 피하지 못하고 그저 시선을 돌려 자신의 목에 떨어지는 검기를 바라볼 뿐이었다. 그러면서도 대웅산의 손은 본능적으로 창을 들어 올려 자신을 향해 날아오는 검기를 막아내려 하고 있었다.

그러나 대웅산의 창이 움직이는 속도는 검기가 날아오는 속도에 비하면 너무 늦었다고 할 수 있었다. 애써 검기를 막아낸다 해도 큰 손해를 감수해야 할 상황. 대웅산의 얼굴이 당혹감으로 물들었다.

"잘 가거라."

검기의 주인 입에서 냉정하게 가라앉았으면서도 살기를 물씬 풍기는 음성이 흘러나왔다. 대웅산은 왠지 목소리가 귀에 익다고 생각했지만 그에겐 검기의 주인을 확인할 여유가 없었다.

'제길!'

대웅산이 내심 욕지거리를 흘려냈다. 그리고는 슬쩍 고개를 틀며 왼쪽 어깨를 검기 쪽으로 돌렸다. 온전히 피할 수 없다면 피해를 최소화하는 것이 최선. 목숨이나 병기를 쓰는 오른쪽 어깨보다는 왼쪽 어깨가 그나마 싼값이라 할 수 있었다.

파아앗!

번뜩이는 검기가 대웅산이 돌려댄 왼쪽 어깨를 향해 파고들었다. 그런데 대웅산이 외팔이가 되려는 바로 그 순간, 주먹만 한 크기의 투명한 빛 덩어리가 무서운 속도로 날아오더니 순식간에 대웅산의 어깨에 꽂혀들던 검기를 튕겨냈다.

콰쾅!

검기와 빛 덩어리가 격돌하면서 강렬한 충돌음이 일어났다. 순간 대웅산의 얼굴에 희색이 번지며 그의 신형이 재빨리 삼 장 뒤로 물러났다.

"장주, 빚을 졌소."

대웅산이 큰 위기에서 벗어나자 호쾌한 목소리로 소리치며 자신을 죽음으로 몰아넣을 뻔했던 적을 찾아 눈동자를 굴렸다. 그러다 검기의 주인공을 발견한 대웅산의 얼굴에 놀란 기색이 띠올랐다.

"그대는?"

순간 검기의 주인공 역시 조금 놀란 목소리를 흘려냈다.

"여기서 또다시 보게 되는군. 결국 무불장이 동궁(東宮)에 고용되었던 것인가?"

검기의 주인공이 천천히 걸음을 옮겨 대웅산의 앞으로 걸어 나왔다. 그러자 그의 얼굴이 섬 위에서 불타오르는 불빛에 반사되어 고검에게도 드러났다.

'이자는… 석록이라 했던가?'

고검 역시 검기의 주인을 기억해 냈다. 과거 서안 인근 여산 화맹의 월하장이 수룡맹의 공격을 받을 때 대웅산과 비무를 벌였던 섬도 석륵이 바로 검기의 주인공이었다.

'그렇다면!'

고검이 퍼뜩 무슨 생각이 떠올랐는지 재빨리 주변을 살폈다.

'그는 오지 않았는가?'

고검이 찾는 인물은 연옥검 사현이었다. 수룡맹 구밀공 중한 명인 연옥검 사현이 바로 석륵의 사부. 석륵이 출현했다면 그의 사부인 연옥검 사현 또한 함께 있을 가능성이 컸기에 고검은 서둘러 사현의 존재 여부를 확인했던 것이다. 그러나 고검의 예상과는 달리 연옥검 사현의 모습은 어디서도 찾을 수 없었다.

'다행이군. 숫자가 부족한 상황에서 연옥검 사현이라면 부담이 되었을 텐데.'

고검이 한편으로 안도의 한숨을 내쉬며 다시 석륵에게 시선을 돌렸다. 어느새 두 척의 수룡맹 전선에서 하선한 삼십여 명의 수룡맹 고수들이 석륵을 중심으로 반원을 그리며 서 있었다.

반면, 이쪽의 전력은 동궁의 고수들과 무불장 고수들을 합쳐도 열다섯. 전력으로는 두 배에 가까운 적이 눈앞에 있었다. 그러나 고검의 눈은 침착하기 이를 데 없었다. 이런 상황은 청부사로 살아온 지난 세월 동안 숱하게 경험한 일이었다.

"맡겠느냐?"

고검이 대웅산을 보며 물었다. 석륵을 상대할 것인지에 대한 물음이었다.

"애초에 내 상대가 아니었수?"

대웅산이 시선을 석륵에게 고정시킨 채 뒤도 돌아보지 않고 대답했다.

"좋아. 그는 네 몫이다."

"후후후, 어디 그간 얼마나 늘었나 한번 볼까?"

여산 사림에서의 비무에서 한 번 상대를 꺾은 바 있는 대웅산이 상대의 심기를 긁듯 능글거리며 석륵을 향해 한 걸음 앞으로 나섰다.

"지난번 같지는 않을 거다."

석륵이 차가운 목소리로 말했다. 그의 음성에서 은은한 살기가 감돌았다. 겉모습과 달리 그는 대웅산의 도발에 흥분하고 있는 것이 분명했다. 이런 대규모 싸움에서 개개인의 은원을 내세우는 것은 심기가 깊은 자들이 보일 반응은 아니다. 그런데 그는 대웅산을 향해 보통 때보다 강렬한 살기를 흘려내고 있었다. 흥분한 것이 분명했다. 하지만 대웅산의 도발에 흥분했다고 해서 석륵이 가벼운 성정의 인물이라고 치부할 수는 없었다.

어차피 제압해야 할 자. 더불어 과거의 빚을 갚을 수 있으니 더더욱 좋은 기회가 아니겠는가? 오히려 상대가 자신과의 대결을 떠맡아 앞으로 나서는 것이 고마울 따름인 석륵이었으니 그의 흥분은 마음의 동요가 아닌 적에 대한 투기라고 해도 좋았다.

"그대가 이 무리의 우두머리인가?"

대웅산이 태연하게 석륵의 뒤에 서 있는 삼십여 명의 수룡 맹 고수들을 보며 물었다. 그러자 석륵이 고개를 저었다.

"본 대를 지휘하시는 분은 따로 계시다. 하지만 이 섬을 장악하는 일을 맡은 것은 내가 맞다."

"흠, 그러면 호 형님 쪽에 우두머리가 있는 모양이군. 누구지?"

대웅산이 수상전을 벌이고 있는 두 척의 배를 보며 태연하게 묻자 석륵의 눈썹이 한차례 꿈틀거렸다.

"그건 나를 꺾은 후 직접 알아보거라."

"박하게 굴기는… 좋아, 그럼 시작해 볼까!"

대웅산이 창을 들어 석륵을 가리키며 말했다. 그러자 순식간에 대웅산의 전신에서 무서운 투기가 폭풍처럼 피어오르기 시작했다. 갑작스럽게 기세를 변화시키는 대웅산을 보며 살짝 낯빛이 굳어진 석륵이 천천히 검을 들어 올리며 뒤에 있는 수룡맹 고수들에게 명을 내렸다.

"최대한 빨리 섬을 장악하라. 아마도 이 섬 위에 진을 지휘하는 인물이 있을 것이다."

순간 대웅산의 얼굴에 경탄의 기색이 떠올랐다.

"과연 눈치가 빠른 자들이군. 어느새 그것을 파악하고 있었다니……. 하지만 과연 이 섬을 차지할 수 있을까? 우리 장주를 넘어서 말이야."

대웅산이 득의한 미소를 지으며 말하자 석륵의 얼굴빛이 자신도 모르게 변했다. 그 또한 이 자리에 무불장주 고검이 있다는 것을 알고 있었다. 그리고 이 젊은 무불장주는 수룡맹 구밀공 중 한 명인 폭풍각 황영을 꺾은 인물이었다.

고수 앞에서 사람 숫자의 우위는 무의미한 것이 강호무림. 석륵의 눈동자가 가볍게 떨렸다. 그리고 그 순간 고검이 마검을 빼 들고 천천히 수룡맹 고수들을 향해 다가가기 시작했다.

第四章

죽음의 호수

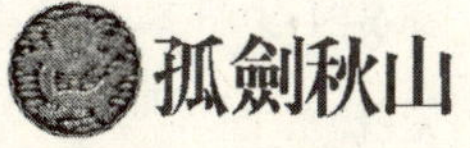

"쳐랏!"

석륵의 입에서 날카로운 명령이 떨어졌다. 그러자 삼십여 명의 수룡맹 고수들이 일제히 석륵을 지나쳐 동궁과 무불장의 고수들을 향해 달려들었다. 그 와중에도 대웅산과 석륵은 움직임을 멈춘 채 서로를 응시하고 있었다.

그르르륵!

소란 속에 오히려 침묵으로 긴장되었던 두 사람 사이에서 기이한 소음이 일어났다. 대웅산이 서서히 창끝으로 땅을 긁어댔다. 그리고 창끝이 땅에 끌리는 소리가 끝나는 순간 번개처럼 대웅산의 신형이 석륵을 향해 돌진했다.

본래 석륵은 살검(殺劍)을 익힌 인물. 적의 시야를 가리고 그 빈틈을 찾아 쾌검을 뻗어내는 것이 석륵의 특기다. 대웅산은 이미 과거 그와 한차례 비무를 통해서 석륵의 움직임을 알고 있었기에 상대가 먼저 움직일 경우 그를 상대하는 것이 무척 까다롭다는 것을 알고 있었다. 그래서 대웅산은 상대의 예상을 깨고 기습적으로 선공을 취했던 것이다.

대웅산의 선공은 석륵에게도 적지 않게 부담이 되는 움직임이었다. 항시 적의 시야를 흐트러뜨리는 움직임으로 싸움을 시작하는 것이 몸에 익은 석륵에게 적의 공격을, 그것도 강호에서 보기 드문 절정고수의 공격을 방어하는 것으로 시작하는 싸움은 확실히 익숙지 않았다.

스슥!

원하지 않는 접전은 피하면 그만. 석륵의 발이 미세한 소음을 만들어내는 순간 석륵의 신형이 어느 틈에 이삼 장 뒤로 물러나 있었다. 그러나 대웅산은 그런 석륵의 움직임을 그림자처럼 따라붙었다. 더군다나 대웅산의 병기는 장창(長槍). 석륵이 벌여놓은 거리를 창의 길이가 단숨에 메워 버렸다.

휘르릉!

대웅산의 창에서 날카롭게 바람 갈라지는 소리가 일어났다. 동시에 대여섯 개로 분리되어 보이는 창날이 그대로 석륵의 신형을 꿰뚫고 들어왔다.

"훙!"

절체절명의 위기 속에서도 석륵의 입에서는 한마디 비웃음이 흘러나왔다. 동시에 석륵의 검이 대웅산의 창에 못지않은 속도로 사선을 그리며 휘둘러졌다.

“차차창!

허공에서 어지럽게 얽혀드는 두 병기가 거친 충돌음을 만들어냈다. 둘은 모두 일세의 고수들이었으나 선공의 이점을 무시할 수는 없는 것. 십여 차례의 격돌을 뚫고 대웅산의 창날이 석륵의 검을 지나 상대의 몸 쪽으로 쑥 밀고 나갔다.

“음!”

냉정한 심기의 소유자인 석륵에게서도 한마디 신음성이 흘러나왔다. 동시에 그의 신형이 좌측으로 틀어지며 허리가 거의 직각으로 뒤로 눕혀졌다.

팟!

그 순간 대웅산의 창날이 석륵의 옷 앞섶을 찢으며 그의 몸 위를 스쳐 지나갔다.

“역시 제법이야!”

허공을 가르는 창에 뒤이어 석륵의 신형을 날아 넘으며 대웅산이 소리쳤다. 그사이 어느새 석륵은 대웅산의 신형 아래에서 빠져나와 대웅산의 뒤를 따라붙고 있었다. 그런데 그 순간, 등을 보이고 있던 대웅산이 고개도 돌리지 않고 창을 머리 위로 넘겨 등 뒤에 따라붙는 석륵을 공격했다.

“음!”

다시 한 번 석륵의 입에서 신음성이 흘러나왔다. 적의 등을 본 것은 살검을 쓰는 자에게 더할 나위 없는 기회였지만 기이한 대웅산의 창술에 그만 일초의 초식을 뻗어낼 기회를 놓치고 말았던 것이다.

창!

석륵이 여유있게 대웅산의 창을 쳐냈다. 적을 공격할 기회를 잃었지만 보지 않고 공격해 들어오는 적의 창을 쳐내는 것은 석륵 같은 고수에게 그리 어려운 일이 아니었다.

물론 이런 결과는 애초에 공격을 했던 대웅산도 이미 예상하고 있었다. 그가 머리 위로 창을 넘겨 적을 공격한 것은 그의 허점을 노리고 공격해 들어올 적을 방비하기 위한 방어 초식이었기 때문이다.

처척!

한 번의 번개 같은 격돌을 끝낸 두 사람이 삼 장의 거리를 두고 물러섰다.

"좀 늘었군."

상대의 심기를 긁는 대웅산의 말투. 그러나 석륵은 전혀 동요치 않았다. 살기가 번뜩이는 눈으로 그저 묵묵히 대웅산을 응시할 뿐. 그러자 대웅산이 피식 헛웃음을 흘려냈다.

"과연 살법을 익힌 자들은 달라. 너무 감정이 메말라 있단 말씀이야."

"그 살법으로 곧 네 목숨을 끊어주마."

"글쎄, 그대가 제법 대단한 살법을 익히고는 있지만 난 그대보다 몇 수 위의 살법을 지닌 사람과 다년간 함께 지내 별로 걱정되지 않는군. 그나저나 그 양반은 뭘 하고 있을까?"

대웅산이 목숨을 건 싸움 중에 문득 조오현을 떠올렸다. 과거 태호에서 황금선과 관련된 청부를 처리하며 무불장을 떠났던 조오현과는 그간 소식이 닿고 있지 않았다.

"정말 영원히 금오표국에 눌러앉을 생각인 모양이지?"

대웅산이 고개를 갸웃거리며 중얼거리자 냉담하던 석륵의 얼굴에 분노의 빛이 떠올랐다. 비록 자신이 한 번 패하긴 했지만 감히 자신을 앞에 두고 다른 생각을 하고 있는 대웅산의 행동은 그가 용납할 수 없는 태도였다.

"놈!"

석륵의 입에서 한마디 노성이 터져 나오더니 이내 그의 신형이 대웅산의 시야에서 사라졌다. 순간 대웅산이 재빨리 신형을 뒤로 물리며 중얼거렸다.

"제길, 결국 또 술래잡기 싸움이 되고 말았군. 길어지겠어."

싸움은 과거 여산 사림에서와 같은 형태가 되어버리고 말았던 것이다.

대웅산과 석륵의 싸움이 길어지는 사이, 그들의 주변에서는 한 사람의 전율적인 무위가 펼쳐지고 있었다. 애초에 삼십여 명에 이르는 수룡맹의 고수들에 비해 동궁과 무불장의 고수들은 겨우 그 절반에 지나지 않았기 때문에 전력으로 볼 때 상식적으로는 수룡맹 고수들이 싸움의 승기를 잡아야 하는 것이 당연했다.

그러나 지금 대웅산과 석륵의 주변에서 벌어지고 있는 싸움에서 수룡맹 고수들은 완전히 수세에 몰리고 있었다. 수적으로 우위에 있는 그들이 수세에 몰리는 이유는 단 하나, 그들이 상대해야 하는 사람들 중 절대의 경지에 이른 고수가 있었기 때문이다.

사삭!

섬뜩한 파공음이 일어나는 순간 두 명의 수룡맹 고수가 각기 허리와 허벅지에 깊은 상처를 입고 뒤로 물러났다. 그런 그들을 향해 기다렸다는 듯 동궁의 고수들이 달려들어 살수를 펼쳐 댔다.

"크윽!"

"커컥!"

두 마디의 신음 소리와 함께 부상을 입은 수룡맹 고수 두 명이 동궁 고수들의 살수에 목숨이 끊어졌다. 아무리 그들이 뛰어난 고수라 하더라도 심각한 부상을 입은 몸으로 동궁 고수들의 공격을 견뎌낼 수는 없는 일이었다.

싸움은 처음부터 이런 식으로 전개되고 있었다. 수룡맹 고수들 사이에서 무서운 검초로 적에게 치명적인 일격을 가하는 고검과 그 뒤를 따라 움직이면서 부상당한 적의 목을 베는 동궁의 고수들. 물론 그 근처에서 왕민과 미심 역시 수룡맹 고수들을 상대로 살수를 전개하고 있었지만 대지에 쓰러진 수룡맹의 고수 중 대부분은 이렇게 고검과 동궁의 고수들이 펼치는 협공에 의해 죽어간 자들이었다.

물론 처음부터 고검과 동궁의 고수들과의 약속하에 이루어진 공격은 아니었다. 수적인 불리함을 극복하고자 고검이 스

스로 적진에 뛰어들어 무시무시한 신위를 떨쳐 내는 과정에서
이루어진 자연스런 싸움의 형태일 뿐이었다.

하지만 어쨌든 이런 식의 싸움은 무척 효율적인 것이어서
싸움의 방식이 익숙해지자 죽어가는 수룡맹 고수들의 숫자가
급격하게 늘어나기 시작했던 것이다.

고검은 무표정한 얼굴로 호랑이처럼 적진을 휘저었다. 이런
난전은 그에게 그리 달가운 싸움이 아니었지만 어떤 면에서는
제법 그와 어울리는 싸움이기도 했다.

단단한 고검의 신체와 피를 머금으면 더욱 거칠어지는 마
검, 그리고 중검을 사용하는 그의 검법은 애초에 이런 난전에
서 탁월한 효과를 발휘할 만한 것들이었다.

우웅!

다시금 또 한 번의 칼질이 고검의 손에서 이루어졌다. 한 자
정도 검신을 벗어나 있는 검기가 여지없이 또 한 명의 수룡맹
고수를 치명적인 부상에 빠뜨렸다. 부상을 입고 비틀거리는
수룡맹 고수를 향해 동궁의 고수가 어김없이 달려들었다.

"모두 놈을 공격해!"

한 명 한 명 죽어가는 동료들을 보고 있던 수룡맹 고수 중
한 명이 날카로운 목소리로 소리쳤다. 그러자 이제는 십여 명
밖에 남지 않은 수룡맹 고수 중 다섯이 일제히 신형을 날아 올
려 고검을 향해 도검을 뻗어냈다.

순간 침잠된 듯 담담하던 고검의 동공에 한줄기 서늘한 빛
이 번뜩였다. 그리고 한 치의 망설임도 없이 다섯 명의 수룡맹

고수의 한가운데로 뛰어들면서 쾌속하게 마검을 휘둘렀다.

우우웅!

고검의 움직임에 맞춰 마검 역시 예의 그 음울한 용음을 거칠게 토해냈다. 마검이 지나가는 자리에 거뭇하면서도 투명한 검기가 신기루처럼 일렁였다.

파아앗!

그리고 흘러나오는 파공음. 그 파공음에 맞춰 허공으로 붉은 선혈들이 비상했다.

"크앗!"

"악!"

누가 먼저랄 것도 없이 고검을 향해 뛰어들던 다섯 명의 수룡맹 고수가 이리저리 고꾸라지며 신음성을 흘려냈다. 순식간에 고검을 에워쌌던 수룡맹 고수들의 합격진이 허물어졌다.

땅 위에 나뒹굴며 겨우 몸을 일으키는 자는 둘. 나머지 셋은 고검의 일검에 단숨에 목숨이 끊긴 듯 땅 위에 널브러진 채로 몸을 움직이지 않았다.

그리고 다음 순간 어김없이 동궁의 고수들이 살아남은 두 명의 수룡맹 고수를 처리하기 위해 달려들었다.

이 한 번의 격돌은 장내의 판세에 결정적인 영향을 미쳤다. 이제는 수적으로도 더 이상 수룡맹 고수들이 동궁의 고수들에 비해 우위를 점할 수 없게 된 것이다.

그러자 고검은 나머지 수룡맹 고수들을 왕민과 미심, 그리고 동궁의 고수들에게 남겨놓고 재빨리 신형을 움직여 섬과 맞닿아 있는 두 척의 수룡맹 전선을 향해 날아가기 시작했다.

"놈을 막앗!"

두 척의 배 위에서 하선하지 않고 장내의 상황을 지켜보고 있던 십여 명의 수룡맹 고수들이 일제히 다급한 경고성을 발하며 다가오는 고검을 향해 화살과 암기를 쏟아냈다.

순간 비 오듯 쏟아지는 화살과 암기들을 향해 고검이 번개처럼 마검을 휘저었다.

따다당!

우박이 쇳덩이 위에 떨어지는 소리가 터져 나오며 고검을 향해 날아들던 화살과 암기들이 사방으로 흩어졌다. 순간 화살과 암기의 공간을 뚫고 나온 고검이 마검을 머리 위로 쳐들었다. 그리고는 허공으로 도약하며 마치 화살을 시위에 걸어 쏘아내듯 몸을 뒤로 젖혔다가 강력하게 마검을 떨쳐 냈다.

쿠우우웅!

마검 끝에서 일 장에 가까운 검기가 번뜩이더니 이내 한줄기 빛으로 화해 수룡맹의 전선을 향해 날아갔다.

콰콰쾅!

벼락이 떨어지는 듯한 굉음이 작렬했다. 고검의 검기가 관통한 수룡맹의 전선 옆구리에 반경 삼 장에 이르는 거대한 구멍이 뚫렸다. 그리고 그 구멍을 통해 차가운 호수 물이 밀려들어 가기 시작했다. 그러자 순식간에 수룡맹의 전선이 한쪽으로 기울어지며 물속으로 침몰하기 시작했다.

"배를 포기한다!"

수룡맹 고수 중 한 명이 소리치자 침몰하는 배 위에 타고 있던 수룡맹 고수들이 일제히 신형을 날아 올려 아직 온전한 형태를 유지하고 있는 다른 배 쪽으로 이동했다.

그러는 사이 고검의 일검에 무지막지하게 부서진 수룡맹 전선은 완전히 물속으로 그 자취를 감춰 버렸다.

"물러나라!"

한 척의 배를 포기한 수룡맹 고수들이 고검의 신위에 질린 듯 서둘러 성한 배를 섬에서 밀어내기 시작했다. 아직도 석륵과 일부 수룡맹 고수들이 섬에서 목숨을 건 싸움을 전개하고 있었지만 동료의 목숨보다는 자신들의 목숨이 중요한 듯 수룡맹의 전선은 급격하게 섬에서 멀어졌다.

고검은 잠시 멀어지는 수룡맹 전선을 바라보고 있다가 신형을 돌려 장내의 상황을 살폈다. 장내의 전세는 완전히 동궁 쪽으로 기울어져 있었다. 숫자의 우위가 없는 수룡맹 고수들로서는 도저히 동궁의 고수들을 감당할 수 없었던 것이다.

"크억!"

또 한마디의 비명 소리가 장내에 울려 퍼지며 마지막으로 남아 격렬하게 저항하던 수룡맹 고수가 땅 위에 쓰러졌다. 이제 장내에 수룡맹 고수라고는 대웅산과 치열한 숨바꼭질을 펼치고 있는 섬도 석륵밖에 없었다.

"저들은 그대로 두실 생각입니까?"

온몸에 피 칠을 한 노삼이 고검의 곁으로 다가오며 물었다. 그의 눈은 살기로 번들거리고 있었는데, 그건 지금까지 뛰어

난 뱃사람으로서 그가 보여주던 기세와는 사뭇 다른 것이었
다.

"이곳을 위협하지 않는다면 굳이 추격할 필요가 없지요. 어
차피 긴 싸움이 될 테니까요."

그러자 노삼이 고개를 끄덕였다.

"알겠습니다. 그럼 저희들은 장내를 정비하도록 하겠습니
다."

"그렇게 하시지요."

고검의 대답에 노삼이 가볍게 고개를 끄덕여 보이고는 이내
동궁의 고수들을 향해 돌아섰다.

"부상자를 치료하고 장내를 정비하라! 이청과 오충은 섬의
경비를 맡아라!"

"옛, 대주!"

노삼의 명에 동궁의 고수들이 신속하게 신형을 움직였다.

"장주, 생각보다 수월하게 끝났군요."

동궁의 고수들이 분주하게 몸을 날리는 사이 왕민과 미심이
고검의 곁으로 다가왔다.

"아직 싸움은 끝나지 않았지요."

고검이 가벼운 미소를 지으며 턱으로 대웅산과 석륵을 가리
켰다.

"두 사람의 싸움이야 대세에 영향을 미치는 것은 아니니까
요. 그나저나 저자는 그때와는 사뭇 다르군요."

왕민이 석륵을 바라보며 말했다. 석륵은 무서운 속도로 대

웅산 주위를 회전하고 있었는데, 상대의 시야를 빼앗아 살검을 꽂아 넣는 이 싸움 방식은 이미 무불장 고수들에게 낯익은 것이었지만 오늘 그 움직임의 신묘함이 여산 월하장에서 보았던 것과는 많이 달랐다.

"지난번 웅산 아우에게 패한 후 나름대로 깨달은 것이 있었던 모양이지요."

"하긴, 뛰어난 고수란 패배를 곧 성장의 발판으로 삼는 법이지요. 흠, 승패를 알 수 없겠군요."

왕민이 조금은 걱정스런 표정으로 말하자 고검이 고개를 저으며 확신하는 어투로 말했다.

"웅산 아우가 이길 겁니다."

"어찌 그리 확신하는 겁니까?"

"비록 저자의 무공이 일취월장했다고는 해도 무위의 차이가 단시간에 좁혀지는 것은 아니지요. 월하장에서 저들이 겨룬 것이 겨우 몇 개월 전의 일입니다. 그리고 웅산 아우의 표정을 보아하니 이미 상대의 움직임을 간파하고 있는 모양입니다. 반면에 석륵 저자는 수룡맹 고수들의 패퇴와 좀체 웅산 아우의 허점을 찾을 수 없어 이미 초조한 기색이 역력하니 싸움의 승패는 이미 결정되었다고 봐야겠지요."

"그런가요? 저로서는 그가 초조해하는 기색을 발견할 수 없습니다만……."

왕민이 고개를 갸웃하며 시선을 다시 석륵에게로 주었다. 바로 그 순간, 석륵이 오랜 숨바꼭질을 마치고 대웅산을 향해 섬뜩한 일검을 떨쳐 냈다.

"흐흐, 인내심이 없군."

대웅산의 입에서 득의한 웃음이 흘러나왔다. 그의 말대로라면 석륵은 대웅산의 허점을 파악하고 검을 뻗어낸 것이 아닌 모양이었다. 그렇다면 고검의 말처럼 석륵이 서두르고 있다는 말. 절정의 경지에 올라 있는 대웅산이 조급한 적의 공격에 호락호락 당해줄 리 없었다.

위잉!

대웅산의 장창이 거친 파공음을 일으키며 어깨를 넘어와 사선으로 휘둘러졌다. 거대한 기파가 그의 창대 주변에서 일어나며 그를 향해 한가닥 빛처럼 뻗어오는 석륵의 검초를 휘감았다.

차창!

일직선으로 뻗어오던 석륵의 검초가 대웅산의 창이 일으킨 기파와 충돌하면서 곡선으로 휘어졌다. 그 경사면을 타고 대웅산이 호랑이처럼 뛰어들며 번개처럼 창을 찔러냈다.

파아앗!

창끝에 갈라지는 공기의 파열음이 듣는 이의 모골을 송연하게 만든다. 그리고 어느새 창날은 석륵의 목젖을 꿰뚫고 있었다.

"잇!"

언제나 냉정을 유지하던 석륵이 씹듯이 기합성을 흘려내며 가까스로 목을 꺾었다.

팟!

순간 미세한 파열음이 일어나며 대웅산의 창날이 훑고 지나간 석륵의 목에서 붉은 선혈이 튀어 올랐다. 그러나 석륵으로선 자신의 상처를 돌볼 여유가 없었다. 대웅산이 옆으로 비켜나가는 석륵을 향해 번개처럼 창을 횡으로 휘둘러 그의 옆구리를 가격했기 때문이다. 싸움은 완벽하게 대웅산이 승기를 잡은 형국이었다.

그러나 석륵 역시 살법을 익혀 수년간 강호를 종횡한 고수였다. 고수란 곧 위기를 기회로 만드는 사람. 석륵이 자신의 허리를 쳐오는 대웅산의 창을 피하지 않고 오히려 창대를 향해 몸을 내던졌다.

우웅!

대웅산의 창이 다가오는 석륵의 신형을 사양치 않고 강력하게 가격했다. 그러나 그 순간 마치 종이가 바람에 날려 나뭇가지에 걸리듯 석륵이 허리를 앞으로 꺾으며 대웅산의 창대를 감싸 안았다.

"웃!"

갑작스런 석륵의 대응에 대웅산이 흠칫 놀라며 재빨리 석륵의 품에 감싸인 창을 뽑아내려 했지만 일단 창을 감싸 안은 석륵은 왼손으로 창대를 굳게 잡고는 대웅산이 창을 회수하는 것을 방해했다. 동시에 훌쩍 허공으로 떠오른 석륵이 대웅산의 창대 위에 두 발을 모아 내려서더니 지체하지 않고 창대를 박차고 날아오르며 대웅산을 향해 날카로운 검기를 뿜어내는 것이었다.

"이런 망할 작자가!"

대웅산이 황당할 정도로 기괴한 움직임을 보이는 석륵을 향해 욕지거리를 흘려내더니 재빨리 신형을 옆으로 젖혀 석륵의 검기를 흘려보냈다.

사삭!

창대를 따라 이동한 석륵의 검기가 매서운 기세로 대웅산의 옷깃을 베고 지나갔다. 조금만 반응이 늦었다면 가슴에 치명적인 부상을 입었을 만큼 극쾌의 검기를 피해낸 대웅산이 잔뜩 찌푸린 얼굴로 노성을 토해냈다.

"이놈! 어디 견뎌봐라!"

동시에 대웅산이 여전히 석륵의 왼손에 잡혀 있는 장창을 허공으로 들어 올렸다. 그러자 석륵의 신형이 장창을 따라 허공으로 치솟았다. 그렇게 자신의 머리 위까지 창을 들어 올린 대웅산이 회심의 미소를 지으며 그대로 바닥을 향해 창을 후려쳤다. 사람과 창을 동시에 휘둘러 메치는 대웅산의 공력은 가히 괴력이라 할 만했다.

부아앙!

거친 파공음과 함께 창과 창에 매달린 석륵이 동시에 땅으로 곤두박질쳤다. 자신의 몸이 맨땅에 내동댕이쳐지는 상황에서는 아무리 석륵이라도 대웅산의 창을 계속 잡고 있을 수 없었다.

석륵이 재빨리 대웅산의 창을 놓아버리며 훌쩍 뒤로 물러났

다. 그러면서도 대웅산을 향해 일검을 그어내는 것을 잊지 않
는 석륵이었다.

"흥!"

대웅산의 입에서 한마디 코웃음이 흘러나왔다. 석륵이 대웅
산의 장창에서 떨어져 나가며 전개한 초식은 비록 날카로운
면이 있기는 했지만 공격보다는 방어를 위한 초식이었다. 아
무리 공력을 축적한 고수라도 중심이 흐트러져서는 제대로 된
초식을 만들어낼 수 없었다.

대웅산이 가벼운 비웃음과 함께 석륵의 검초를 가볍게 피해
내고는 땅을 후려친 창의 반탄력을 그대로 이용해 사선으로
장창을 올려 그었다. 순간 창끝에 걸린 흙이 연무처럼 허공으
로 퍼져 나가고 그 먼지 사이로 날카로운 창날이 번뜩이며 석
륵을 찔러갔다.

이미 상대의 반격을 예상해 방어 초식까지 전개한 석륵이었
으므로 대웅산의 공격에 대한 반응은 신속했다.

차창!

날카롭게 다가오는 대웅산의 창을 석륵이 번개 같은 검초로
막아냈다. 두 개의 병기가 마찰을 일으키며 듣기 거북한 소리
가 터져 나왔다. 그런데 그렇게 두 개의 병기가 허공에서 정지
하듯 격돌한 바로 다음 순간, 갑자기 대웅산의 얼굴이 벌겋게
달아오르더니 그의 입에서 대호(大虎)가 포효하는 듯한 일갈
이 터져 나왔다.

"하핫!"

온 섬이 쩌렁하게 울릴 정도로 거대한 기합성을 토해낸 대
웅산이 창날을 막고 있는 석륵의 검을 짓누르며 그대로 석륵
을 향해 다가가기 시작했다.

"으음!"

살법을 익혀 어떤 경우에도 냉정을 유지하는 것이 몸에 배
인 석륵조차도 무식하다 싶을 정도로 진기를 끌어올려 갑작스
럽게 힘으로 몰아대는 대웅산의 공격에는 당황할 수밖에 없는
지 작은 신음성을 흘려냈다.

"이미 네 동료들은 모두 죽었고, 살아남은 자들은 널 버리고
도주했다. 그러니 이 싸움은 도저히 네가 이길 수 없는 싸움이
야. 자, 길게 끌 것 없이 이쯤에서 네 운명을 결정짓도록 해
라."

대웅산이 한 자 사이로 좁혀진 거리에서 석륵을 노려보며
말했다. 여전히 대웅산의 창은 석륵의 검을 내리누르고 있었
다. 순간 위기에 몰려 차갑게 굳어졌던 석륵의 표정에 묘한 미
소가 지어졌다.

"좋아. 죽어주도록 하지. 하지만 혼자 가면 쓸쓸할 것 같아
동무를 데려가야겠어!"

석륵의 입꼬리가 말려 올라가는 순간 대웅산은 섬뜩한 살기
를 느꼈다. 뭔가 잘못되었다는 생각이 대웅산의 머리를 스치
는 순간, 갑자기 석륵이 들고 있던 검을 놓아버리고는 양손으
로 대웅산의 옆구리를 번개처럼 가격했다.

검을 놓아버렸으니 자연히 대웅산의 창날은 단번에 석륵의

이마를 꿰뚫어 버릴 듯 석륵을 향해 떨어져 내렸다. 그러나 동시에 자신의 목숨을 포기한 석륵의 양손은 이미 근접할 대로 근접해 있는 대웅산의 양 옆구리를 가격하고 있었다. 그야말로 양패구상의 절대 살수. 더군다나 대웅산의 옆구리를 향해 다가오는 석륵의 양손에는 어느새 소매 속에서 삐져 나온 것으로 보이는 날카로운 칼날이 번뜩이고 있었다.

"위험하다!"

고검이 양패구상을 노리는 석륵의 의도를 알아채고는 다급하게 소리쳤다. 그러나 대웅산의 움직임은 고검의 경고보다도 빨랐다.

"죽일 놈!"

대웅산의 입에서 한마디 욕설이 흘러나오더니 그의 신형이 무엇엔가 튕겨져 나오듯 번개처럼 석륵에게서 떨어져 나왔다. 그러면서도 여전히 대웅산의 창은 석륵의 이마를 향해 뻗어나가고 있었다.

퍽!

사삭!

두 마디의 섬뜩한 소리가 거의 동시에 흘러나왔다. 어느새 대웅산과 석륵의 거리는 삼 장여로 벌어져 있었다. 그렇게 거리를 벌린 두 사람은 한동안 서로를 노려보고 서 있었다. 그리고 얼마나 지났을까. 석륵의 신형이 먼저 움직였다.

처음 미세한 비틀거림으로 시작한 석륵의 움직임은 이내 만취한 사람처럼 이리저리 비틀거리더니 이내 그 자리에서 모래

성처럼 허물어져 버렸다. 쓰러진 그의 이마에는 대웅산의 창에 의해 생겨난 것이 분명한 날카로운 창상이 나 있었고, 그로부터 검붉은 피가 흘러나와 그의 얼굴을 적시고 있었다.

"제길!"

석특에 비해 늦게 움직이기 시작한 대웅산의 사정 또한 그리 좋은 편은 아니었다. 본능적으로 위험을 느끼고 몸을 피했지만 목숨을 버린 채 공격한 석특의 기습을 완전히 피해내지는 못했기 때문이다. 대웅산의 오른쪽 허벅지와 왼쪽 옆구리를 감싸고 있던 옷이 길게 찢어져 있었고, 그 안에서 붉은 피가 배어 나오고 있었다.

"많이 다쳤는가?"

어느새 다가온 고검이 걱정스런 표정으로 물었다.

"뭐, 견딜 만하우. 하! 그놈 독하네. 죽으려면 점잖게 죽을 일이지. 퉤!"

대웅산이 입 안에 고인 쓴 침을 뱉어내며 널브러진 석특을 노려봤다.

"좀 보세."

뒤늦게 다가온 왕민이 자세를 낮추며 대웅산의 상처를 살피기 시작했다.

"아, 뭐, 왕 선생께서 보실 필요까지야……"

그러자 왕민이 고개를 저었다.

"이럴 때일수록 상처를 잘 돌봐야 하네. 이제 싸움은 시작일 뿐이야. 상처가 덧나면 본 장 최고 싸움꾼인 자네가 싸움 내내 자리를 펴고 누워 있어야 할 테니, 그럴 수는 없는 일 아닌가?"

농을 섞어 하는 말이었지만 왕민의 말이 틀린 것은 아니었다. 도검에 의해 생긴 상처는 초기에 제대로 치료하지 않으면 두고두고 말썽을 부리는 경우가 허다했다. 다행인 것은 의술에 관한 한 어느 의원에 못지않은 왕민이 장내에 있다는 것이었다.

"왕 선생의 말대로 하게. 난 주변을 돌아보고 오겠네."

고검도 대웅산에게 치료를 받을 것을 권했다.

"뭐, 그럼 왕 선생께 신세를 좀 지지요. 어디 좀 앉아서 할까요?"

"그게 좋겠네. 상처가 만만치 않군."

왕민이 고개를 끄덕이자 대웅산이 근처의 널찍한 바위로 움직이더니 그 위에 털썩 주저앉았다. 그러자 왕민이 지체하지 않고 대웅산의 상처를 치료하기 시작했다.

고검은 대웅산의 치료가 시작되는 것을 보고는 발걸음을 돌려 아직 한창 치열한 공방전을 벌이고 있는 두 척의 전선이 보이는 곳으로 이동했다. 섬에서 이십여 장 거리에서 수상전을 벌이고 있는 동궁과 수룡맹의 두 전선은 이미 그 참혹한 싸움을 증명이라도 하듯 이곳저곳이 심하게 상해 있었다.

"역시 상당군인가요. 동궁 쪽이 유리한 것 같군요."

고검의 뒤를 따라온 미심이 눈을 가늘게 뜨고 양측의 전세를 살피며 말했다.

"상당군은 동궁십이선 중 한 명이지요. 물론 그 명성은 그가 바람을 읽는 재주 때문에 생긴 것이기는 하나 그의 무공이 뒷받침되었기에 가능했을 겁니다. 더군다나 해신문의 광풍검 호광 대협의 무공은 웅산 아우에 버금가니 수룡맹의 고수들이 아무리 수전에 능하다 해도 쉽게 승리를 취할 수는 없을 겁니다.”

고검이 담담한 표정으로 양측의 싸움을 살피며 말했다. 두 사람의 말처럼 싸움의 양상은 팽팽한 듯하면서도 동궁 쪽으로 조금씩 승세가 굳어져 가고 있었다.

양측 고수들의 전력이 엇비슷한 듯 보였지만 동궁 쪽에 광풍검 호광과 상당군이라는 절정고수가 있다는 것이 싸움의 승패를 좌우하고 있었다. 물론 수룡맹 쪽에도 대단한 고수가 없는 것은 아니었다.

‘오신 그자군.’

장강사마신 중 막내인 오신이 수룡맹의 전선을 지휘하고 있는 우두머리였다. 그는 명성 그대로 절정의 무공을 뽐내며 동분서주 싸움을 독려하고 있었지만, 그의 행보는 언제나 상당군에 의해 가로막히고 있었다. 두 사람은 무공이 엇비슷한 호적수여서 한 번 격돌한 후 쉽게 그 승패를 가릴 수 없었다. 그 사이 두 사람을 제외하고는 장내 최고의 고수랄 수 있는 광풍검 호광이 호랑이처럼 날아다니며 수룡맹 고수들을 도륙내고 있었다.

쿠우웅!

광풍검 호광의 검은 고검과 유사한 중검(重劍)이었다. 그리고 중검을 쓰는 광풍검의 검법은 이렇게 배와 배를 맞대고 싸움을 벌이는 수상전에서는 아주 요긴한 것이었다. 호광의 검이 강력한 파공음을 일으키며 한 번 휘둘러질 때마다 근접해 있는 수룡맹의 고수들이 낙엽처럼 배 아래로 떨어져 내렸다. 그것만이 아니었다. 강력한 호광의 검은 수룡맹의 전선 이곳저곳에 심각한 피해를 입히고 있었다.

"광풍검이라고 했던가요? 과연 그 별호에 어울리는 사람이군요."

미심이 광풍검의 무공에 감탄하며 말했다.

"듣기로는 해신문 최고의 기대주라 하더군요."

고검이 대답했다.

"해신문이 기대를 거는 것도 무리는 아니군요. 어쨌든 이 싸움은 동궁의 승리로 끝날 것 같군요. 문제는 저 오신이란 자의 목숨뿐이겠어요."

그런데 미심의 말이 끝나기가 무섭게 오신이 훌쩍 상당군에게서 멀어져 자신의 배 쪽으로 이동하며 큰 소리를 질러댔다.

"물러난다! 배를 물려라!"

이미 전세가 기운 것을 깨달은 오신은 배와 수하들, 아니, 어쩌면 자신의 목숨을 보존하기로 결심한 모양이었다.

"홍, 그게 마음대로 될까?"

후퇴를 명하는 오신을 향해 그를 상대하던 상당군이 아니라 오히려 호광이 투기로 번들거리는 눈을 부라리며 소리쳤다. 호광은 곧이라도 상대의 배로 날아 넘어갈 기세였다. 그런 호광을 상당군이 만류했다.

"가게 놓아두게."

"어르신?"

호광이 불만 가득한 눈으로 상당군을 돌아봤다.

"우리의 피해도 적지 않네. 일단 이쪽의 사람들을 돌보는 것이 중요해. 어차피 이곳에서의 싸움은 대세에 큰 영향을 미치는 것이 아니지 않는가?"

상당군의 침착한 설득에 호광이 잔뜩 끌어올렸던 투기를 순식간에 가라앉혔다. 상당군의 말처럼 이번 싸움의 승패는 그들의 손에 달린 것이 아니었다. 호수의 동안(東岸)에서 벌어지는 수룡맹 본대와 동궁 본대의 싸움이 결국 이 싸움의 승패를 가르게 될 터, 굳이 무리하게 적을 압박해 이쪽의 피해를 키울 필요는 없었다.

광풍검 호광은 성정이 괄괄한 사람이었지만 반면에 동궁의 척후대를 이끌 만큼 사리 판단도 분명한 사람이었으므로 상당군의 말이 옳다는 것을 단번에 인정하고 적에 대한 투기를 가라앉혔던 것이다.

"심기까지 대단하군요."

미심이 다시 한 번 호광을 칭찬했다.

"그렇군요. 큰 인물이 될 듯하군요."

"하긴 대 대협이 보통 사람과 호형호제하지는 않았을 거예요."

"그렇긴 하지요. 웅산 아우는 호탕한 것 같아도 사람을 무척 가려서 사귀는 편이지요. 그나저나 저쪽의 싸움도 서서히 결론이 나는 것 같군요."

고검이 오신이 뒤로 물러나자 더 이상 이쪽의 싸움에 관심이 없는 듯 시선을 돌려 호수의 동안(東岸), 그러니까 수룡맹 본대와 동궁의 주력이 맞붙은 쪽으로 시선을 돌렸다.

동궁의 화공에 의해 시작된 수림에서의 싸움은 여전히 치열하게 전개되고 있었다. 그러나 싸움의 승패는 명확하게 갈려져 있었다. 수룡맹의 전선에서 몸을 날려 화공을 펼치는 동궁의 고수들을 향해 돌진했던 수룡맹 고수 이백여 명이 어느새 숲 사이에 진을 치고 있던 동궁의 고수들에게 포위된 채 급급하게 뒤로 물러나고 있었던 것이다.

결과만 놓고 보자면 애초에 수룡맹의 전선을 향해 화공을 펼친 것은 결국 적의 전선을 공격하려는 목적이 아니라 적을 숲으로 끌어들이려는 술책이었다고 할 수 있었다.

'역시 좋은 책사군.'

고검은 문득 동궁의 군사 대하 이존을 떠올렸다. 비록 이번 싸움의 터를 마련한 것은 사해교진을 펼치고 그 진의 변화를 지휘하고 있는 추산이었지만 곳곳에서 펼쳐지는 수룡맹과의 백병전을 지휘하고 있는 사람은 동궁의 군사 대하 이존이었다. 즉, 화공을 써 적을 육지로 유인한 장본인은 대하 이존이란 말이었다.

"이해할 수 없군요."

그런데 문득 미심이 고개를 갸웃거리며 말했다.

"뭐가 말입니까?"

"송림에 뛰어든 수룡맹 고수가 모두 이백여 명이에요. 결코 적지 않은 숫자죠. 그런 그들이 전멸의 위기에 처했는데 어째서 구원군을 보내지 않는 거죠? 적어도 지금 수룡맹의 전선에는 아직 삼사백 명의 고수가 남아 있을 텐데요. 동료를 버리겠다는 건가요?"

미심의 의구심은 당연한 것이었다. 불화살을 쏘아대는 동궁 고수들을 향해 돌진했던 이백여 명의 수룡맹 고수들은 지금 거의 전멸의 위기에 몰려 있었다. 그들이 수림으로 뛰어들자마자 기다렸다는 듯 사방에서 수백 명의 동궁 고수들이 일제히 들고일어나 그들을 포위했기 때문이다.

수적인 열세도 열세지만 이미 진을 치고 기다리고 있던 적에게 뛰어들어 승리를 쟁취하기란 거의 불가능한 일. 오히려 목숨을 살려 되돌아가는 것조차 쉽지 않은 일이었다. 당연히 숲으로 뛰어든 수룡맹 고수들은 단번에 위기에 몰렸고, 얼마 지나지 않아 철저히 고립된 채 완벽한 죽음의 덫에 빠져 버린 상태였다.

그런데 이상한 것은 동료들이 죽음의 수렁에 빠져 허우적거리고 있음에도 물 위에 떠 있는 삼십여 척의 수룡맹 전선에서는 어떤 움직임도 보이지 않는다는 것이었다. 적어도 삼, 사백의 고수가 족히 남아 있을 전선 위의 수룡맹 고수들은 그저 자신들의 동료가 함정에 빠져 처절하게 죽어가는 것을 지켜보고 있을 뿐이었다. 그런데 다음 순간 그보다 더 황당한 일이 일어났다.

뿌우우우!

갑자기 수룡맹 전선 사이에서 길게 뿔피리 소리가 들려오는가 싶더니 수룡맹의 전선들이 일제히 뱃머리를 돌려 후퇴하기 시작했던 것이다.

"저건… 결국 죽어가는 동료들을 포기한다는 건가요?"

미심의 말에서 차가운 분노의 감정이 느껴졌다. 강호가 비정한 것이야 어제오늘 일이 아니지만 아무리 그래도 죽음의 위기에 처한 동료를 버리고 가는 짓은 그리 쉽게 할 수 있는 일이 아니었다.

"누군지 냉정하고 심기가 깊은 사람이 지휘하고 있는 모양이군요."

고검은 오히려 적의 판단에 감탄하듯 말했다.

"옳은 결정이란 건가요?"

여간해선 고검의 말에 반발하지 않는 미심이 불편한 표정으로 되물었다.

"그들이 동료들을 구하고자 숲으로 뛰어든다면 애초에 우리가 예상했던 대로 이 싸움은 이곳에서 끝날 겁니다. 즉 수룡맹의 운명이 결정되는 것이지요. 이백의 동료와 수룡맹 전체… 그 선택은 누구라도 명확한 겁니다. 단지 인정에 이끌리느냐, 감정을 누르고 전체를 생각하느냐의 차이가 있을 뿐이지요. 지금 저 수룡맹 선단을 지휘하고 있는 자는 인정을 억누르고 전체를 볼 줄 아는 자지요."

“그런가요?”

미심은 여전히 고검의 의견에 동의하지 못하는 모양이었다. 죽더라도 동료를 버리고 가는 짓 따위는 화맹처럼 동료 간의 결속이 단단한 조직에서 살아온 미심으로서는 도저히 용납할 수 없는 행동인 것이다. 그런 미심의 심사를 알고 있는지 고검은 더 이상 다른 말을 하지 않았다. 대신 그에게서 작은 한숨이 흘러나왔다.

“휴우… 싸움이 길어지겠군.”

혼잣말처럼 중얼거리는 고검의 말에 미심이 다시 고검을 바라봤다. 수룡맹의 처사에 흥분했던 자신이 조금 머쓱하기는 했지만 미심은 고검이 말한 의도가 궁금하기도 했다.

“저들이 사해교진을 빠져나갈 수 있을 거라 보시는 건가요?”

“이미 한차례 진의 환상에서 벗어난 자들입니다. 더군다나 심기가 깊고 냉정한 판단을 내릴 수 있는 자가 지휘하고 있고 말입니다. 다는 아니지만 어느 정도는 사해교진을 벗어날 겁니다. 그리되면 결국 싸움은 천보산으로 이어지겠지요.”

“애초에 예상했던 일 아닌가요?”

“물론 그렇긴 하지만 전 이곳에서 싸움이 끝나길 바랐지요. 왜냐하면 일단 천보산으로 전장이 옮겨지면 그때는 결코 지금처럼 추 사제가 만든 진의 도움을 받지 못할 테니 말입니다. 아무리 압승을 거둔다 해도 동궁도 어느 정도의 피해는 감수해야 할 겁니다.”

"이렇게 큰 싸움에서 전혀 피를 흘리지 않고 승리할 수는 없지요."

"그렇지요. 다만 그 피해가 나머지 삼패가 다른 생각을 할 기회를 주지 않을 정도이길 바랄 뿐이지요. 그나저나 이제 웅산 아우의 치료도 끝난 것 같으니 다시 추 사제가 있는 곳으로 가봐야겠군요."

고검의 말처럼 대웅산은 이미 치료를 마치고 바위 위에 앉아 운기를 하고 있었다. 고검이 천천히 걸음을 옮겨 대웅산의 곁으로 다가갔다. 그러자 가볍게 운기를 마친 대웅산이 번쩍 눈을 뜨더니 훌쩍 자리에서 일어났다.

"괜찮은 건가?"

고검이 묻자 대웅산이 호기롭게 대답했다.

"뭐, 이까짓 상처쯤이야 대수겠수? 더군다나 왕 선생께서 상처를 돌봐주셨으니 덧날 일은 없겠지요. 내상은 입지 않았으니 전장에서 이런 상처로 빌빌댈 수는 없지요."

"하지만 조심해야 하네. 내상은 없다지만 상처가 제법 깊어. 금창약을 썼으나 조심은 해야 하네."

"흐흐흐, 제 가죽은 본래 튼튼하니 별일없을 겁니다. 그나저나 저 작자들은 결국 꼬리를 마는군요."

대웅산이 섬에 착륙을 시도하다 물러난 전선과 호광, 상당군 등이 이끄는 동궁 척후선과 수상전을 벌이다 물러난 수룡맹의 전선 두 척을 바라보며 말했다. 수룡맹의 두 척의 전선은 섬에서 멀어지더니 이내 속력을 높여 호수의 남쪽으로 이동하는 본대를 따라붙고 있었다.

"본대가 후퇴를 결정했으니 그들도 물러나지 않을 수 없겠지. 자칫하다간 완전히 고립되어 버릴 테니까."

"자, 그럼 일차적인 싸움은 모두 끝이 났군요. 이제는 놈들을 추격하며 사냥하는 일만 남았네요."

"추 사제의 말을 들어봐야겠지."

"가볼까요?"

대웅산의 말에 고검이 고개를 끄덕이고는 앞장서서 섬의 중앙에 위치한 바위 쪽으로 걸음을 옮기기 시작했다.

第五章

추격전(追擊戰)

孤劍秋山

섬 위에서 바라보는 전장은 섬 아래에서 보던 것과는 또 사뭇 달랐다. 동쪽 숲에 잇대어져 있는 호수를 따라 대여섯 척의 전선이 아직도 불타며 침몰하고 있었고, 호수의 중심, 그러니까 사해교진의 중심에서 벌어졌던 환영진에 의해 파손된 수룡맹 전선의 파편도 물결에 밀려 뭍으로 밀려들고 있었다. 간간이 물먹은 시체들도 언뜻언뜻 어둠을 밝히는 불빛 속에 드러나 보였는데 아마도 밤이 아닌 낮이었다면 목불인견(目不忍見)이란 말이 딱 들어맞을 형상이었다.

"처참하군."

고검이 가라앉은 목소리로 말했다. 꼬리를 말고 도주하는 수룡맹 전선들의 모습이 아련하게 바라보였다.

"강호의 전장이란 항상 비참한 것이 아니더냐."

능운백이 담담한 목소리로 말했다.

"이젠 더 이상 상륙을 시도하지는 않겠지?"

고검이 추산을 보며 묻자 추산이 고개를 끄덕였다.

"죽어가는 동료들을 두고 떠났으니 육지로 들어서지는 않을 겁니다."

"결국 함정은 성공한 셈인가?"

"절반의 성공이라고 봐야겠지요. 저들의 본대가 상륙을 포기했으니 싸움은 길어지게 되었어요."

"하지만 저들은 여전히 사해교진 안에 있지 않느냐?"

그러자 추산이 고개를 끄덕이다 살짝 눈빛이 변했다.

"저건……?"

추산의 입에서 조금 의외라는 듯한 목소리가 흘러나왔다.

"무슨 일이 있느냐?"

능운백이 추산을 보며 묻자 추산이 감탄 어린 음성으로 말했다.

"역시 천하오패를 꿈꿀 자들답군요. 저들 중 진법에 뛰어난 인물이 있는 모양이에요. 저들이 움직이는 곳은 사해교진 세 개의 생문 중 남서쪽 생문이 있는 곳입니다. 그러니 결국 어느 정도 진에 대해 파악했다는 의미가 되는군요."

"어둠 속에서 어떻게 진의 형태를 파악했지?"

대웅산이 이해가 가지 않는다는 듯 물었다.

그러자 추산이 손을 들어 사해교진이 펼쳐진 호수를 빙 둘러싸고 있는 섬들, 그중에서도 벌건 봉홧불을 피워 올리고 있는 실재의 섬들을 가리켰다.

"아마도 저 횃불이 오히려 저들에게 진에 대한 정보를 준 모양이에요. 진에 통달한 자가 본다면 저 봉홧불의 위치와 움직임으로 어느 정도 진의 실체를 추측할 수 있으니까요. 수룡맹에 그런 자가 있으리라고는 생각지 못했군요."

"그럼 저들을 그냥 보내야 하는 것이냐?"

고검이 묻자 추산이 한가닥 미소를 지으며 고개를 저었다.

"그럴 수는 없지요. 애써 잡은 고기인데 그물을 빠져나가게 할 수는 없는 일 아니겠어요? 사해교진 세 개의 생문에는 이미 저들의 탈주에 대비한 준비가 되어 있을 테니 저들 중 살아 나가는 자는 그리 많지 않을 거예요."

추산의 말에 사람들의 시선이 다시 도주하는 수룡맹 전선들로 향했다. 비록 어둠 속에서 배를 몰고 있다지만 워낙 대선단이기도 하고 또 사해교진을 둘러싼 섬들에서 수룡맹 전선들이 이동하는 경로를 따라 계속 봉화를 올리고 있었기 때문에 그들의 움직임을 파악하는 것은 그리 어려운 일이 아니었다.

"마지막 신호를 보내야겠어요."

"마지막 신호?"

대웅산이 호기심 어린 표정으로 묻자 추산이 굳은 얼굴로 입을 열었다.

"함정을 파고 기다리는 일은 끝이에요. 이제부턴 그물을 빠져나가려는 고기를 추격해야 할 시간이지요."

"호홋! 드디어 사냥의 시작인가?"

대웅산이 한껏 기대에 부푼 표정으로 말했다.

"그렇죠. 사냥의 시작이죠."

추산이 고개를 끄덕이고는 훌쩍 바위 위에서 뛰어내려 서더니 또 하나의 거대한 통나무 더미에 불을 붙였다. 그러자 지금까지 피워 올렸던 불보다 배 이상의 커다란 불꽃이 무불장 고수들이 올라 있는 섬 전체를 밝히기 시작했다.

"어서 가죠? 사냥 구경 하셔야죠?"

벌겋게 타오르는 통나무 더미 앞에서 추산이 바위 위의 사람들을 보며 소리쳤다.

어디서 튀어나온 것인지 모를 십여 척의 배가 어느새 도주하는 삼십여 척의 수룡맹 전선을 뒤쫓고 있었다. 어둠 속에 펄럭이는 검은 깃발에는 동궁이라는 흰 글씨가 커다랗게 새겨져 있었다.

"희한한 광경이군."

어느새 추격전이 벌어지고 있는 호수 위로 나온 배 위에서 대웅산이 중얼거렸다.

"뭐가요?"

"아무리 크게 당했다 해도 겨우 열 척의 적선에게 삼십여 척의 배가 쫓기고 있으니 하는 말이야."

"현명한 거죠."

추산이 단정적으로 말했다.

“현명한 일이라고?”

“그럼요. 추격선이 적다고 역습을 가해오면 오히려 함정에
걸릴 거란 걸 알고 있으니까요.”

“함정에 걸린다? 그럼 보이지 않는 곳에 동궁의 전선들이
더 있다는 말인가?”

그러자 추산이 어이없다는 듯 대웅산을 바라봤다.

“그야 당연한 일 아닌가요? 비록 수상 전력에 있어서는 수
룡맹이 동궁을 압도하고 있었다 해도 동궁 역시 동해와 내륙
의 큰 호수를 세력권에 두고 있는 집단이에요. 이번에 동원된
전선만 해도 족히 칠팔십 척은 될 거라고요. 묘산 인근을 지키
는 전선을 제외하더라도 이곳에 투입된 전선이 오십여 척은
된다고요.”

“그래? 그럼 처음부터 수상전으로 붙었어도 크게 밀릴 건
없었겠네? 그런데 그 많은 전선이 모두 어디 간 거지?”

“그야 당연히 사해교진 곳곳에 숨어 있지요. 그리고 아마도
지금은 은밀하게 수룡맹 전선들을 따라 이동하고 있을 거예
요. 모습을 드러낸 채 적을 쫓는 저 십여 척의 전선은 몰이꾼
에 지나지 않는다고요. 사냥꾼들은 어둠과 사해교진에 몸을
숨기고 있고요.”

“아하, 그런 거였군. 그런 이치를 수룡맹의 수뇌부도 알고
있기에 추격선이 열 척에 불과함에도 반격을 하지 않는 것이
군.”

“그걸 이제야 알았다니 참으로 대단하십니다.”

추산이 빈정거리며 말했다.

"제길, 이런 골치 아픈 머리싸움은 난 질색이라고. 그렇다고 내가 바보는 아니야. 그저 머리를 굴리는 걸 귀찮아할 뿐이지. 헛허… 이래 봬도 지난 십여 년간 난해한 청부를 모두 성공한 이 대웅산이라고."

대웅산이 자칫 자신이 우둔한 사람으로 몰릴 것이 걱정되는지 변명을 늘어놓았다.

"아, 알았어요. 대 형님은 단지 게으를 뿐이라고 해두지요. 그나저나 무척 빠르군요."

추산이 추격전을 벌이는 수룡맹과 동궁 양측의 선단을 바라보며 중얼거렸다. 추산의 말대로 양측은 거의 전속력으로 질주하고 있었다. 노삼이 모는 척후선과 호광, 상당군이 타고 있는 척후선은 무척 빠른 속도를 낼 수 있는 배였지만 좀체 추격전을 벌이고 있는 양측 선단과의 거리가 좁혀지지 않고 있었다.

그렇게 한동안 호수 위의 추격전이 이어졌다. 그리고 드디어 한순간 수룡맹의 전선들이 일제히 섬과 섬이 얼기설기 뒤섞여 있는 곳으로 배를 몰아가기 시작했다.

"정확하군요."

추산이 감탄하듯 고개를 끄덕였다.

"뭐가 말이야?"

대웅산이 또다시 궁금한 듯 묻자 추산이 손을 들어 수룡맹의 전선들이 이동하고 이는 섬들 사이의 수로를 가리켰다.

"저곳이 바로 사해교진의 남쪽 생로(生路)거든요. 정말 대단한 책사가 있나 봐요. 이렇게 빨리 사해교진의 생로를 찾아내다니……."

"암제 마극은 어떠냐?"

고검이 추산에게 묻자 추산이 고개를 저었다.

"그가 비록 뛰어난 심기를 가진 인물이라고는 하나 그 정도 인물이 사해교진의 생로를 이렇게 빨리 찾아낼 수는 없을 거예요."

"음… 그렇다면 드러나지 않은 책사가 있단 말인가?"

고검이 고개를 갸웃했다.

"하지만 아무리 뛰어난 자가 있다 해도 대세를 바꿀 수는 없을 거에요. 이미 그들은 그물에 걸려들었으니까요."

추산이 자신있는 말투로 말했다. 그리고 추산의 말은 그리 오래 지나지 않아 사실로 드러났다.

수룡맹의 전선들은 천하의 물길을 장악했다는 명성답게 환상과 실재의 섬이 혼재되어 있는 사해교진을 능수능란한 솜씨로 벗어나고 있었다. 물론 중간중간 한두 척의 배가 사해교진이 일으키는 변화 때문에 암초와 충돌해 파손되기는 했지만 거의 대부분의 배는 위태로우면서도 사해교진을 헤쳐 나가고 있었다.

그렇게 얼마나 지났을까. 어지럽게 늘어서 있는 섬들 사이

를 이동한 수룡맹의 전선들은 드디어 섬의 군락을 거의 벗어
나 망망대해처럼 펼쳐진 홍택호의 수면을 앞에 두게 되었다.
그런데 쉽게 사해교진을 빠져나갈 것 같던 수룡맹의 전선들은
그 마지막 문턱에서 갑자기 뜻하지 않은 장애물을 만나고 말
았다.

촤아아악!

갑자기 섬과 섬 사이에서 기이한 파도 소리가 들려오기 시
작했다. 분명 밤바람에 자연스럽게 일어나는 파도 소리는 아
니었다. 그리고 잠시 후, 섬과 섬 사이로 환하게 열려 있던 시
야가 희뿌연 안개로 가려지기 시작했다.

"뭐지?"

대웅산이 갑작스런 변화에 놀라 추산을 돌아보며 물었다.

"뭐긴 뭐예요. 본격적으로 적을 사냥하려는 거죠."

"그럼 저 안개는……?"

"당연히 사해교진이 일으킨 변화지요."

"계획된 거란 말이야?"

"물론이에요. 기실 사해교진을 단시일에 완벽하게 펼치는
것은 아주 어려운 일이에요. 다행히 동궁의 지원이 좋아서 그
런대로 쓸 만한 진을 펼칠 수 있었던 거죠. 하지만 그럼에도
세 개의 생문, 그것도 뛰어난 진법의 대가가 보면 찾아낼 수 있
는 생문이 생기는 것은 어쩔 수 없었지요. 해서 전 그 생문을
없애는 대신 그 생문을 오히려 함정으로 쓰기로 했어요. 그리
고 이제 그 생문이 함정으로 변하고 있는 거지요."

추산의 말이 끝날 때쯤 섬 사이에서 일어난 안개는 이제 거의 수룡맹의 전선 바로 앞까지 밀려와 있었다. 자연스럽게 시야가 막힌 수룡맹 전선의 속도는 급격하게 줄어들었다. 그들로서 다행인 것은 그나마 안개가 생겨나기 전 이미 홍택호의 중심으로 나갈 방향을 보아두었다는 것 정도였다.

촤아악!

그 와중에도 사방에선 기이한 파도 소리가 연이어 들려오고 있었다. 이미 섬 사이를 벗어나면 홍택호의 중심으로 향하게 된다는 것을 알고 있으면서도 왠지 모르게 안개 뒤쪽에 전혀 다른 세상이 있을 것만 같은 긴장감이 생겨나는 상황이었다.

그러나 도주하는 도중에 가던 길을 되돌릴 수 없는 법. 뒤에서 여전히 동궁의 전선들이 추격해 오고 있었으므로 수룡맹 전선들은 안개 속으로 서서히 진입해 들어가기 시작했다.

그런데 수룡맹의 삼십여 척, 아니, 오는 도중 암초에 부딪쳐 침몰한 대여섯 척을 제외하고 이제는 스물다섯 척 정도가 남아 있는 수룡맹의 배 중 십여 척이 안개 속으로 들어갔을 때 갑자기 전혀 다른 소음이 장내를 가득 메우기 시작했다.

쐐애애액!

소름 끼치는 파공음이 하늘을 뒤덮었다. 동시에 검은 밤하늘에서 굵은 장대비가 내리는 듯한 풍경이 연출되더니 이내 그 장대비가 안개를 뚫고 수룡맹의 전선들을 향해 꽂혀들었다.

"아악!"

"공격이다! 모두 몸을 피햇!"

밤하늘을 타고 내려온 장대비가 수룡맹 전선을 파고드는 순간 사방에서 비명 소리와 고함 소리가 터져 나오기 시작했다. 장대비는 비가 아니라 강력한 힘이 서려 있는 강전(羌箭)이었던 것이다.

화살비의 공격은 장장 이각여 동안 이어졌다. 그사이 수룡맹의 전선은 완전히 안개에 휘말려 있었다.

"콩 볶듯 하는군."

안개 속의 상황을 정확히 볼 수 없었다. 무불장 고수들은 그저 안개 속에서 들려오는 소리만 들을 수 있었다. 하지만 그 소리만으로도 지금 안개 속에서 수룡맹 고수들이 얼마나 위급한 지경에 처해 있는지 피부로 느껴졌다.

그렇게 이각 동안 쏟아지던 화살비가 어느 순간 뚝하고 멈췄다. 더불어 동시에 사방에서 밀려들던 안개가 거짓말처럼 걷혔다. 오로지 화살로만 공격을 가했기에 안개가 사라지자 드러난 수룡맹 전선들의 모습은 그런대로 건재했다.

하지만 강전의 공격에 얼마나 많은 수룡맹 고수들이 살아남았는지는 알 수 없었다. 그들은 죽은 자와 산 자가 함께 배 안에 있을 터이고, 그나마도 밤의 어둠이 그들의 모습을 가리고 있었기 때문이다.

화살비의 공격을 받던 수룡맹의 전선 스물다섯 척은 움직임마저 멈춰져 있었다. 화살이 비처럼 쏟아지는 상황에선 도저히 배를 몰 형편이 아니었을 것이다. 더군다나 안개로 시야까지 가렸으니 그들은 그야말로 독 안에 든 채 화살비를 받아내고 있었던 것이다.

"전진하라!"

그러나 아무리 화살이 비 오듯 쏟아졌다 해도 강호의 고수들이 화살 공격에 전멸할 수는 없는 일. 어느 순간 수룡맹의 배 중 한곳에서 은은한 공력이 담긴 음성이 호수 위로 퍼져 갔다.

그러자 죽은 듯 멈춰 섰던 수룡맹의 전선들이 서서히 호수의 중심 쪽으로 이동하기 시작했다. 그러나 그들의 이동은 채 일각이 지나지 않아 중지됐다. 그들이 막 마지막 섬 근처를 지나치려 할 때 갑자기 사방에서 동궁의 전선들이 모습을 드러내기 시작했던 것이다.

어디에 숨어 있었는지 모를 동궁의 배는 모두 사십여 척에 이르렀는데, 뒤에서 수룡맹의 배를 추격하던 전선까지 합치면 오십여 척에 이르는 동궁의 배들은 이십 척을 겨우 넘는 수룡맹 전선들을 순식간에 포위하였다.

둥둥둥둥!

어두운 밤공기를 타고 울려 퍼지는 전선의 북소리는 공세를 취하는 자들에게는 전의를 북돋아주지만 수세에 몰린 자들에게는 공포를 심어준다.

실제로 그런지는 모르겠지만 북소리와 함께 움직이는 동궁의 전선들은 힘차게 물살을 가르는 것처럼 보였고, 죽음처럼 조용한 침묵 속에 움직이고 있는 수룡맹의 전선들에게서는 전혀 생기를 찾아볼 수 없었다.

"끝난 싸움이군."

대웅산이 더 볼 것도 없다는 듯 중얼거렸다.

"아직은 아니다."

고검이 고개를 저었다.

"아니, 이 지경에 뭐 더 볼 게 있습니까? 배의 숫자만도 동궁의 전선이 두 배에 이를 뿐 아니라, 수룡맹의 전선에 타고 있는 자들은 이미 전의를 상실했으니 어찌 동궁의 포위망을 뚫을 수 있겠습니까?"

"저들이 전의를 상실했다고 보느냐?"

고검이 반문했다.

"뭐, 척 보기에도 전혀 생기가 없잖아요?"

그러자 고검이 작은 한숨을 내쉬며 대답했다.

"강호의 무인들은 항상 죽음을 곁에 두고 살아간다. 또한 죽는 그 순간까지도 투기를 꺾지 않는 것이 바로 무림인들이지. 더군다나 저들은 천하 쟁패를 노리는 수룡맹의 정예 고수들이다. 그들이 죽음이 두려워 의기소침할 리는 없다."

"그럼 저 모습은 뭐란 말이우?"

"최후의 속임수!"

고검 대신 추산이 대답했다.

"최후의 속임수라니?"

대웅산이 고개를 갸웃하며 추산을 보며 물었다.

"하루 종일 동궁의 함정에 빠져 살았으니 마지막엔 자신들도 귀계를 쓰려는 모양이죠. 사실 간단한 속임순데……."

"도대체 무슨 말을 하는 건지……."

대웅산이 여전히 추산의 말을 이해하지 못하고 투덜거릴 때 더 이상 추산의 설명이 필요없는 상황이 발생했다.

서서히 그물을 조이듯 다가드는 동궁의 전선들, 그리고 그물에 걸린 고기마냥 생기를 잃은 채 적선들이 다가오기만을 기다리고 있는 수룡맹 전선들. 그 양자 간의 운명은 이미 정해진 것이나 마찬가지처럼 보였다. 그러나 갑자기 한순간에 수룡맹의 전선들이 그 정해진 운명을 따라가길 거부했다.

쿠쿠쿠쿵!

갑자기 격렬한 북소리가 호수를 진동시켰다. 동시에 시든 풀처럼 생기를 잃고 있던 수룡맹의 전선들이 일제히 앞을 향해 돌격하기 시작했다.

우우우우!

이십 척이 넘는 전선이 돌진하며 일으키는 물결 소리와 더불어 그 배에 타고 있는 고수들이 질러대는 괴기스런 함성이 밤하늘로 퍼져 나갔다. 그것은 마치 지옥으로 향하는 자들의 진군과도 같았다.

번개처럼 포위망을 향해 돌진하기 시작한 수룡맹의 전선들은 망설임없이 동궁의 전선들이 펼쳐 놓은 포위망 한쪽을 뚫기 시작했다.

"와아아아!"

갑작스런 함성 소리가 동궁과 수룡맹 전선들 사이에서 터져 나왔다.

쿠쿠쿠쿵!

배와 배가 충돌하고 개중 일부의 전선은 속절없이 바스러져 물속으로 처박혔다.

차차창!

배의 충돌에 연이어 고수들 간의 백병전이 시작됐다. 거칠게 도검이 충돌하는 소리와 고수들이 쳐내는 장력이 폭발하는 소리가 어지럽게 전장을 휘감았다.

"저것이었나?"

대웅산이 놀란 눈으로 전장을 바라보며 물었다.

"맞아요. 저들은 최후의 일격을 가해 포위망을 뚫기 위해 자신들의 투기를 감춰두었던 거죠. 반면 동궁에선 아무리 조심한다고 해도 이미 그물 안에 들어온 고기에 대한 방심이 없을 수 없었고요."

"음, 정말 대단한 기세군. 저대로라면 포위망이 뚫리겠어."

"결국 시간과의 싸움이라고 봐야겠지요."

추산의 말이 끝나기가 무섭게 포위망을 구축했던 동궁의 전선들이 일제히 수룡맹 전선을 향해 돌진하기 시작했다. 반면 수룡맹 전선들은 동궁의 모든 전선들이 몰려오기 전 포위망을 뚫기 위해 과감하게 포위망의 한쪽을 공략하고 있었다.

그렇게 동궁과 수룡맹의 전선들이 어지럽게 엉켜들기를 이각여. 드디어 수룡맹의 전선 중 일부가 동궁의 포위망을 뚫고 홍택호의 너른 수면으로 벗어났다.

　　그러나 그 숫자는 극히 적어서 스무 척이 넘던 전선 중 동궁의 포위망을 탈출한 배의 숫자는 겨우 여덟 척에 지나지 않았다. 그리고 당연하게도 동궁의 포위망 속에 갇혀 있는 수룡맹 전선들과 그 배에 타고 있던 수룡맹 고수들의 운명은 파국을 향해 치닫고 있었다.

　　둥둥둥둥!

　　다시 거친 북소리가 수면을 타고 흘렀다. 그러자 수룡맹 전선들을 포위했던 동궁의 전선들이 서서히 뱃머리를 돌려 포위망을 벗어난 수룡맹의 전선들을 추격하기 시작했다. 이미 포위망을 벗어나지 못한 수룡맹 전선들은 침몰하거나 일부는 동궁의 고수들에 의해 장악된 후였다.

　　계속해서 북소리는 어두운 홍택호의 수면 위로 퍼지고 있었다. 그러자 또다시 섬 이곳저곳에서 일단의 전선이 모습을 드러냈다. 그리고는 수룡맹의 전선 뒤를 추격하고 있는 동궁 전선들의 뒤를 따르기 시작했다.

　　"역습인가?"

　　능운백이 약간 흥분한 목소리로 말했다. 바다처럼 너른 호수 위에서 벌어진 한밤의 수상전은 이제 거의 막이 내려지고 있었다. 결과는 물론 동궁의 압승. 추산이 펼쳐 놓은 사해교진 속에서 여덟 척이라도 무사히 빠져나간 것만 해도 수룡맹으론 대단한 분전이라 할 만했다. 그리고 이제 서로의 입장이 정반대가 되어 수룡맹의 전선들은 도주하고 동궁의 전선들이 추격하는 상황이 전개되고 있었다.

"천보산까지 일거에 몰아붙이겠지요?"

대웅산이 묻자 고검이 고개를 끄덕였다.

"이 기회를 살리지 못하면 장기전이 될 테니 동궁은 전력을 다할 거야."

"그럼 우리도 가봐야죠?"

"그래야지. 이 싸움의 결말은 결국 천보산에서 날 테니까."

대답을 한 고검이 노삼을 향해 고개를 끄덕였다. 그러자 노삼이 재빨리 해신문의 문도들을 지휘해 배의 속력을 높이기 시작했다.

처음 동궁 묘산 숙영지를 공격하기 위해 나섰던 수룡맹의 전선은 오십 척이 넘었다. 고검과 추산 등이 속한 척후 선단을 쫓던 전선들까지 합치면 대략 육십여 척에 육박했다. 그 거대한 선단 중 지금 무사히 돌아가는 숫자는 겨우 여덟 척에 지나지 않았다.

물론 침몰한 배에서 옮겨 탄 사람들을 고려하면 살아남은 사람은 그보다 많겠지만 그렇다고 해도 육십여 척의 전선 중 단 여덟 척만 살아남았다는 것은 거의 궤멸에 가까운 패배를 당한 것이나 마찬가지였다. 그리고 더 심각한 문제는 살아남은 여덟 척의 전선 또한 아직 완전히 동궁의 손아귀에서 벗어났다고 장담할 수 없다는 점이었다.

파파파팟!

수십 척의 동궁의 전선은 길게 반원형의 대형을 유지한 채 수룡맹의 전선을 뒤쫓고 있었다. 그리고 어느 순간 양측의 거리가 이십여 장 안쪽으로 유지되기 시작했을 때부터 다시금 화살세례를 퍼붓기 시작했다. 그러나 수룡맹의 전선들은 화살세례를 받으면서도 꿋꿋하게 홍택호를 가로지르고 있었다.

"이상한 일이군."

대웅산이 갑자기 고개를 갸웃거렸다.

"뭐가요?"

추산이 또 무슨 일이냐는 듯 되묻자 대웅산이 정색을 한 얼굴로 말했다.

"보라구. 화살 공격을 하려면 화공(火攻)을 펼쳐야 하는 것 아니야? 바람도 마침 동풍이라 지금 화공을 펼치면 능히 저들을 제압할 수 있을 것 같은데?"

"휴, 하나만 생각하고 둘은 생각지 못하는군요."

"그게 무슨 말이야? 내 말이 틀렸다는 거야?"

"당연히 그렇죠. 지금 동궁의 목적은 저 여덟 척의 전선이 아니라구요. 그것보다는 천보산에 있는 수룡맹 진영을 급습하는 것이 동궁의 최고 목표지요. 그런데 홍택호의 중심에서 화공을 펼쳐 적선을 불태운다면 천보산의 수룡맹 고수들이 동궁의 반격을 즉시 눈치 채게 될 거 아니에요. 지금같이 어두운 밤에 벌어지는 화공은 수십 리 밖에서도 볼 수 있다고요. 사해교진 안이라면 모를까 이미 우린 사해교진을 벗어났잖아요."

그러자 대웅산은 그제야 뭔가를 깨달은 듯 머리를 긁적이며 중얼거렸다.

“음, 그렇군. 이거 오늘 이 대웅산의 체면이 말이 아닌걸.”

“그러니 주둥이 닥치고 그냥 되어가는 꼴이나 구경하고 있어라. 괜히 나불대지 말고.”

능운백까지 나서서 핀잔을 주자 대웅산이 입을 쑥 내밀고는 이내 입을 닫았다.

계속되는 화살 공격이 수룡맹의 고수들에게 얼마큼의 피해를 주었는지는 알 수 없었다. 간간이 비명 소리가 들려오고 추격하는 뱃전에 적의 시체가 부딪치기도 했지만 여덟 척의 수룡맹 전선은 여전히 빠른 속도로 홍택호의 서안(西岸), 수룡맹 숙영지가 있는 천보산을 향해 후퇴하고 있었다.

그렇게 두 시진 정도 추격전이 물 위에서 벌어졌다. 밤은 가고 서서히 날이 밝아오고 있었다. 기습을 하기엔 낮보다 밤이 좋았지만 시간이 가는 것을 붙들어 맬 수는 없는 일이었다.

“보이는군.”

능운백이 흥분한 어조로 말했다. 과연 도주하는 수룡맹 전선의 앞쪽으로 거뭇하게 솟아오른 천보산이 시야에 들어오기 시작했다.

둥둥둥둥!

천보산이 보이기 시작하자 갑자기 수룡맹 전선에서 강렬한 북소리가 울려 퍼지기 시작했다. 쫓기는 와중에 적의 기습을 알리는 신호를 천보산의 동료들에게 보내고 있는 것이다.

“화공을!”

순간 추격하던 동궁 고수들의 공격도 순식간에 변했다. 동궁의 근 오십여 척에 달하는 전선에서 일제히 불화살이 허공으로 떠올랐다. 그리고는 폭포수처럼 도주하는 여덟 척의 수룡맹 전선을 향해 떨어져 내렸다.

그동안은 화공이 천보산의 수룡맹 고수들에게 동궁의 역습을 알릴까 두려워 자제했지만 이제는 더 이상 숨길 것이 없었기에 미뤄두었던 화공을 시작한 것이다.

화공의 효과는 금세 나타났다. 아무리 수룡맹 고수들이 전선에 붙기 시작한 불꽃을 꺼뜨리려 해도 하늘을 가득 채우며 날아오는 불화살을 모두 감당할 수는 없었다. 더군다나 바람 또한 강한 동풍. 여덟 척의 수룡맹 전선 중 다섯 척이 순식간에 화염에 휩싸였다.

벌겋게 타오르는 화염 속에서 수룡맹 고수들이 불길을 잡으려고 이리저리 뛰어다녔다. 그러나 동풍의 기세를 업은 화염은 수그러들 줄 모르고 화염에 싸인 전선은 순식간에 침몰하기 시작했다.

"역시 또 버리고 가는 것인가?"

대웅산이 혀를 찼다.

화염에 휩싸인 배에 타고 있던 수룡맹 고수들을 그대로 내버려 둔 채 가까스로 화공을 피한 세 척의 수룡맹 전선이 전속력으로 천보산을 향해 달려나가고 있었다.

남은 자들의 운명은 비참했다. 배에 남은 자와 불을 피해 물로 뛰어든 자들 모두 죽음을 피하지는 못했다. 십여 척의 동궁 전선이 화염에 휩싸인 수룡맹 전선들을 덮쳐 갔기 때문이다.

"크아악!"

쿠쿠쿵!

거칠게 적선을 공격하는 소리와 죽어가는 수룡맹 고수들의 비명 소리가 호수 위를 뒤덮었다. 전장에서 적에 대한 자비는 없다. 동궁의 고수들은 단 한 사람의 수룡맹 고수들까지 베어 버린 후 다시 배를 돌려 앞서 천보산으로 돌격하는 동료들의 뒤를 따랐다.

"비참하군요."

추산이 혀를 찼다. 지난밤 사해교진 안에서는 이보다 더한 참상이 일어났을 수도 있지만 밤에 보는 전장과 벌건 대낮에 보는 전장의 참상은 그 차원이 달랐다.

더군다나 비록 그동안 무불장 고수들이 숱한 청부를 수행하며 흉험한 경험을 많이 하기는 했지만 이렇게 거의 학살에 가까운 전투를, 그것도 대규모로 수행하는 것을 본 적은 없었기에 아무리 대담한 무불장의 청부사들이라 하더라도 가슴 한쪽이 서늘해져 오는 것은 어쩔 수 없었다.

"전쟁이다. 전쟁에서 인간은 더 이상 인간이 아니지. 가장 잔혹한 동물일 뿐이다. 그나저나 이제 드디어 싸움다운 싸움이 시작되겠군."

능운백이 조금은 냉정한 말투로 추산의 말을 받은 후 고개를 돌려 천보산을 바라봤다. 능운백의 말처럼 최후까지 살아남은 수룡맹의 세 척 전선은 드디어 천보산 수룡맹의 진지에 도달하고 있었다. 그리고 그 뒤를 따라 수십 척의 동궁 전선이 천보산을 포위하듯 에워싸며 육지에 배를 대고 있었다.

"진이 있지 않았나요?"

미심이 고개를 갸웃거리며 물었다.

"그러고 보니 이상하군. 분명 지난저녁 천보산 아래쪽으로 수룡맹의 전선들을 숨기기 위한 진이 펼쳐졌었는데 그 진의 모습이 보이지 않는군."

대웅산도 의구심 어린 목소리로 중얼거렸다.

"아마 그 진은 수룡맹의 전선들을 이용해 만든 수상진이었을 거예요. 수룡맹 전선들이 기습을 하기 위해 홍택호로 나왔으니 당연히 진은 소멸했겠지요. 그리고 아마도 수룡맹은 이번 기습전이 성공할 거라 예상하고 다른 방비를 하지 않은 것 같아요."

"그렇게 되는 건가? 그렇다면 수룡맹으로서는 그야말로 마른하늘에 날벼락을 맞은 셈이군."

대웅산의 말이 끝나는 순간 갑자기 천보산 기슭에서 거대한 함성이 들려오기 시작했다.

"와아아아!"

수백 명이 내지르는 함성이 땅과 호수를 뒤흔들었다. 드디어 동궁의 고수들이 배를 떠나 천보산으로 오르고 있었던 것이다.

"어느 쪽으로 갈 테냐?"

능운백이 고검을 보며 물었다. 밝은 대낮에 드러난 천보산

중턱의 수룡맹의 진지는 호수로부터 세 갈래 길로 이어져 있었다. 이미 천보산을 오르기 시작한 동궁의 고수들이고 보면 무불장의 고수들도 서둘러야 싸움의 끝을 볼 수 있을 터였다.

그런데 능운백의 물음에 고검이 대답을 미루고는 곁에 있는 대웅산을 바라봤다. 그때 대웅산의 시선은 산 밑에서 오른쪽으로 이어진 산길로 뛰어드는 동궁 고수들을 바라보고 있었는데, 고검이 자신을 응시하는 것조차 눈치 채지 못하는 듯 보였다.

"오른쪽 길로 가죠."

고검이 담담한 목소리로 뒤늦게 대답했다. 그러자 능운백이 빙그레 미소를 지었다.

"그렇게 하자꾸나. 다른 길로 갔다가는 웅산 저놈이 제대로 싸움 구경을 하지 못할 것 같으니 말이야. 사실 우리가 나서서 싸울 필요가 없는 싸움이긴 하지만… 역시 네놈도 무상문의 고수들 뒤를 따르고 싶겠지?"

능운백의 말에 그제야 대웅산이 고검과 능운백을 바라봤다.

"그러면야 저야 좋죠."

대웅산이 흡족한 표정으로 고개를 끄덕였다. 그러자 고검이 노삼을 향해 소리쳤다.

"노 대협, 우린 오른쪽 길을 택하겠습니다."

"알겠습니다, 고 대협. 그리로 배를 대지요."

노삼이 큰 목소리로 대답하고는 서둘러 배를 천보산 수룡맹 숙영지로 오르는 오른쪽 산길 아래쪽으로 몰았다.

좌아아악!

무불장 고수들이 타고 있는 배가 부드럽게 물살을 헤치며 가볍게 호수 변에 부딪쳤다. 호수 변은 부드러운 수초로 이루어져 있었으므로 배가 접안하는 데에는 큰 어려움이 없었다. 일단 배가 뭍에 닿자 고검과 추산을 비롯한 무불장 고수들이 일제히 몸을 날려 배에서 뛰어내렸다.

"그럼 조심해서 다녀오십시오."

노삼은 여전히 배 위에 남아 있었다.

"함께 가지 않습니까?"

고검이 묻자 노삼이 고개를 저었다.

"해신문은 배를 지키는 게 임무지요."

그러고 보니 천보산을 항해 질주하는 동궁 고수들 속에서 해신문의 고수들을 찾아보기는 힘들었다. 동궁에서 해신문의 역할은 전선을 몰고 지키는 일에 국한되어 있는 듯 보였다. 그런데 그런 해신문의 문도 중에는 천보산행을 택한 사람도 있었다.

어느새 무불장 고수들이 타고 온 배 옆에 정박한 또 한 척의 배 위에서 상당군이 훌쩍 뭍으로 뛰어내려 무불장 고수들 곁으로 다가왔던 것이다.

"함께 가십시다."

이미 몇 차례 안면이 있어 낯이 익은 상당군이 거리낌없이 고검에게 말을 걸었다.

"그렇게 하시지요."

상당군의 동행은 무불장의 고수들에게도 나쁠 것이 없었다. 비록 동궁을 도와 이번 전쟁을 치르고 있지만, 동궁의 고수들 속에서 움직이자면 상당군 같은 고수와 함께 움직이는 것이 여러모로 편할 터였다.

"어서 갑시다. 이러다 싸움이 다 끝나겠습니다."

역시 싸움에 굶주린 사람은 대웅산이었다.

"서둘지 말거라. 명색이 천하오패를 노리는 수룡맹이다. 그렇게 쉽게 패망할 자들이 아니란 말이다. 조심해서 가는 것이 좋아."

능운백의 책망에 대웅산이 머쓱한 표정으로 고개를 주억거렸다.

"뭐, 그렇기야 하지만 패색이 짙은 놈들이 천보산을 버리고 후퇴할 수도 있지 않겠습니까?"

그러자 능운백이 고개를 갸웃했다.

"그렇기도 하군. 네놈 말에도 쓸 만한 것이 있구나. 서두르자!"

능운백이 고검을 보며 말하자 고검이 고개를 끄덕이고는 신형을 움직이기 시작했다.

"제가 앞에 서지요."

고검이 움직이자 대웅산이 기다렸다는 듯이 일행의 선두로 나섰다. 그리고는 바람처럼 수룡맹의 숙영지로 이어진 산길을 따라 오르기 시작했다.

차차창!

"와아아!"

숲의 곳곳에서 치열한 싸움이 전개됐다. 물론 동궁의 일방적인 공격이었지만 숙영지를 지켜내기 위한 수룡맹의 저항도 만만치는 않았다. 하지만 이미 묘산을 공격하기 위해 나섰던 최정예 고수들을 수백이나 잃은 수룡맹으로서는 동궁 최절정 고수들의 공격을 방어해 내는 것은 힘겨운 일이었다.

대웅산은 거침없이 길을 열고 있었다. 산길이라 곳곳에 우거진 수풀이 길을 방해했으나 대웅산이 장창을 한 번 휘두를 때마다 길을 막고 있던 수풀이 허공으로 비산하고 그 앞으로 넓고 고른 길이 모습을 드러냈다.

그렇게 얼마나 달렸을까? 대웅산을 필두로 한 무불장의 고수들이 수룡맹 숙영지 중심에 다다랐다.

"주력은 후퇴한 모양이군요."

달리는 와중에 추산이 고검에게 말했다.

"그런 모양이구나. 사방에서 싸움이 벌어지고 있긴 하지만 아마도 주력이 도주할 시간을 벌어주기 위한 싸움인 것 같구나."

"아군의 후퇴를 위해 목숨을 내놓을 인물들이 있다는 것은 생각보다 암옥, 아니, 수룡맹의 단결력이 강하다는 말일까요?"

"그럴 수도 있겠지. 수십 년 동안 암중에서 힘을 키워온 자들이니 그 조직이 생각보다 단단할 수도 있지 않겠느냐?"

고검과 추산이 대화를 하는 사이 대웅산은 어느새 천보산의 서쪽 능선을 휘감아 돌고 있었다. 그러자 마치 홍택호 위에 섬처럼 떠 있는 듯 보였던 천보산 뒤로 광활한 숲이 길게 펼쳐져 있는 것이 눈에 들어왔다.

"쉽지 않겠구먼!"

갑작스럽게 시야에 들어온 광활한 숲을 보면서 능운백이 중얼거렸다. 수룡맹의 주력이 천보산 뒤쪽으로 이어진 숲을 따라 도주했다면 그들을 추격하기란 그리 쉽지 않을 거란 말이었다. 하지만 그 와중에도 동궁의 고수들은 곳곳에서 수룡맹의 잔존 세력을 소탕하며 적을 따라 숲으로 들어가고 있었다.

동궁의 고수들이 천보산에 상륙한 지 채 이각이 지나지 않아 천보산 수룡맹의 진지는 완전하게 동궁의 손에 들어와 있었다.

"저런!"

그런데 갑자기 일행의 선두에 서 있던 대웅산의 입에서 놀란 음성이 흘러나왔다.

"무슨 일이에요?"

추산이 재빨리 대웅산의 곁으로 다가서며 물었다. 그러자 대웅산이 손을 들어 호수를 따라 이어진 숲의 오른편 어둑한 지점을 가리켰다. 그곳에서는 일단의 동궁 고수들과 수룡맹 고수들이 격돌하고 있었다. 그리고 그 순간 추산은 대웅산이 왜 놀랐는지 그 이유를 알 수 있었다.

"무상문의 고수들이군요."

　　대웅산이 가리킨 곳에서는 득문자 노명갑이 이끄는 수십 명
의 무상문 고수들이 한 무리의 수룡맹 고수들과 정면으로 충
돌하고 있었다. 그런데 문제는 추격하는 무상문 고수들을 막
아서는 수룡맹 고수들의 면면이었다.

　　"의협도 주경이라 했었나?"

　　왕민이 중얼거렸다. 왕민의 표정 또한 가히 밝지 않았다. 과
거 왕민의 출신 문파인 홍가보의 일을 청부 맡았을 때 한 번 겪
었던 수룡맹의 고수 의협도 주경. 그가 바로 무상문의 고수들
과 격돌하는 곳에 모습을 드러냈던 것이다.

　　"그뿐만이 아니군요. 장강사마신 중 둘, 그리고 저자들은 암
옥사천왕이 분명해요."

　　추산의 머리는 그가 한두 번씩 만났던 수룡맹, 아니, 암옥의
고수들을 정확하게 기억하고 있었다.

　　"이건 한 방 제대로 먹이겠다는 것 같은데요?"

　　추산이 고검을 보며 말했다. 무상문의 득문자 노명갑이 이
끄는 일단의 동궁 고수들은 무상문 고수들이 주축이 되어 천
보산에서 길게 내륙으로 이어진 숲 오른편으로 이어진 호숫가
를 따라 이동하고 있었다.

　　묘산 기습이 실패하고 역습을 받아 일패도지한 수룡맹 잔여
세력을 추격하는 것이라 동궁의 고수들은 전방의 방비를 소홀
히 한 채 호기롭게 전진하고 있었다.

　　물론 가끔 뒤떨어지거나 낙오된 수룡맹 고수들을 만나지 않
은 것은 아니었으나 그들은 바람 앞의 촛불처럼 단번에 동궁

고수들의 도검 아래 찬 이슬로 스러져 버리는 운명을 맞이하곤 했다.

그런데 지금 숲의 오른편에서 무상문 득문자 노명갑이 이끄는 동궁 고수들을 막아선 수룡맹 고수들의 기세는 패잔한 다른 수룡맹 고수들과는 전혀 달랐다.

그들은 마치 단단히 벼르고 있었다는 듯 강력한 반격으로 동궁의 고수들을 당황케 만들고 있었다. 거기다 반격을 가하는 수룡맹 고수들의 면면 또한 결코 무시할 수 없는 인물들. 퇴각하기로 결정했다면 가장 먼저 천보산을 벗어났어야 할 수룡맹의 주요 고수들이 대거 포함된 수룡맹의 기습이었다.

"추격의 기세를 일거에 꺾어보겠다는 심산인 모양이군."

능운백이 전세를 살피며 말했다.

"제길, 잘못하면 피해가 크겠는걸요."

대웅산이 초조한 기색으로 말했다. 지금 수룡맹의 강력한 반격을 받고 있는 사람 중 대부분은 무상문의 고수들. 이러니저러니 해도 과거 대웅산과 한솥밥을 먹던 인물들이다.

전세는 확실히 동궁의 고수들에게 불리했다. 물론 천보산에 오른 동궁 고수들이 전부 모여든다면 일거에 수룡맹의 반격을 퇴치할 수 있을뿐더러 그들을 전멸시킬 수 있을 테지만 지금 천보산에 오른 동궁의 고수들은 넓게 숲에 흩어져 수룡맹의 고수들을 추격하고 있었다.

수룡맹의 고수들은 바로 그 빈틈을 노려 추격군의 일부, 즉 오른쪽으로 추격해 오는 동궁의 고수들 쪽으로 전력을 모아 반격을 가해온 것이다.

당연히 강력한 반격을 받은 동궁의 고수들이 뒤로 밀리기 시작했다. 밝은 태양 아래 선혈이 난무했다. 자칫하다간 득문자가 이끄는 동궁의 추격대가 극심한 피해를 입을 상황. 다른 곳으로 흩어진 동궁의 고수들이 모여들기에는 꽤 많은 시간이 필요했다.

"가봤으면 합니다, 장주!"

대웅산이 허락을 구하듯 고검을 바라봤다. 아무리 파문당한 처지라도 무상문의 위기를 두고 볼 수 없는 대웅산이었다. 하지만 그의 행보는 철저히 고검의 명에 따라야 하는 것도 또한 그의 현실이었다.

"그렇게 하게."

고검은 순순히 대웅산의 청을 받아들였다. 그러자 대웅산의 얼굴에 희색이 번졌다.

"고맙습니다, 장주! 그럼 먼저 가보겠수!"

대웅산이 지체하지 않고 장창을 둘러멘 채 숲을 질주하기 시작했다.

"녀석만 보낼 수는 없지 않겠느냐?"

어느새 천보산 아래에 도달한 대웅산을 보며 능운백이 말하자 고검이 고개를 끄덕였다.

"웅산 아우의 일이라면 지켜볼 수만은 없지요."

"관여할 건가요?"

추산의 눈빛이 반짝였다.

“그래. 그래야겠구나.”

고검이 무겁게 고개를 끄덕였다.

“그럼 망설일 것 없지요. 먼저 갈게요.”

추산이 재빨리 신형을 띄워 올려 대웅산의 뒤를 따르기 시작했다. 그러자 그 뒤를 따라 무불장 고수들이 일제히 전장을 향해 몸을 날렸다.

第六章

일전(一戰)

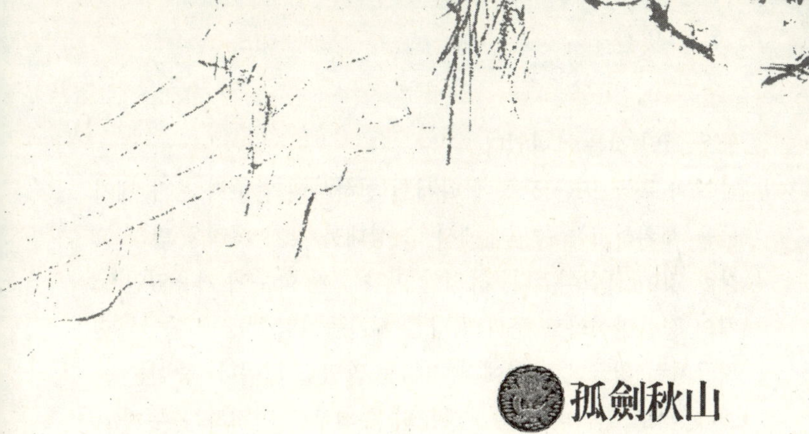

　무상문 득문자의 제자 중이는 아득한 절망감에 사로잡혔다. 눈앞에 닥쳐오는 강력한 도기는 그가 지금껏 겨뤄본 강호의 도법 중 가장 강력한 힘을 담고 있었다.

　그것도 하나가 아니고 둘이다. 하나라 하더라도 도저히 감당할 수 없는 도기 두 개가 그의 목과 허리를 잘라오고 있었다.

　'무공에 좀 더 힘써야 했어!'

　때늦은 후회가 중이의 머리를 스치고 지나갔다. 사부 득문자 노명갑의 영향을 받아 중이는 언제나 무공보다는 학문에 더 열의를 보였었다. 물론 무상문이 동궁 육상천에 속한 문파이니만큼 그 또한 다른 문파의 제자들에 비해 뒤떨어지는 무공을 지닌 것은 아니었다.

그의 무공 또한 강호에 나서면 천하사패의 주력 문파 제자들을 제외하고는 동년배에서 그 상대를 찾기 어려울 만큼 고강한 것이 사실이었다. 하지만 만약 그가 학문에 기울였던 노력의 절반만이라도 문파의 다른 제자들처럼 무공에 쏟았다면 지금처럼 위급한 상황에 빠지지는 않았을 터이다. 중이는 문재(文才)도 뛰어나지만 무상문의 수뇌부도 인정하는 무재(武才)를 지닌 제자였기 때문이다.

그렇게 무공에 전념하지 못한 자신을 책망하는 사이 강렬한 도기는 이미 그의 면전에 도달하고 있었다.

"핫!"

중이의 입에서 한마디 기합성이 흘러나오며 먼저 자신의 목에 도달한 도기를 검을 들어 힘겹게 걷어냈다.

차앙!

매서운 도검의 충돌음이 허공으로 울려 퍼졌다. 그러나 가까스로 목을 노리는 도기를 막아낸 중이에게 더 위험한 공격이 기다리고 있었다.

쐐애액!

듣기에도 소름 끼치는 파공음이 중이의 옆구리 쪽에서 일어났다. 두 개의 도기 중 나중에 도착한 도기가 중이의 허리를 베어가는 소리였다.

"흡!"

중이의 입에서 다급성이 흘러나왔다. 동시에 그의 신형이 반 장 정도 허공으로 치솟으며 그의 허리가 수평으로 눕혀졌다.

삭!

날카로운 소리와 함께 중이의 왼쪽 허리 옷자락이 잘리며 붉은 선혈이 무복에 스며 나왔다. 허리를 잘라오는 도기를 피하기 위한 중이의 이 반응은 무척 유효적절한 것이었지만 이미 몸의 균형이 흐트러진 상태라 완벽하게 적의 공격을 피해낼 수 없었던 것이다.

"놈! 끝이다!"

그리고 다음 순간, 허공에서 수평으로 눕혀진 중이의 머리 위로 앞서 중이의 목을 노리다 중이의 방어에 막혀 밀려났던 도기가 재차 떨어져 내렸다. 두 발이 땅을 딛고 있을 때는 위기에 빠르게 반응할 수 있지만 두 발이 허공에 떠 있는 상황에서는 쉽게 몸을 움직일 수 없는 법. 중이의 머리는 완전히 상대의 도기에 노출되었고 그의 운명은 이승과 저승의 문턱에 걸쳐 있었다.

"아!"

중이의 입에서 나직한 탄성이 흘러나왔다. 죽음을 피할 수 없다는 무력감이 만들어내는 탄성이었다. 그러면서도 중이는 애써 검을 들어 자신의 머리를 부숴 버릴 듯 떨어져 내리는 도기를 막아갔다. 그러나 그의 검은 떨어지는 도기에 비해 너무나 늦었다. 아마도 도기가 그의 머리를 가른 후에나 그의 머리 위에 도착할 것이다.

그렇게 무상문 득문자 노명갑의 유일한 제자인 중이가 죽음의 문턱을 넘어서려는 찰나, 갑자기 한 가닥 빛줄기가 번뜩이는가 싶더니 번개처럼 중이의 머리를 향해 떨어져 내리고 있는 도기를 튕겨냈다.

깡!

단단한 병기와 병기의 충돌음이 숲에 떨쳐 울렸다.

"웃!"

동시에 중이를 공격해 들어왔던 도기의 주인공들이 삼 장여 뒤로 물러났다. 그리고 새롭게 장내에 등장한 방해꾼을 바라봤다.

"웬 놈이냐?"

그중 한 명의 입에서 날카로운 노성이 터져 나왔다.

"사형!"

그 와중에 죽음의 문턱에서 살아난 중이가 자신을 위기에서 구해준 사람이 대웅산임을 확인하고는 반가운 표정으로 대웅산을 불렀다.

"춧, 어린 후배를 어른 둘이 협공하다니 부끄럽지도 않느냐?"

도기의 주인공들로부터 정체를 추궁당한 대웅산이 굳게 창을 움켜잡고 자신을 노려보고 있는 두 사람을 바라보며 말했다.

"웬 놈이냐?"

그러자 도의 주인들이 다시 한 번 노성을 발했다.

"내가 누군지 알고 싶으면 네놈들의 정체를 먼저 말해보거라."

대웅산이 능글거리는 표정으로 되묻자 갑자기 대웅산의 뒤에서 추산의 목소리가 들려왔다.

"대 형님, 그들이 바로 암옥이 자랑하는 암옥사천왕이라는 자들이에요. 그중 둘이죠. 대단하죠? 암옥사천왕씩이나 되는 자들이 나이 어린 후배를 협공하다니……."

추산의 말속에 빈정거림이 스며들어 있었다.

"암옥사천왕? 그러고 보니 도법이 눈에 익숙하긴 하군. 노류지에서 복면을 쓰고 날뛰던 자들이 아닌가?"

대웅산이 다시 한 번 암옥사천왕의 두 고수를 쓸어보며 말하자 도의 주인들 눈에 이채가 서렸다.

"우릴 알고 있다니… 네놈은 또 누구냐?"

암옥사천왕 두 고수의 시선이 이번에는 추산에게로 향했다. 그러자 추산이 실망스런 얼굴로 대답했다.

"이것 실망이군. 그래도 암옥에서 제법 높은 위치에 있는 자들이라 머리가 좋을 줄 알았는데 날 기억하지 못하다니… 쯧쯔."

여전히 빈정거림이 섞여 있는 추산의 말투에 두 명의 암옥사천왕 얼굴이 붉어졌다.

"이놈, 말장난하지 말고 정체를 밝혀라."

"흥, 자신들의 머리가 어리석은 것을 탓하지 않고 남을 탓하다니… 좋소. 내가 그대들의 기억을 일깨워 주리다. 혹 수년

전 암옥이 있는 앙천곡으로 기련장의 육 소저를 찾아갔던 두 사람의 젊은이를 기억하오? 아마 그때 당신들은 그중 한 명에게 망신을 당한 것으로 알고 있는데……."

추산이 조롱기 어린 말투로 말하자 두 사람의 안색이 몇 번 변하더니 이내 그들의 얼굴에 뭔가를 깨달은 듯한 표정이 떠올랐다.

"설마 무불장?"

"흐흐흐, 맞아. 우린 무불장의 청부사들이다."

대웅산이 조금은 음흉한 표정으로 상대를 도발하듯 말했다. 그러자 암옥사천왕 두 사람 중 한 사람이 이젠 확연히 기억을 되살린 듯한 표정으로 말했다.

"이젠 확실히 알겠구나. 넌 그때 무불장주와 함께 왔던 바로 그 애송이로구나. 네놈은 그때 비겁하게도 암제 마극님을 기습적으로 제압해 암옥을 벗어났었지."

"하하하, 입은 삐뚤어졌어도 말은 바로 하랬다고, 비겁한 것은 비무의 결과를 인정하지 않았던 암옥주였지 어찌 살길을 찾은 내가 비겁했단 말이오. 그때도 비무의 약속을 지키지 않으며 믿음을 주지 못하더니 결국 이렇게 강호에 분란을 일으키고 마는구면."

추산의 말에 반박할 말을 잃은 암옥사천왕 두 명이 잠시 얼굴을 붉히고 있더니 이내 다시 입을 열었다.

"무불장주도 왔느냐?"

그러자 추산이 슬쩍 고개를 돌려 천천히 전장으로 다가오는 고검을 보며 말했다.

"저기 왕림하시고 계시지 않소이까?"

순간 암옥사천왕 둘의 얼굴이 어둡게 변했다. 그들은 이미 무불장주 고검과 비무를 해본 사이였고, 그 이후로도 무불장주 고검이 천하팔대고수의 경지에 육박하고 있다는 강호의 풍문을 듣고 있었기에 지금 무불장주의 등장이 이 싸움에 어떤 영향을 미칠 거란 걸 능히 짐작했기 때문이다.

"무불장이 동궁의 편에 선 것이냐?"

"후후, 청부사에게 누구 편이 어디 있소? 그저 좋은 조건의 청부가 들어오면 그를 수행하는 것뿐이지. 혹 알겠소? 나중에라도 그대들이 살아나 거금을 주고 본 장에 청부를 맡긴다면 그때는 그대들을 위해 일하게 될지. 물론 오늘 그대들이 이곳에서 살아나야 가능한 일이지만 말이오."

추산의 말에 암옥사천왕 두 고수의 얼굴에 다시금 분노의 빛이 서리기 시작했다. 무불장주 고검이라면 몰라도 이런 애송이에게 목숨을 위협당할 자신들이 아니라고 생각하는 모양이었다.

"우리 목숨보다 네 목숨부터 걱정해야 할 게다."

진득한 살기가 묻어나는 목소리가 암옥사천왕 중 한 명의 입에서 흘러나왔다.

"이거야 원, 서로 목숨을 걱정해 주니 이렇게 사이좋은 관계가 있나. 싸울 맛이 나지 않는데?"

대웅산이 능글거리며 어깨에 걸치고 있던 창을 빙빙 휘둘렀다. 그러자 그의 말과는 달리 날카로운 파공음에 섞여 진득한 살기가 흘러나오기 시작했다. 이미 대웅산의 창술을 한 번 경험해 본 암옥사천왕 두 사람의 안색이 급변했다. 이런 싸움에서 입에서 흘러나오는 말에만 관심을 두다가는 어느 틈에 자신들의 목이 달아날지 모른다.

두 암옥사천왕이 대웅산을 경계하면서 슬쩍 주변을 살폈다. 비록 무불장 고수들이 등장하기는 했지만 장내의 전세는 완연히 수룡맹이 우위를 점하고 있었다.

숲에 널리 퍼져 있는 동궁의 고수들이 아직 이쪽으로 몰려오는 기색도 없었다. 순간 두 고수의 눈에서 살광이 번뜩였다. 건방진 두 황금충을 저승으로 보내기에는 아직 충분한 시간이 있다고 판단한 모양이었다. 그리고 역시 상황이 상황인지라 싸움은 빠를수록 좋았다.

"각오해랏!"

갑작스런 노성과 함께 암옥사천왕 둘이 각자 대웅산과 추산을 향해 광풍처럼 날아들었다.

"기다리고 있었다."

대웅산이 기다렸다는 듯 장창을 뻗어내며 자신을 향해 달려드는 적을 맞아갔다.

"오늘 암옥사천왕이라는 이름은 강호에서 사라질 거야. 그 대신 암옥이천왕만 남겠지."

추산 역시 호기롭게 상대의 심기를 긁어대며 자신의 검을 뽑아 들었다.

차앙!

순간 추산의 검에서 맑은 울음이 흘러나왔다. 천마 묵화인이 남긴 이 검은 고검의 마검과 모양은 비슷하면서도 그 성질은 완전히 달라 고검과 능운백은 추산의 검을 선검(仙劍)이라 불렀다.

추산이 선검을 빼 드는 사이 어느새 적은 추산을 향해 일도를 떨쳐 내고 있었다.

부아앙!

거칠게 공기가 찢어지는 소리가 들려왔다. 동시에 벽력처럼 추산의 앞에 푸르스름한 도기가 나타났다.

"흥!"

순간 추산에게서 한마디 코웃음이 흘러나오더니 다가오는 도기보다 수배는 빠르게 선검이 움직였다.

카캉!

날카로운 충돌음과 함께 추산의 검과 암옥사천왕의 도가 엉켜들었다.

"웃!"

그런데 두 개의 병기가 충돌하는 순간 암옥사천왕의 입에서 한마디 다급성이 흘러나왔다. 동시에 그의 신형이 뒤쪽으로 튕겨져 나가듯 밀려 나갔다.

"네, 네놈은?"

순식간에 오 장여를 물러난 적이 경악스런 눈으로 추산을 보며 말을 더듬었다. 그도 그럴 것이, 무공과 공력이라면 누구에게도 뒤지지 않는다고 자부하던 그가 추산의 검에 실린 무시무시한 공력에 뒤로 밀려났기 때문이다.

더군다나 자신을 밀어낸 이 새파란 황금충의 나이는 이제 겨우 이십대 중반. 그런데 지금 자신을 밀어낸 공력은 그 나이에 도저히 지니고 있을 공력이 아니었다. 이건 절대고수들이나 보유하고 있음직한 공력이었다.

"좀 놀랐나 보구려. 하긴 나도 지금 내 자신에게 놀랐소이다. 이것 참, 어쩌다 보니 인연이 닿아 이런 공력을 지니게 되었구려. 하지만… 공력은 운이 좋아 얻었다 치더라도 이건 진짜 내가 얻은 무공이오. 한번 받아보시구려."

추산이 갑자기 정색을 하더니 들고 있던 검을 앞으로 쭉 뻗어내며 가볍게 원을 그렸다. 그러자 갑자기 추산의 선검이 다섯 가닥으로 갈라지는가 싶더니 검끝에서 다섯 줄기의 새파란 검기가 유성처럼 적을 향해 뻗어나가기 시작했다.

슈슈슉!

마치 강전이 쏘아져 나가듯 추산의 검에서 시작된 검기가 무서운 속도로 암옥사천왕 중 한 명을 향해 날아갔다.

"흡!"

뱀처럼 꾸물거리며 다가오는 다섯 줄기의 검기와 맞닥뜨린 적의 입에서 다급성이 터져 나왔다. 그가 거칠게 도를 휘둘러 사방에서 자신의 사혈을 노리고 다가드는 추산의 검기를 걷어내려 했다.

투투퉁!

몇 가닥의 격돌음이 둔탁하게 장내에 울려 퍼졌다. 그러나 수룡맹 고수는 다섯 줄기의 검기를 모두 막아낼 수 없었다. 다섯 줄기의 검기 중 두 줄기가 그대로 수룡맹 고수의 오른쪽 어깨와 왼쪽 복부를 관통하고 지나간 것이다.

"크억!"

암옥사천왕의 일원으로, 수룡맹의 고수 중의 고수에 속하던 자의 입에서 거친 신음성이 흘러나왔다. 동시에 그의 몸에 난 상처로부터 붉은 선혈이 아침 햇살 속으로 퍼져 나갔다.

"끝!"

싸움에 임해 치명적인 부상을 입은 적의 목숨을 빨리 끊어주는 것 또한 강호인으로서의 예의다. 추산이 망설이지 않고 비틀거리는 상대의 사혈을 끊어냈다.

"큭!"

다시 한마디 비명성이 흘러나오며 암옥사천왕 중 한 명이 차가운 시체로 변해 땅 위를 뒹굴었다.

그야말로 눈 깜짝할 사이에 벌어진 이 싸움의 전개는 싸움을 보고 있던 무상문의 제자 중이를 놀래키는 것은 물론, 그 옆에서 대웅산과 역시 목숨을 건 싸움을 전개하고 있던 또 다른 암옥사천왕 중 한 명을 불안감에 빠뜨렸다. 순식간에 수십 년간 동고동락한 동료를 잃은 자의 도법이 어지러워졌다.

"이런 제길, 역시 추 아우가 날 능가하는군. 그런데 이 작자야, 목숨이 왔다 갔다 하는데 손이 떨리면 어쩌나!"

대웅산이 투덜거리듯 한소리를 질러대더니 순식간에 사방

으로 창을 찔러댔다.

슈슈슉!

대웅산의 창끝에서 일어나는 기파들이 거세게 수룡맹 고수를 밀어붙였다.

따다당!

비록 그중 한 명이 허무하게 추산의 검에 당하기는 했지만 암옥사천왕이라면 수룡맹에서도 내로라하는 고수들. 동료의 죽음에 잠시 어지러워졌던 수룡맹 고수의 도법이 목숨이 위급에 처하자 다시금 매서워졌다. 그가 휘둘러 대는 도에 의해 사방에서 상대의 사혈을 노리고 닥쳐들던 대웅산의 공격이 모두 가로막혔다.

"이것 봐라?"

대웅산은 가뜩이나 추산보다 상대를 제압하는 것이 늦어 자존심이 상한 터에 회심의 일격을 상대가 모두 막아내자 오기가 발동하는지 이번에는 들고 있던 창을 거꾸로 휘둘러 상대의 머리를 허공으로부터 내려쳤다.

부앙!

대웅산이 휘두른 창대가 거칠게 파공음을 일으켰다.

"으음!"

허공을 갈라오는 대웅산의 창에 깃든 공력이 무지막지한 힘을 지니고 있다는 것을 깨달은 수룡맹 고수의 입에서 작은 신음성이 흘러나왔다. 그리고 다음 순간 한줄기 빛이 번쩍였다.

번쩍!

수룡맹 고수가 자신의 머리를 부숴 버릴 듯 다가오는 대웅
산의 창을 향해 회심의 일초를 뻗어낸 것이었다. 전력을 다한
고수의 일격은 바위를 깨뜨리고 아름드리나무를 일거에 베어
버린다. 수룡맹 고수가 선택한 것은 대웅산의 창대를 단숨에
베어버리는 것. 그러나 수룡맹 고수의 계산은 크게 잘못된 것
이었다.

까강!

날카로운 충돌음이 허공에 울려 퍼졌다. 그리고 뒤를 이어
이번에는 둔탁한 타격음이 터져 나왔다.

픽!

"컥!"

동시에 울려 나온 신음성. 대웅산의 눈앞에서 피분수가 솟
아올랐다. 추신은 흠칫하며 시선을 돌렸다. 강철로 된 장창을
회초리처럼 휘두른 대웅산의 강력한 일격이 암옥사천왕 중 한
명이 들어 올린 도를 짓누르고 들어가 그의 머리를 무참하게
짓이겨 버린 것이다.

"제길, 일진 사납군."

적을 제압하고도 대웅산이 투덜거렸다. 그 또한 이런 비참
한 참상이 벌어질 것이라고는 생각지 못한 모양이었다.

"놈, 잘난 척하더니 생각보다 허약했던 모양이야."

대웅산이 변명하듯 추산에게 말했다.

"성질 좀 죽이세요. 그는 아마도 대 형님의 창대가 나무로
된 줄 알았나 봐요."

그런 대웅산을 향해 책망하듯 추산이 말했다.

"알았어. 나야 이런 결과가 나올 줄 알았나. 명색이 암옥사천왕이라는 자가 말이야."

대웅산이 씁쓸한 표정을 지으며 말했다. 그런데 두 사람이 암옥사천왕 중 둘을 제거한 것이 장내의 전세에 생각지도 않은 큰 영향을 미치기 시작했다.

지금껏 줄곧 수룡맹 정예 고수들의 무위에 밀리던 동궁의 고수들이 수룡맹이 자랑하는 두 고수를 추산과 대웅산이 손쉽게 제압하자 잠들었던 투기를 끌어올리기 시작했던 것이다.

"와아아아!"

새삼스럽게 일어난 함성이 전장을 휩쓸었다. 전세의 역전까지는 아니어도 최소한 팽팽한 균형이 이어지기 시작했다. 기습을 당한 것과 마찬가지로 속절없이 밀리던 동궁의 고수들은 어디서 그런 힘이 나오는지 모를 정도로 강력하게 수룡맹의 공세에 저항하기 시작했다.

"두 녀석이 한 건 했군."

천천히 전장으로 다가와 전세를 살피던 능운백이 흡족한 표정으로 고개를 끄덕였다.

"이대로라면 숲에 퍼져 있는 동궁의 고수들이 모여들 때까지 충분히 버티겠군요."

고검이 차분한 목소리로 대답하자 능운백이 고개를 끄덕이다가 살짝 눈살을 찌푸렸다.

"문제는 저자군."

그러자 무불장의 고수들이 능운백이 지목한 자 쪽으로 시선을 돌렸다.

"그자군요."

"본 적이 있는 자냐?"

"말씀드렸던 의협도 주경 그잡니다. 몇 년 전에 홍가보의 일을 처리하러 갔을 때 한 번 겨룬 적이 있는……."

"수룡맹의 밀공 중 한 명이라고 했느냐?"

"그리 들었습니다."

"군계일학이구나. 득문자가 그를 감당해야 할 터인데 그는 다른 자에게 얽매여 있으니… 누구도 그를 감당하지 못하는군."

동궁의 고수들 중 장내의 최고수는 득문자 노명갑이었다. 그런데 득문지는 수룡맹의 또 다른 한 명의 노고수에게 발목이 잡혀 호랑이처럼 움직이는 의협도 주경을 막을 여유를 갖지 못하고 있었다.

"득문자를 상대하는 자 또한 대단한 무공을 지닌 것 같습니다만… 누군지 모르겠군요."

수룡맹의 고수를 적지 않게 만나보았지만 지금 득문자 노명갑과 치열한 공방전을 벌이고 있는 고수는 고검에게도 낯선 인물이었다. 그런데 가만히 문제의 고수를 살펴보던 미심이 고개를 갸웃하며 입을 열었다.

"혹 그자가 아닐까요?"

"누구 짐작 가는 인물이라도 있는가?"

능운백이 기대 어린 시선으로 미심을 보자 미심이 여전히 의구심 어린 표정으로 입을 열었다.

"그는 분명 독을 쓰고 있지요?"

그러자 능운백이 고개를 끄덕였다.

"맞네. 저자의 몸에서 흘러나오는 기운은 독무가 분명하고 그가 펼쳐 내는 장력에 닿은 돌과 나무들이 상하는 것으로 보아 독공을 익힌 자가 분명하군. 그런데 저자의 정체를 짐작할 수 있겠는가?"

"의심스런 인물이 있긴 한데… 그자는 강호에 나올 수 있는 인물이 아닌 것 같습니다만……."

"도대체 누굴 염두에 두고 하는 말인가?"

"혹 알고 계신지요. 과거 삼십여 년 전 백마혈전 당시 남련 청룡대 한 조를 독으로 전멸시켰던……."

"설마 독마 교천을 말하는 건가?"

능운백이 깜짝 놀란 표정으로 되물었다. 능운백의 놀람은 당연한 것이었다. 독마 교천이란 이름은 지금 이곳에서 절대 거론되어서는 안 되는 인물일뿐더러, 이곳에 모습을 드러내선 더더욱 안 되는 인물이었다.

독마 교천. 그가 누군가. 그는 바로 백마혈전 당시 백마에 속해 있던 독공의 고수였다. 당시 그는 자신을 추격하는 스무 명으로 구성된 남련 청룡대의 일개 조를 자신의 독장으로 전멸시킴으로써 강호에 악명을 떨쳤던 절대 마인이었다.

백마혈전이 사패의 승리로 끝나고 사로잡힌 마인들이 귀왕 마천의 통제하에 암옥에 감금될 때 독마 교천 또한 동료들과 함께 암옥에 들었다. 그리고 삼십 년이 흘렀다. 당시의 독마 교천이 오십대 초반의 나이였으니 지금은 팔십이 넘은 나이. 저자가 그 독마 교천이라면 저승에 가야 할 나이였으나 무공을 익힌 무인들의 수명은 일반 노인들보다 긴 편이니 그가 살아 있다고 해서 이상할 것은 없었다.

하지만 그가 살아 있다고 해도 그는 이 홍택호가 아닌 암옥이 위치한 앙천곡 금옥에 들어 있어야 하는 인물이었다. 그가 암옥을 나와 수룡맹의 일원으로 활동하고 있다는 것이 확실하다면 이건 그야말로 강호를 일대 격랑 속으로 빠뜨리고도 남을 만한 일이었다.

"설마 귀왕 마천이 암옥마저 열었을까요?"

고섬이 의심스런 목소리로 말했다. 아무리 귀왕 마천이 천하의 패권을 노리고 있다 해도 암옥에 감금한 백마를 움직인다는 것은 있을 수 없는 일이었다.

왜냐하면 암옥에 감금된 마인들을 풀어주는 순간 귀왕 마천 스스로 암옥주의 지위를 버린 것이 되는 것이고, 그리되면 결국 사패의 전면적인 공세, 아니, 무림공적으로 낙인찍힐 것이기 때문이었다.

"그가 신주마와 손을 잡았을 가능성도 있다고 했지?"

능운백이 의미심장한 표정으로 물었다.

"사패에선 그걸 의심하고 있지요."

"으음… 신주마는 백마의 후예 중 한 명, 그와 귀왕 마천이

손을 잡았다면 암옥에 가둬둔 백마의 생존자들을 강호로 끌어
낼 수도 있겠지.”

“강호의 반발을 감수하고 말입니까?”

“이미 동궁을 공격하는 순간 강호의 이목 따위야 관심없지
않았겠느냐?”

“그럴 수도 있겠군요. 하지만 저자가 정말 독마 교천인지
는… 삼십 년 전의 인물이라고 하기엔 너무도 젊은 듯도 하
고…….”

“모르지. 독으로 젊음을 유지할 수 있는 비법을 지니고 있는
지도. 그리고 그가 독마 교천인지 아닌지는 확인해 보면 알겠
지.”

순간 고검이 흠칫하며 능운백을 바라봤다.

“설마 사부님께서……?”

“독마 교천을 본 적은 없다. 하지만 그와 손속을 나눠보면
분명 알 수 있을 것이다. 정말 독마 교천의 출현이라면 이 능
운백 또한 뒤로 물러나 있을 수만은 없는 일이다.”

능운백의 표정이 단호했다. 비록 무림사에 크게 관여치 않
는 그였지만 백마가 부활하는 것은, 그것도 거대한 세력 수룡
맹을 등에 업고 부활하는 것은 능운백으로서도 두고 볼 수만
은 없는 일이었다.

능운백이 허리춤에 차고 있던 낡은 검을 뽑아 들었다. 여전
히 추레하며 허허로운 모습. 그러나 고검은 이 늙은 사부가 일
단 검을 휘두르기 시작하면 장내에 어떤 일이 벌어질지 충분

히 예상하고 있었다.

"너도 놀고 있을 수만은 없지? 저자는 네가 맡아라."

능운백이 고검을 보며 호랑이처럼 질주하고 있는 의협도 주경을 가리켰다.

"그렇지 않아도 다시 한 번 겨뤄볼 생각이었습니다."

"이번에는 순순히 보내주지 말거라."

"당연하지요. 이젠 적이니까요."

대산에서 의협도 주경을 순순히 돌려보내 주었던 것은 당시에는 아직 수룡맹과 무불장의 관계가 정립되지 않은 시기였기 때문이다. 하지만 이제는 서로의 관계가 분명해졌으니 그때처럼 주경을 그냥 보내줄 수는 없는 일. 그는 이제 무불장의 적이었다.

"그럼 시작해 볼까?"

능운백이 낡은 검을 들고 터벅터벅 득문자 노명갑과 독마 교천으로 추정되는 인물이 대결을 벌이고 있는 쪽으로 이동했다. 그러자 고검 역시 마검을 뽑아 들고 동궁의 고수들 속에서 호랑이처럼 날뛰며 동궁 고수들의 피를 뿌리고 있는 의협도 주경에게로 접근해 가기 시작했다.

쾌아악!

고검은 한 치의 망설임도 없이 의협도 주경을 향해 마검을 뻗어냈다. 강력한 검기가 주경을 둘러싸고 있는 동궁의 고수들 사이를 뚫고 일직선으로 주경의 신형을 향해 뻗어나갔다.

“음?”

동궁 고수들을 향해 가차없이 살수를 전개하던 주경이 본능적으로 위험을 느끼고는 재빨리 신형을 움직여 좌측으로 반 장 정도 이동했다.

우웅!

그러자 기다렸다는 듯 고검이 뻗어낸 마검의 검기가 주경이 있던 자리를 꿰뚫고 지나갔다.

“누구?”

주경은 자신을 기습한 자의 검기가 심상치 않음을 깨닫고는 지금껏 상대하던 동궁 고수들을 놓아두고 검기의 주인을 찾아 시선을 돌렸다. 그러자 그의 눈에 거무스름한 마검을 들고 일정한 보폭으로 자신을 향해 다가오는 고검의 모습이 들어왔다.

“누구냐?”

주경의 입에서 다시 나직한 질문이 흘러나왔다. 생각보다 젊은 나이, 그러면서도 산처럼 무거운 무게감, 어찌 보면 마기가 흘러나오는 것 같은 거무튀튀한 검, 눈은 또 한없이 깊고 맑다. 도대체가 그 정체를 짐작키 어려운 고검의 모습이었다.

그러나 고검은 살짝 미소를 지으며 고개를 저었다. 입을 열어 상대의 질문에 대답하고 있을 시간이 없었다. 주경을 제압해 전세를 동궁 쪽으로 돌려놓아야 천보산에서 물러난 수룡맹 고수들을 추격하는 동궁의 전략에 차질이 없을 터였다.

고검은 주경과의 거리가 이 장여로 좁혀지자 발끝으로 살짝 땅을 차며 허공으로 신형을 띄워 올렸다. 동시에 마검이 아래에서 위쪽으로 사선을 그리며 그어졌다.

우우웅!

마검이 거친 용음을 울어냈다. 동시 주경의 앞쪽을 차지하고 있던 공기가 사방으로 찢겨져 나갔다.

"음……!"

주경의 입에서 한마디 신음성이 흘러나왔다. 상대의 검에 실린 이 막강한 공력은 그가 지금껏 살아오면서 한 번도 느껴보지 못한 강력하면서도 독특한 기운을 띠고 있었다.

그러나 언제까지 상대의 무공에 놀라고 있을 수만은 없는 일. 주경이 살짝 신형을 틀어 마검의 기세를 흘려내며 도를 움직여 막강한 도기를 만들어냈다.

추춧!

주경의 도에서 만들어진 도기가 마검의 검기를 거슬러 올라 고검의 전면으로 닥쳐들었다.

순식간에 공수가 뒤바뀐 상황. 그러나 고검은 상대의 이런 반격을 예상이라도 했다는 듯 훌쩍 몸을 허공으로 띄워 올리더니 주경의 도기를 발밑으로 흘려보내는 동시에 이번에는 마검을 머리 위에서부터 아래로 일직선으로 그어냈다.

콰아아아!

일검에 산을 가를 듯한 강력한 검기가 고검의 아래쪽으로 스쳐 지나가는 주경의 머리 위에 떨어져 내렸다.

"엇!"

주경의 입에서 다급성이 흘러나왔다. 고검이 펼치는 일초의 공격은 그야말로 전광석화처럼 빠를 뿐 아니라 초식에 담긴 힘이 엄청났기 때문이다.

"핫!"

주경의 입에서 한마디 기합성이 흘러나오며 자신의 머리 위로 떨어지는 고검의 검을 다급하게 막아갔다.

콰쾅!

그러나 일검에 전력을 다한 고검의 검기와 다급하게 도를 들어 올려 방어 초식을 펼쳐 낸 주경의 도기는 애초부터 그 상대가 될 수 없었다.

콰아악!

고검의 검기가 다급히 만들어지는 주경의 검기를 밀어내며 주경의 머리 위에 떨어져 내렸다.

"흡!"

수룡맹에서 밀공의 칭호를 얻은 자치고 강하지 않은 자가 없다. 주경 또한 그 밀공의 칭호를 얻은 자이건만 그의 입에서 기겁성이 흘러나왔다.

퍽!

다행히 고검의 검기는 주경의 어깨 부위 옷자락을 자르는 동시에 약간의 검상을 입히는 것으로 주경을 지나쳤다. 그리고 그 순간 주경의 신형이 대여섯 번 회전하더니 어느새 고검과 거리를 삼사 장으로 벌리며 멀어졌다.

주경은 자신의 어깨에서 흘러나오는 피에도 아랑곳 않고 뚫어지게 고검을 바라보고 있었다. 물론 주경과 같은 고수에게 지혈은 그리 급한 일이 아니지만 그렇다고 해도 고검을 바라보는 주경의 시선은 무척 기이했다.

자신을 물러나게 한 적에 대한 열등감이나 분노는 아니었다. 주경의 눈에 나타난 그 감정은 의혹, 그리고 또는 뭔가를 기억해 내지 못하는 것에 대한 안타까움 같은 것이었다.

그렇게 얼마나 고검을 노려봤을까. 갑자기 주경의 시선이 고검의 눈에서 고검이 들고 있는 마검으로 옮겨갔다. 그리고 다음 순간 그의 눈이 크게 떠졌다.

"그대는……?"

고검 역시 굳이 이 상황에서 자신의 정체를 숨길 생각은 없었다. 고검이 살짝 고개를 끄덕였다. 지금 주경이 생각하고 있는 사람이 맞는다는 의미였다.

"설마 대산포의 그 복면인?"

주경이 다시 한 번 확인했다. 지금 눈앞에 있는 젊은 검객은 산서 대산포에서 북천무맹 사자문의 이제자 육관의 처와 자식을 두고 겨뤘던 바로 그자임이 분명했다. 복면으로 가렸던 얼굴은 몰라도 저 눈빛과 들고 있는 검은 속일 수가 없는 것이었다.

"맞소이다. 내가 바로 그때 그 사람이오."

고검의 대답에 주경의 표정이 여러 번 변했다. 그의 눈빛이 영활하게 돌아가며 상황을 추리했다. 그리고는 어두운 안색으로 입을 열었다.

“그대의 이름이……?”

어느 정도 짐작 가는 바는 있었다. 동궁의 함정에서 살아 돌아온 고수들의 전언에 의해 무불장이 이번 싸움에 관여했다는 것을 알고 있는 주경이었다.

수룡맹이 천하의 패권을 노리는 상황에서 천하팔대고수에 근접했다는 무불장주 고검에 대한 정보는 이미 수룡맹의 수뇌부도 숙지하고 있었다. 지금 자신의 눈앞에 서 있는 이 젊은 고수는 정보로 전해 들은 바로 그 무불장주의 모습을 하고 있었다.

“무불장의 고검이라 합니다.”

“역시!”

주경이 고개를 끄덕였다. 예상대로 상대는 무불장주 고검이었던 것이다. 그러나 다음 순간, 주경의 얼굴이 살짝 찌푸려졌다.

“좋지 않은 인연이군.”

주경이 냉정한 말투로 중얼거렸다.

“인정하지요. 역시 좋지 않은 인연입니다. 홍가보의 일도 그렇고… 월하장의 일도 그렇고.”

“결국 수룡맹과 무불장은 양립할 수 없는 관계가 된 건가?”

“한 번은 몰라도 이렇게 계속해서 부딪친다는 것은…….”

고검이 말꼬리를 흐렸다. 돌이켜 보면 확실히 암옥 시절부터 수룡맹과 무불장은 계속 적대적인 관계의 연속이었다. 비록 그것들이 모두 청부에 의한 일들이었다고는 해도 무불장은 번번히 수룡맹의 행사를 가로막았던 것이다.

"좋지 않군."

주경이 또다시 중얼거렸다. 무불장의 뒤에는 천검 능운백이 있다. 눈앞의 무불장주도 나이에 걸맞지 않게 절정에 올라 있는 고수지만 그의 사부인 천검 능운백의 명성과 무게감은 강호를 뒤덮고도 남음이 있었다.

"본 맹과 무불장 둘 중 하나만이 강호에서 살아남겠군."

주경이 묵묵히 중얼거렸다. 그러자 고검 역시 어두운 안색으로 고개를 끄덕였다. 이런 식으로 강호의 대세력과 척을 지는 것은 좋은 일이 아니나 운명은 어차피 양쪽의 관계를 그렇게 만들고 있었다.

"마찬가지로 오늘 이곳에서도 우리 두 사람 중 한 명만 살아남겠군."

"아마도… 그럴 겁니다."

"천검도 나왔나?"

그러자 고검이 슬쩍 턱으로 막 득문자 노명갑과 독마 교천의 싸움에 관여하려는 능운백을 가리켰다. 능운백의 추레한 외모는 워낙 강호에 유명했기에 의협도 주경은 금세 능운백의 존재를 알아차렸다.

"과연 천검이 나섰군. 그렇다면……."

"오늘 싸움은 수룡맹이 진 것이지요."

고검이 단정하듯 말했다. 주경 역시 순순히 그 사실을 인정했다. 장내에 누가 있어 천하팔대고수 천검 능운백을 당해낼

것인가? 순간, 주경의 눈에 한차례 기광이 일렁이더니 이내 그
의 입에서 날카로운 목소리가 흘러나왔다.

"모두 퇴각한다! 각자 스스로의 목숨을 보존하라!"

갑작스런 퇴각 명령에 격전을 벌이던 수룡맹 고수들이 잠시
당황한 모습을 보였지만 이내 주경의 명에 따라 울창하게 우
거진 숲으로 퇴각하기 시작했다.

"우리도 다음에 보기로 하지."

주경이 차가운 눈으로 고검을 보며 말하고는 훌쩍 신형을
날리려는 순간 갑자기 고검의 검이 움직였다.

파아앗!

거의 일직선으로 뻗어낸 고검의 검이 막 신형을 띄워 올리
던 주경의 하체를 찔러갔다.

"음……!"

주경의 입에서 다시 한 번 신음성이 흘러나왔다. 동시에 그
의 몸이 허공에서 횡으로 회전했지만 고검의 일격에 허벅지에
상흔을 입는 것을 피할 수는 없었다.

팟!

마검이 지나간 주경의 다리에서 시뻘건 선혈이 터져 나왔
다. 제법 깊은 상처임이 분명했다.

"끝을 보겠다는 것인가?"

주경이 노기 섞인 음성으로 물었다.

"어차피 공존할 수 없는 적이라면 기회가 왔을 때 적의 고수
를 제거하는 것도 좋지 않겠소이까?"

고검이 담담한 목소리로 말했다. 상대의 목숨을 거두겠다는 경고를 이렇게 담담하게 하는 것은 그만큼 자신이 있다는 의미. 주경의 눈썹이 꿈틀거렸다.

"승부는 몰라도 목숨을 잃지 않을 자신은 있네."

승부를 결하지 않는 도주라면 누구에게도 자신의 목숨을 내줄 의사가 없는 주경이다. 그러나 고검은 그런 주경의 말에는 대답도 하지 않고 훌쩍 몸을 날려 다시금 주경을 향해 돌진했다.

"너무 몰아붙이는군!"

주경의 입에서 노성이 흘러나왔다. 그러면서 자신을 향해 날아드는 고검을 향해 일도를 휘둘렀다.

쐐애액!

주경의 도에서 일어난 푸르스름한 도기가 고검의 심장을 향해 번개처럼 꽂혀들었다. 고검이 재빨리 마검을 들어 자신의 심장을 겨냥하고 날아드는 주경의 도기를 막아갔다.

콰콰쾅!

강력한 진기를 머금은 도기와 검기의 충돌로 장내가 진동했다. 그 진동을 타고 주경의 신형이 뒤쪽으로 쑥 빠져나갔다. 충돌의 반탄력을 이용한 후퇴. 노련한 강호 고수들이 흔히 사용하는 퇴각법이다.

그러자 고검의 입가에 한줄기 미소가 지어졌다. 이미 예상한 상대의 움직임이었다. 십수 년 강호의 청부사로 살아온 경험이 그로 하여금 절정고수인 주경의 움직임을 미리 예측할 수 있게 만들었다.

예측된 적의 움직임에 대응하는 것은 어렵지 않다. 갑자기 고검의 신형이 주경의 오른쪽으로 움직였다. 그것은 상식적으로 이해가 가지 않는 움직임이었다.

일직선으로 적을 따라붙어도 따라잡을까 말까 한 상황에서 주경이 퇴각한 방향이 아닌 그 오른쪽으로 움직이는 고검의 움직임은 누구도 이해하기 힘든 것이었다. 그러나 고검의 의도는 곧 드러났다.

쐐애액!

갑자기 고검이 주경이 아닌 우거진 수풀을 향해 일검을 그어냈다. 그러자 마검에서 만들어진 검기가 뱀처럼 꿈틀거리며 허공을 격하고 뒤쪽 숲의 제법 높은 절벽 위쪽으로 향했다.

콰콰쾅!

경천동지할 폭음이 터져 나왔다. 고검의 강력한 검기가 절벽 위 위태롭게 앉아 있던 거대한 바위 아래를 가격한 것이었다.

쿠르르릉!

동시에 고검의 검기에 적중된 바위가 거대한 소음을 일으키며 절벽 아래로 굴러 떨어지기 시작했다. 그런데 그 바위가 굴러 떨어진 지점이 바로 주경이 신형을 날려 퇴각하는 바로 그 길목이었다.

"음!"

하늘로부터 떨어져 내리는 거대한 바위는 아무리 무공의 고수라 해도 무시할 수 없는 위협이다. 주경이 신음성을 흘리며 신형을 왼쪽으로 움직였다. 그의 신형이 떨어지는 바위를 피해 절벽을 타고 오르더니 양쪽으로 마주 보고 있는 작은 절벽의 왼쪽 면을 타고 횡으로 눕혀진 채 절벽 위에서 굴러 떨어진 바위를 지나쳐 그 뒤쪽으로 이동했다.

가히 절정고수만이 보일 수 있는 임기응변이요, 신법. 그렇게 주경은 고검이 만든 방해물을 피해 고검의 추격으로부터 자유로워지는 듯했다. 자연스럽게 주경의 얼굴에 만족한 미소가 지어졌다.

"승부는 다음에 결하세."

여유있는 인사말까지 남기며 주경이 슬쩍 자신의 뒤쪽을 바라봤다. 절벽에서 굴러 떨어진 거대한 바위가 오히려 고검이 자신을 추격하는 것을 막아주고 있었다. 주경이 다시 한 번 득의한 미소를 지었다. 그리고는 서둘러 신형을 움직여 전장을 벗어나려는 바로 그 순간, 갑자기 주경은 자신의 발아래 검은 그림자가 만들어진 것을 깨달았다.

'무슨?'

분명 자신의 그림자는 아니었다. 자신의 그림자에 덧씌워진 또 한 사람의 그림자. 주경의 시선이 재빨리 허공으로 향했다. 순간 주경의 눈에 한 자루 검을 머리 위로 치켜든 채 자신을 향해 날아내리는 고검의 모습이 들어왔다.

"어떻게……?"

주경의 입에서 도저히 이해할 수 없다는 듯한 음성이 흘러나왔다. 그러나 그 찰나의 순간 어느새 고검의 검은 주경의 신형을 관통하고 있었다.

삭!

미세하면서도 소름 끼치는 검음. 그 검음이 주경의 몸에서 생겨난 순간 주경의 신형이 움직임을 멈췄다.

“어… 어떻게?”

오직 주경의 입만이 작게 마지막 말을 내뱉었다.

“허허실실. 바위를 떨어뜨린 것은 그대의 방심을 유도하기 위함이었소. 당신 같은 고수가 바위에 깔려 죽지는 않을 터이니. 그 찰나의 방심이 나에게 그대에게 일격을 가할 기회를 주었던 것이오.”

고검이 담담한 목소리로 대답했다. 그러나 주경은 고검의 말을 모두 들을 수 없었다. 그의 호흡은 이미 멈춰 있었다.

第七章

역린(逆鱗)

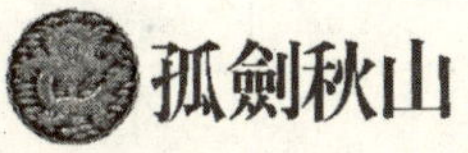

퍼퍼펑!

강력한 파공음이 장내를 떨쳐 울렸다. 동시에 검은 운무가 사방으로 터져 나갔다.

"이놈, 독마가 분명하구나!"

득문자 노명갑의 싸움에 끼어들어 상대를 시험해 본 능운백의 입에서 노성이 터져 나왔다.

"끌끌, 이 늙은이를 알아보는 자가 있었던가?"

전신에서 독무가 무럭무럭 피어오르는 가운데 곰삭은 늙은이가 사이한 웃음을 흘려냈다.

"수룡맹이 천하의 공적이 되길 자처하는구나."

능운백의 눈에서 차가운 한광이 쏟아져 나왔다.

"천하의 공적이 될지 천하 위에 군림하는 패자가 될지는 두고 봐야 알겠지."

과거 천하를 혈란에 몰아넣었던 백마 중 일인인 독마 교천이 음흉한 표정으로 대답했다. 그러자 능운백의 입가에 비릿한 조소가 깃들었다.

"흥, 네겐 그 결과를 볼 시간이 없을 것이다. 오늘 이 능운백의 손에 살아남지 못할 테니까."

순간 독마 교천이 흠칫했다.

"능운백! 이제 보니 천하팔대고수 천검께서 납시셨군. 어쩐지 무공이 범상치 않다 싶었다. 하지만 비록 네가 천하팔대고수라도 이 교천을 쉽게 상대할 수는 없을 것이다. 네가 강호에서 이름을 날리기 시작할 때 이 교천은 이미 천하를 상대로 싸우고 있었단 말이다."

"그런 늙은이가 아직 죽지 않고 살아서 다시 천하를 어지럽히려 하다니 이런 주책이 있나? 이제 그만 수십 년 전 네 동료들이 떠난 저 세상으로 보내주마."

능운백이 독마 교천을 향해 일갈하고는 더 이상 말을 섞고 싶지 않다는 듯 산보하듯 걸음을 옮기며 낡은 검을 휘둘렀다.

파앗!

순간 그저 회초리처럼 휘두른 능운백의 검에서 한줄기 빛이 번쩍이더니 어느새 독마 교천의 몸을 휘감고 있던 검은 운무를 뚫고 교천의 심장에 가 닿았다.

"흡!"

이미 수십 년 전부터 천하를 질타했던 독의 고수 독마 교천이 능운백의 일초에 대경하며 급급히 뒤쪽으로 물러났다. 그런 교천을 향해 능운백이 가볍게 신형을 띄워 올렸다. 그리고 그의 신형이 허공에 떠올랐다 싶은 순간 이미 능운백의 신형은 뒤로 물러나는 독마의 머리 위에 있었다.

“아! 과연 천하팔대고수다. 세력의 힘이 아닌 오직 자신의 능력으로 팔대고수의 자리에 오른 그가 아닌가? 이 노명갑은 그에 비하면 아직 까마득히 멀었구나.”

본시 자신의 싸움을 누군가가 가로채는 것은 강호의 큰 결례지만 무상문의 득문자 노명갑은 자신으로부터 독마와의 싸움을 가로챈 천검 능운백에 대한 서운함 대신 그의 무공에 대한 감탄사를 흘려냈다.

자신과 우열을 가리기 힘든 대결을 펼치던 독마 교천을 어린애처럼 몰아붙이는 천검 능운백의 무공은 그가 지금껏 보아 온 무인 중 가장 강력한 무인의 모습이었다. 그의 사형이자 무상문의 최고수 득리자 장상조차도 천검의 검을 받아낼 수 있을 것 같지 않았다.

수룡맹 고수들이 각자 퇴로를 찾아 물러나기 시작한 전장에서 무불장 고수들의 무위는 장내의 판세를 뒤흔들고 있었다. 고검과 추산을 비롯한 무불장 청부사들의 무공은 단연 군계일학이어서 그들의 손에서 초식이 펼쳐질 때마다 수룡맹 고수들은 여지없이 땅 위에 나뒹굴었다.

삐이이익, 삐이익!

  퇴각을 알리는 수룡맹의 신호음이 어지럽게 울려 퍼졌다.
기습에 나섰던 수룡맹 고수들 대부분이 어느새 깊고 어두운
숲 속으로 숨어들고 있었다.

  "추격하라! 한 놈도 살려 보내지 마라!"

  적의 기습에 제법 많은 피해를 본 동궁의 고수들이 악을 쓰
며 수룡맹 고수들을 추격하기 시작했다. 전세는 애초 천보산
에서와 같이 수룡맹의 도주와 동궁의 추격으로 이어지기 시작
했다.

  그렇게 썰물처럼 고수들이 빠져나간 전장. 그런데 아직 그
전장에서 격렬하게 싸움을 벌이고 있는 두 명의 고수가 있었
다.

  "늙은이, 도주를 하려 하다니 백마의 명성에 부끄럽지도 않
은가?"

  능운백이 숲으로 몸을 숨기려는 독마 교천의 앞을 가로막으
며 일갈했다. 이미 독마 교천의 몸을 휘감고 있던 독무는 거의
사라져 버려 그의 몸은 본래의 모습 그대로 사람들의 시야에
노출되어 있었다.

  독무가 사라진 그의 몸 이곳저곳에는 능운백에 의해 만들어
진 검상이 거미줄처럼 그어져 있었는데, 그 검상들로부터 검
은 독기를 머금은 핏물이 줄기줄기 배어 나오고 있었다.

  아마 보통의 고수였다면 이미 목숨이 끊어졌어야 하는 상
황. 하지만 수십 년 적공의 고수이자 한때 천하를 주름잡았던
백마의 일인 독마는 치명적인 부상을 입은 몸으로도 여전히

무시무시한 안광을 토해내고 있었다.

"과연 천검 능운백이구나. 하찮은 황금충이 천하팔대고수에 오를 때는 팔대고수 중 누구보다도 뛰어난 무공을 지니고 있기 때문일 거라더니 과연 놀라운 무공을 지니고 있구나."

"내 검에 오십여 초를 견뎠으니 늙은이의 무공 또한 대단하다 할 것이다. 하지만 이젠 그만 죽어줘야겠어."

능운백의 말에 독마 교천이 한 번 눈을 굴리더니 은근한 목소리로 말했다.

"그런 무공을 지니고도 그저 황금충으로 살아가는 것은 너무 억울한 일이 아닌가?"

"무슨 헛소리를 하려는 건가?"

"그대의 무공이라면 천하의 고수들을 불러 모아 강호의 패권을 노려도 부족함이 없을 것이다. 그런데 겨우 청부사로 삶을 마감한다는 것은 너무도 허무한 일이 아닌가? 어떤가. 지금이라도 생각을 바꾼다면 그대는 천하의 주인 중 한 명이 될 수도 있을 것이다."

누구에게는 달콤한 제의였다. 천검 능운백에게 천하의 주인이 될 기회를 주겠다는 제의. 그 제의가 독마 교천의 입에서 나왔다는 것은 곧 천검 능운백에게 수룡맹에 들어오라는 유혹. 그 유혹의 열매가 천하라면 달콤한 유혹이 아닐 수 없었다.

영원한 적도 영원한 친구도 없는 것이 강호. 지금이라도 천검 능운백이 무불장의 고수들을 이끌고 수룡맹 쪽으로 돌아선다면 천하의 정세는 또 어떻게 변해갈지 몰랐다.

그런데 독마 교천의 달콤한 유혹을 받은 천검 능운백이 갑자기 빙긋 미소를 지었다. 그리고는 측은한 시선으로 독마 교천을 보며 입을 열었다.

"아아, 이 불쌍한 늙은이야. 사람이란 본래 나이가 들면 무욕의 경지에 들어 들고 있던 재물과 권세도 세상에 내놓아야 하는 것이 천리이다. 그런데 그대는 죽음을 눈앞에 둔 그 나이에도 천하의 권력에 집착한단 말인가. 이 능운백은 이미 오래 전에 세속의 권력에서 관심을 거뒀으니 그따위 알량한 수작은 그만 거두거라. 그대의 나이쯤 되면 죽음조차도 희롱할 나이건만 어찌 아직 세상의 욕망에 매몰되어 있단 말인가?"

능운백의 말에 교천의 얼굴이 붉어졌다.

"사람이 어찌 나이가 들었다 하여 명예와 권세에서 자유로울 것인가. 오히려 너야말로 네 자신을 속이지 말라. 그대의 마음속에 과연 군림천하의 욕망이 전혀 없다고 자신할 수 있는가?"

교천이 반항하듯 소리쳤다. 그러자 능운백의 얼굴이 절로 찌푸려졌다.

"요런 하찮은 종자를 보았나. 그 무공에 비해 깨달음이 너무나 얕구나. 살아 있어봐야 세상에 하나 도움이 되지 않을 자이니 죽여주는 것이 호생지덕이리라. 자, 그만 씨부렁대고 그만 저승으로 가거라."

능운백이 더 이상 교천을 상대하고 싶지 않다는 듯 재빨리 들고 있던 낡은 검을 휘둘렀다. 그러자 어느새 그의 검끝에 한 방울 투명한 진기가 생겨나더니 이내 검을 떠나 독마 교천을 향해 날아가기 시작했다.

파아앙!

능운백의 검끝을 떠난 투명한 진기 덩어리가 독마 교천을 향해 날아오며 기이한 파공음을 일으켰다. 순간 독마 교천의 얼굴이 급변하더니 재빨리 쌍장을 가슴 앞에 들어 올려 다가오는 진기 덩어리를 향해 강력한 독장을 발출했다.

쿠우웅!

능운백이 만들어낸 진기 덩어리와 독마 교천의 독장이 독마의 반 장 앞에서 충돌하며 묵직한 소음을 만들어냈다. 그러나 그것도 잠시.

팟!

능운백이 만들어낸 진기 덩어리가 마치 바늘처럼 가늘어지더니 순식간에 독마의 독장을 뚫고 앞으로 전진했다.

"흡!"

순간 독마의 입에서 다급성이 흘러나왔다. 그리곤 믿을 수 없다는 듯 능운백에게로 시선을 던졌다. 잠시 후 무엇인가 말을 내뱉을 것 같던 독마 교천은 결국 아무런 말도 내뱉지 못하고 그 자리에 허물어져 내렸다.

"제길, 오랜만에 피를 보는군."

독마 교천이 쓰러지자 천검 능운백이 낡은 검을 검집에 꽂아 넣으며 투덜거렸다. 물론 그의 검에는 피 한 방울 묻지 않왔지만 그의 검이 독마의 목숨을 거둔 것은 명백했다.

"과연 천검이십니다."

떨떠름한 표정을 짓고 있는 천검 능운백의 곁으로 득문자 노명갑이 다가오며 입을 열었다. 그러자 능운백이 살짝 고개를 숙였다.

"남의 싸움을 가로챘으니 큰 결례를 범했소이다."

"결례라니요. 덕분에 본 궁이 위기에서 벗어나고 전세가 역전되었으니 오히려 감사를 드려야지요. 고수 간의 비무라면 모를까, 이런 난장투구의 전장에서 강호의 예를 따지는 것은 무의미하지요."

득문자 노명갑이 조금은 쓸쓸한 표정으로 말했다. 동궁에서, 그것도 동궁 육상천 무상문에서 학문으로는 최고의 경지에 올라 있는 노명갑이었다. 그래서 얻은 별호가 득문자(得文者). 그런 그에게 이런 난장의 싸움은 그리 달가운 것이 아닌 듯 보였다.

"다시 추격이 시작되는군요."

"수룡맹의 급습이 실패했으니 이제 전세는 결정된 것이나 마찬가지라고 할 수 있지요."

"어디까지 추격할 생각입니까?"

사해교진에서의 싸움은 추산이 주도했지만 사해교진을 벗어난 이후의 싸움은 동궁의 몫이었다. 이미 싸움은 홍택호를 넘어서고 있었으므로 향후 싸움의 진행은 동궁 수뇌부의 몫이었다.

“일단은 사홍까지 접수한다는 것이 군사의 생각입니다.”

“사홍을 접수한다면 홍택호에서 수룡맹의 근거를 아예 없애겠다는 말이군요.”

“그렇습니다.”

“그럼 바쁘시겠습니다. 사홍까지 적을 밀어붙이자면.”

“해서 이만 가봐야 할 듯합니다.”

“그러시지요.”

능운백이 고개를 끄덕였다. 그러자 노명갑이 가볍게 고개를 숙여 보이고는 훌쩍 몸을 날려 적의 추격에 나선 동궁의 고수들 뒤를 따르기 시작했다. 노명갑이 떠나자 능운백 주위로 무불장의 고수들이 모여들었다.

“사부님, 그 마지막 초식은 어떻게 된 거죠?”

능운백의 곁에 다가서자마자 추산이 물었다.

“뭐가 말이냐? 처음 보는 것도 아니면서.”

능운백이 퉁명스럽게 말하자 추산이 고개를 저었다.

“물론 그 초식을 처음 보는 것은 아니지만 검에서 만들어진 유형의 환이 독마 교천의 독장을 뚫고 지나갈 때처럼 가는 모양으로 변하는 것은 처음 보는 것이어서요.”

추산의 질문에 무불장의 고수들이 모두 호기심 어린 눈으로 능운백을 응시했다. 추산의 말처럼 검끝에 진기의 덩어리를 만들어 발출하는 것은 고검도 여러 번 선보인 초식이었다. 하지만 이번처럼 진기 덩어리가 적을 향해 날아가다 그 형체를 변화시키는 것은 그들로서도 처음 보는 현상이었던 것이다.

"뭐가 그렇게들 궁금해. 독마 교천의 독장을 뚫기 위해 그 모양에 변화를 주었을 뿐인데."

"누가 그걸 몰라서 묻나요? 하지만 어떻게 날아가는 진기 덩어리의 모양을 변화시킬 수 있나 그게 궁금한 거죠."

추산이 투덜거리며 되묻자 능운백이 그런 추산을 보며 퉁명스럽게 대답했다.

"그게 알고 싶으면 빨리 이 사부의 경지를 뛰어넘으면 될 거 아니냐. 이젠 네놈도 제법 무공이 쓸 만하니 더 이상 이 사부의 가르침을 바라지 말거라. 본래 무공이란 일정 경지가 지나면 홀로 깨우칠 수밖에 없는 법이니라. 자, 그나저나 사홍까지 밀고 들어간다니 우리도 그만 가보도록 하자꾸나."

능운백이 퉁명스런 대답을 마치고는 훌쩍 몸을 날려 수룡맹과 동궁 고수들 간의 추격전이 벌어지고 있는 숲으로 신형을 날렸다. 그 모습을 보고 있던 대웅산이 의기소침한 목소리로 중얼거렸다.

"정말 대단한 양반이야. 난 유형의 진기를 만들어 적을 공격하는 경지조차도 도달하기 어려울 것 같은데 날아가는 진기의 모양을 변화시키는 경지라니… 아아, 천하팔대고수의 경지는 도저히 넘볼 수 없는 지경인 모양이구나."

대웅산이 한탄을 하며 능운백의 뒤를 따르자 왕민과 미심도 서둘러 숲으로 날아들었다.

"사형, 사형은 가능한 경진가요?"

뒤에 남은 추산이 고검을 보며 묻자 고검이 고개를 저었다.

"불가능하다."

고검이 짧게 대답했다.

"언젠가는 가능할까요?"

그러자 고검이 고개를 갸웃하더니 다시 짧게 대답했다.

"모르지. 내일이 될 수도, 혹은 영원히 불가능할지도."

그러고는 고검 역시 신형을 날려 장내를 떠났다.

"흠, 역시 깨달음의 문제란 건가?"

*　　*　　*

강호가 진동했다. 홍택호를 사이에 두고 격돌한 동궁과 수룡맹의 싸움이 전 강호를 진동시켰다. 홍택호로부터 멀리 떨어져 싸움과 직접 관련이 없는 곳까지도 오랜만에 일어난 강호대전의 소식에 도검을 든 무인들이 들썩였다.

개중에는 벌써 강호의 정세가 심상치 않음을 예상하고 문파의 안위를 챙기는 곳부터, 이번 기회에 세력을 키울 야심으로 이합집산을 시작한 문파도 존재했다.

그런데 누구라도 팽팽하게 전개될 것으로 예상했던 홍택호의 싸움은 싸움이 시작되었다는 소식이 도착한 지 채 보름이 지나지 않아 이미 승패가 기울어졌다는 소식으로 이어졌다.

동궁의 완벽한 승세. 동궁은 홍택호에 거대한 함정을 파놓고 수룡맹의 공격을 기다리고 있다가 함정에 들어온 수룡맹의 고수들을 단 하룻밤 사이에 궤멸시켰다고 한다. 그리고 그 여

세를 몰아 홍택호 서안 천보산에 진을 친 수룡맹의 숙영지를
일거에 휩쓸어 버리고, 홍택호 인근 수룡맹의 기반이었던 사
홍까지 접수해 홍택호에서 수룡맹의 세력을 완전히 일소했다
는 소식이 연이어 천하 각지로 퍼져 나갔다.

역시 천하사패란 감탄이 강호인들 사이에 퍼져 나갔다. 욱
일승천하며 천하의 수로를 접수해 강호를 사패에서 오패의 시
대로 정립시켜 가던 수룡맹을 일패도지시킨 동궁의 저력에 강
호인들은 감탄사를 자아냈다.

그런데 강호인들이 수룡맹을 패퇴시킨 동궁의 저력에 감탄
하는 와중에 은밀하게 강호를 떠도는 두 가지 소문이 있었다.
보통의 무림인들보다 강호의 정세를 좀 더 면밀하게 살필 줄
아는 혜안을 가지고 있는 강호의 재사들은 홍택호 대전에서
동궁이 승리한 것보다 은밀히 떠도는 이 두 가지 소문에 오히
려 관심을 기울였다.

그중 하나는 천하팔대고수이자 천하제일청부사 천검 능운
백과 그의 제자들이 이끄는 무불장의 행보였다. 여간해선 강
호의 세력 싸움에 관여치 않던 천검과 무불장이 이번 홍택호
대전에서 거액의 청부금을 받고 동궁의 편에 섰다는 소식이
전해진 것이다.

강호의 황금충들이 청부금을 받고 강호의 싸움에 끼어들었
다는 것이 뭐 대단한 소식이겠냐는 사람도 있었지만, 그들이
끼어든 싸움이 천하의 판세를 가르는 강호 최강 세력들 간의
싸움이라면 그 의미가 남다르다는 것이 강호 현자들의 판단이

었다.

드디어 강호사에 초연했던 천검 능운백이 강호의 패권에 관여하기 시작한 것인가? 이런 의문을 품은 강호 재사들의 시선이 홍택호 대전 이후의 능운백과 무불장 고수들의 행보를 주시하기 시작했다.

두 번째 소식은 강호의 현자들을 근심하게 만드는 소식이었다. 그건 바로 기억 저편으로 사라졌던 수십 년 전 강호 최대의 변란이었던 백마혈전에 대한 피비린내 나는 기억의 재생이었다.

홍택호 대전에서 천검 능운백이 최초로 그 무위를 드러냈던 곳에 수십 년 전 암옥에 수감되었던 독마 교천이 있었다는 소문. 이 소문이 사실이라면 그 안에 내포된 의미는 적다고 할 수 없었다.

물론 백마 중 한두 명이 살아남아 강호에 모습을 드러냈다고 해서 큰 문제가 될 것은 없었다. 이미 백마의 구 할이 저 세상으로 간 상황이었기에 나머지 생존자들이 모습을 드러냈다고 해도 그 전력은 극히 미미할 것이기 때문이었다. 하지만 문제는 백마의 생존자들 자체가 아닌, 그들이 강호에 모습을 드러낸 곳이 문제였다.

현재까지 백마 중 죽거나 사로잡히지 않은 자는 없었다. 대부분의 백마는 죽음을 면치 못했고, 살아남은 자들조차 무공을 폐쇄당한 채 수룡맹의 모태가 된 암옥의 깊은 금옥에 감금되어 있었다.

　그런데 그 백마의 생존자 중 한 명이 강호에 모습을 드러낸 것이다. 그것도 수룡맹의 고수 중 한 명의 모습으로, 이 상황은 오직 한 가지 가정에서만 가능한 상황이었다.

　암옥의 문이 열렸다는 것, 그리고 그 안에 갇혀 있던 천하의 마인들이 암옥을 벗어나 수룡맹의 일원이 되었다는 것이다. 이 사실이 의미하는 바는 무엇이겠는가. 그건 결국 수룡맹의 맹주 귀왕 마천이 스스로 내세웠던 정의(正義)의 길을 버리고 정사를 가리지 않고 세력을 키워 천하를 장악하려는 패도의 길로 들어섰음을 의미하는 것이었다.

　즉 그간 모호했던 수룡맹의 성격이 정(正)이 아닌 패(覇), 최악의 경우 마(魔)로 규정될 수 있는 사건이 발생한 것이다.

　더군다나 백마의 생존자뿐 아니라 그간 천하에서 손꼽히는 마인들 중 천하사패에 의해 제압된 자들은 모두 암옥으로 향했다. 그 숫자만 해도 수백을 헤아리는 절정의 마인들. 그들이 모두 풀려나 수룡맹의 일원이 되었다는 것은 천하사패의 이름으로 대표되는 강호 정파에겐 거대한 도전이 시작되었다는 것을 의미했다.

　그렇게 독마 교천의 출현이 가지는 어두운 의미로 인해 강호의 현자들이 강호의 혈란을 걱정하고 있을 때 천하사패가 움직이기 시작했다. 독마 교천의 출현 때문인지는 몰라도 그동안 동궁과 수룡맹의 싸움을 방관하던 천하사패 중 나머지 삼패가 전격적으로 동궁을 도와 수룡맹을 압박하기 시작한 것이다.

그리하여 강호무림은 한순간에 수룡맹을 천하 공적으로 몰아가기 시작했다. 또한 천하사패의 저력은 무서워서 욱일승천하며 천하를 잠식해 들어가던 수룡맹은 순식간에 곳곳에서 그 세력이 무너지기 시작했다.

그리고 그 와중에 천하사패에서 추리고 추린 고수 일천여 명이 수룡맹의 숨통을 끊기 위해 그들의 심장, 암옥이 위치해 있는 앙천곡을 향해 출발했다는 소문이 퍼져 나오기 시작했다. 그리고 그때쯤 무불장의 고수들은 금릉의 어느 한 포구에 있었다.

"제길, 따라가는 건데 그랬어. 보통 구경이 아닐 텐데 말이야."

대웅산이 계속해서 투덜거렸다. 그의 시선은 멀리 금릉을 끼고 도는 장강의 물결을 바라보고 있었다.

"그래 봐야 이미 늦었어요. 사패의 고수들이 떠난 지 이미 이틀이 지났다고요."

곁에 있던 추산이 단념하라는 듯 말했다.

"아니, 도대체 왜 여기까지 와서 더 이상 그들과 동행하지 않는 거냐고?"

대웅산이 답답하다는 듯 추산을 보며 물었다.

"그걸 제가 어떻게 알아요. 결정을 내린 사람은 제가 아니라 사형과 사부님이라고요."

"장인어른이야 그렇다고 치고 장주는 또 왜 장인어른의 의견에 동의한 거지? 장주가 가기로 결정했다면 장인어른께서도 굳이 반대하지는 않으셨을 텐데……."

대웅산이 못내 아쉬운 듯 혀를 찼다.

"사형이나 사부님이나 모두 강호의 일에 깊이 관여하는 것을 좋아하지 않지요. 지금까지 한 것만 해도 제 약값은 충분하다고 생각하셨을 거예요. 그리고 이번 공격은 최후의 일전이 될 수도 있으니 자칫 본 장에서도 희생자가 생길 수 있다고 생각했을 거예요. 아시잖아요? 사형 성격을."

"뭐, 장주가 청부사들의 목숨을 무엇보다도 중요하게 생각한다는 건 알지만… 그래도 이런 기회는 좀체 올 수 없는데……."

"후후, 어쩌겠어요. 무불장의 청부사라면 무조건 사형의 명을 따라야지요. 그나저나 사패의 공격은 성공할까요?"

홍택호의 대전이 동궁의 일방적인 승리로 끝나자 북천무맹 등 나머지 삼패는 기다렸다는 듯이 각파의 최고수들을 동궁에 파견했다. 승부가 기울어진 싸움에서 동궁에 대한 원조를 머뭇거릴 필요는 없었다. 더군다나 수룡맹이 과거 강호 최대의 환란이었던 백마의 생존자들까지 끌어들였다는 사실이 밝혀진 이상 수룡맹과의 싸움을 동궁에만 맡겨놓을 수는 없었다.

자칫 동궁이 수룡맹을 일거에 제압하면 동궁은 강호를 위협하는 마세를 막아냈다는 명성을 등에 업고 다른 삼패를 능가하는 성세를 구가할 수도 있었다. 그러니 사패 내의 주도권을 동궁에 내주지 않기 위해서라도 삼패는 움직임을 늦출 수 없었다.

그렇게 사패의 고수들 중 최고의 고수들로 구성된 토벌대가 장강 상류 앙천곡에 자리 잡고 있는 과거의 암옥, 지금은 수룡맹의 총단이 된 암옥으로 떠난 것이 바로 이틀 전이었다.

"천하사패의 고수 중 고수들이 뭉쳤으니 아무리 수룡맹이라 해도 견뎌내기 힘들 거야."

대웅산은 수룡맹의 패배를 확신하고 있는 듯했다.

"하지만 전장은 수룡맹의 안방에서 벌어진다고요. 더군다나 앙천곡의 수로는 험하기 이를 데 없지요. 수룡맹은 수공에 관한 한 강호제일의 실력을 지닌 자들이고요."

추산이 고개를 갸웃하며 말했다.

"물론 수룡맹이 물 위에서 강호제일의 실력을 가지고 있는 것은 사실이야. 하지만 그렇다고는 해도 천하사패의 절정고수들을 이겨내기란 쉬운 일이 아니지. 더군다나 사패 토벌대의 출정은 워낙 은밀하면서도 신속하게 이루어졌으니 수룡맹은 미처 강호 곳곳에 퍼져 있는 고수들을 앙천곡으로 모을 시간조차 없을 거야. 그런 상황에서라면 역시 수룡맹이 사패의 공세를 견뎌낼 수 없겠지."

평소에는 조금 덜렁거리는 듯한 모습의 대웅산이었지만 강호 정세를 판단하는 데에는 한 치의 빈틈도 없어 보였다.

"뭐, 대 형님의 예상이 맞을 가능성이 크긴 해요. 단 한 가지 변수가 있긴 하지만요."

"변수?"

대웅산이 의아한 표정으로 묻자 추산이 정색을 하며 말했다.

"아주 중요한 변수가 있지요."

"그게 뭐지? 지금으로선 양쪽의 전력이 모두 드러난 상황 아닌가?"

"후후, 물론 양쪽의 전력이 모두 드러난 상황이지만 사람들은 한 가지 사실을 간과하고 있어요. 바로 천하팔대고수의 존재지요."

"천하팔대고수라……!"

대웅산이 뭔가 깨달은 듯 눈을 크게 떴다.

"세력 면에서 사패 토벌대의 세력이 앙천곡의 수룡맹 세력을 압도하는 것은 맞아요. 하지만 만약 신주마 악불위가 귀왕 마천과 손을 잡은 것이 확실하다면 앙천곡에는 두 명의 천하팔대고수가 있다는 말이 되지요. 그러나 사패의 토벌대에는 단 한 명의 천하팔대고수도 존재하지 않아요. 사패의 수장들 모두 이번 토벌대에 참여하지 않았고, 나머지 두 명의 팔대고수인 사부님과 화중대모님 역시 이번 싸움에서 한 걸음 물러나 있으니까요. 과연 사패의 토벌대가 그 세력으로 귀왕 마천과 신주마 악불위의 존재감을 넘을 수 있을까요?"

추산의 물음에 대웅산이 고개를 갸웃거렸다.

"음, 확실히 무시하지 못할 변수군. 천하팔대고수의 무위라면 아무리 사패의 절정고수들로 구성된 토벌대라 해도 쉽게 승리를 자신할 수 없을 거야. 천하팔대고수는 그 존재만으로도 대전의 승패를 좌우할 수 있는 자들이니까. 그런 자들이 둘이라……. 쉽지 않겠군. 그런데 만약 토벌대가 실패한다면 그때의 강호는 어떻게 되는 거지?"

"그때부터는 그야말로 아주 긴 싸움이 시작되겠지요."

"숱한 사람이 죽어나겠구먼. 하여간 사패도 문제야. 뻔히 두 사람이 버티고 있는 것을 알면서 그 수장들이 단 한 명도 토벌대에 참여하지 않다니……."

"어쨌거나 이번 토벌대의 공격이 성공하길 바라야지요."

"휴, 결국 귀왕 마천과 신주마 악불위가 문제구먼. 천하팔대 고수라……."

대웅산이 탄식을 자아내는 사이 포구의 한쪽에서 한 척의 배가 두 사람 쪽으로 다가왔다. 이십여 명의 사람이 탈 수 있는 중간 크기의 선박이었는데 배의 생김새가 오랜 항해가 가능할 정도로 단단해 보였다.

"오는군요."

"그렇군. 이거 얼마 만인가?"

배 위에 나부끼는 깃발을 보며 대웅산이 중얼거렸다. 배의 돛 높은 곳에서 펄럭이는 깃발에는 금오표국이라는 네 글자가 꿈틀거리며 움직이고 있었다.

"거의 삼 년 만인 것 같아요."

추산의 말이 끝나는 순간, 어느새 배는 두 사람 앞에서 서서히 속도를 줄이고 있었다. 그리고 미처 배가 멈추기도 전에 배 위에서 한 명의 청년이 훌쩍 날아올라 두 사람 앞에 내려섰다.

"두 분 대협을 뵙습니다."

청년은 정중한 태도로 두 사람에게 허리를 굽혀 보였다.

"아, 자네가 바로 그때의 그 소년인가?"

대웅산이 놀란 얼굴로 청년을 보며 물었다. 청년의 체구는 성인 못지않게 컸지만 얼굴에는 아직 어린 기운이 남아 있었다.

"맞습니다. 제가 바로 그때의 그 꼬마입니다."

"허허, 이거 정말 세월이 빠르긴 빠르군. 그때는 아주 어린 애였는데 벌써 이런 헌헌장부가 되었다니… 이름이 진천이라고 했지?"

대웅산의 물음에 청년의 얼굴에 반가운 기색이 떠올랐다.

"제 이름을 기억하고 계셨군요."

"흐흐, 사실 내가 기억하고 있었다기보다는 좀 전에 여기 추 아우가 말해주었다네."

대웅산이 겸연쩍은 표정으로 말하자 청년 진천이 추산을 돌아봤다.

"안녕하셨어요? 오랜만에 뵈어요."

"그러게. 한 삼 년 되었지? 그사이 장부가 다 되었구나."

"저만 변했나요? 이번 홍택호 싸움으로 추 대협의 명성은 강호를 진동시키고 있는데요."

"아니, 금오표국에까지 그 소문이 들어갔나?"

"그럼요. 지금 강호에선 무불장의 젊은 고수 유성검 추산이란 이름을 모르는 사람이 없다고요."

"유성검 추산?"

"다들 추 대협을 그렇게 부르는걸요."

진천의 말에 곁에 있던 대웅산이 너털웃음을 터뜨렸다.

"하하, 이제 추 아우도 별호라는 것을 가지게 되었군. 유성 검이라……. 추 아우의 검법과 별호가 같아 무척 잘 어울리는 군. 그나저나 조 노사께선?"

대웅산이 진천을 보며 묻자 진천이 고개를 돌려 자신이 타고 온 배를 바라봤다.

"저기 오시는군요."

진천의 말에 두 사람이 시선을 돌리자 과연 이제 완전히 정지한 배 위에서 훤칠한 키의 노고수가 천천히 걸음을 옮겨 포구로 내려서고 있었다. 회색 장삼을 갖춰 입은 노인에게서는 일대 고수의 풍모가 느껴졌는데, 훤칠한 키 때문인지 사람을 압도하는 듯한 기운이 물씬 풍겨 나오고 있었다.

"허, 저 양반도 많이 변했네."

대웅산이 놀란 듯 중얼거렸다.

"그러네요. 예전에는 잘 벼른 칼을 보는 듯한 느낌이었는데 지금은 한 마리 대호를 보는 듯하네요."

"역시 살검을 떠나 표국의 일을 하며 성정이 변한 것일까?"

"아마도 그렇겠지요. 하지만 지금의 모습이 더 보기 좋은 것 같아요."

"그래? 난 왠지 예전의 조 노사가 그리운데……."

두 사람이 배에서 내린 노인을 두고 이런저런 대화를 나누는 사이 어느새 노인이 두 사람 앞에 다가왔다.

"오랜만일세. 두 사람, 그간 잘 지내셨는가?"

과거 무불장에 십 년이 넘는 시간 동안 몸을 의탁했던 조오현이 그렇게 다시 무불장의 고수들 앞에 모습을 드러냈다.

"정말 오랜만이네요. 많이 변하셨군요."

추산이 얼른 조오현을 맞았다. 과거 조오현은 말조차 붙이기 쉽지 않은 사람이었지만, 지금 다시 추산 앞에 나타난 조오현은 왠지 모르게 친근한 인상을 풍기고 있었다. 삼 년여의 공백이 무색할 지경이었다.

"그런가? 아무래도 표국 일을 하다 보니 좀 변하긴 했을 걸세."

조오현이 순순히 자신이 변했다는 사실을 인정했다. 하긴, 표국 일을 하면서 과거와 같이 살수의 모습으로 살 수는 없었을 터이다.

"표국은 잘되어갑니까?"

이번에는 대웅산이 물었다.

"뭐, 그럭저럭 대사형이 이룩해 놓은 가업은 지켜오고 있네. 물론 그때의 그 황금이 큰 도움이 되었지."

조오현의 말에 곁에 있던 진천이 얼른 말을 거들었다.

"사실은 의숙께서 아버님을 대신해 표국을 맡으신 이후 아버님이 표국을 운영하실 때보다 두 배는 더 성장했어요. 의숙께서 고생을 많이 하셨지요."

진천의 말에는 은근한 자신감이 깃들어 있었다. 아마도 금오표국의 성장을 자랑하고 싶은 모양이었다.

"하하, 조 노사께서 간여했으니 당연히 표국이 번성했을 테지요."

과거 청부사의 시절에도 조오현은 맡은 청부를 처리함에 있어 단 한 번도 실수를 한 적이 없었다.

"그나저나 장주께서는 어디 계신가?"

조오현이 주변을 둘러보며 물었다.

"사형과 사부님은 이곳에서 조금 떨어진 객점에 계세요."

"그런가? 그럼 어서 가세. 빨리 만나뵙고 싶군."

"알았습니다. 제가 안내하지요."

추산이 얼른 고개를 끄덕인 후 조오현을 이끌고 포구의 동쪽으로 이어진 작은 성읍을 향해 걸음을 옮겼다.

능운백은 금릉에서 사패의 토벌대에서 떨어져 나온 후 인근에서 표국을 운영하고 있는 조오현을 만나고자 했다. 딱히 이유가 있었던 것은 아니고, 조오현이 무불장을 떠난 이후 줄곧 그의 소식을 알지 못했기에 금릉에 온 기회에 그를 한 번 만나고자 했던 것이다.

무불장에 머물렀던 청부사들의 숫자는 그리 많지 않았지만, 무불장을 지나쳐 간 사람들은 누구라도 천검 능운백에게 큰 은혜를 입었다고 생각하고 있었기에 무불장을 떠나서도 그들은 언제나 무불장과의 인연을 끊지 않았다.

소식을 접한 조오현이 단걸음에 달려온 것만 보아도 무불장에 속했던 청부사들의 무불장에 대한 정리를 짐작할 수 있는 일이었다.

"어르신, 장주! 오랜만에 뵙습니다."

이제 한 표국의 국주인 조오현이건만 능운백과 고검을 대함에 있어서는 과거 무불장의 청부사일 때와 조금도 다름이 없었다.

"허허, 어서 오시게. 정말 오랜만이군. 자네가 태호에서 무불장을 떠났기에 미처 얼굴도 보지 못하고 떠나보냈는데 이렇게 다시 만나니 반갑기 그지없네. 좋아 보이는군."

능운백이 만면에 미소를 지은 얼굴로 조오현을 맞이했다.

"어서 오십시오, 조 노사."

고검은 언제나처럼 담담한 표정을 지어 보였다.

"모두 예전 그대로군요. 마치 집에 돌아온 기분입니다."

조오현 역시 부드러운 미소를 지으며 대답하자 능운백이 고개를 끄덕이며 말했다.

"흠… 자네는 확실히 변했군. 하지만 과거보다는 훨씬 보기 좋으이. 역시 황금충보다야 표국의 국주 자리가 좋지. 그래, 표국은 잘되어가고?"

"걱정해 주시는 덕분에 제법 자리를 잡았습니다."

"다행이야. 본래 무불장을 거쳐 간 사람들 중 일이 안 풀리는 사람은 거의 없는 편이지. 자자, 오랜만에 만났으니 천천히 지난 이야기나 나눠보자구. 딱히 시급한 일은 없는가?"

능운백이 묻자 조오현이 고개를 저었다.

"어르신과 장주께서 오셨으니 시간이 없어도 만들어야지요. 그나저나 이번 홍택호 대전에서의 활약은 전해 듣고 있었습니다. 역시 무불장이란 소문이 강호에 돌고 있더군요. 그런데… 조금 의외의 일이긴 했습니다. 이런 청부는 본래 관여치 않는 걸로 알고 있습니다만……."

조오현이 고검을 보며 물었다. 이미 무불장의 행보는 능운백이 아닌 고검에 의해 결정된다는 사실을 알고 있기 때문이었다.

"피치 못할 사정이 있었습니다."

"피치 못할 사정이라면……?"

"사제의 목숨 값이라고나 할까요."

고검이 가벼운 미소를 지으며 추산이 백일검의 저주에서 벗어난 과정과 그들이 동궁과 수룡맹의 싸움에 끼어들게 된 경위를 간단하게 설명했다.

"그런 일이 있었군요. 추 소협, 정말 큰 위기를 넘겼네. 큰일이 없었으니 참으로 다행이야."

고검의 이야기를 듣고 난 조오현이 추산을 돌아보며 말했다. 그러자 추산이 조금 어두운 얼굴로 대답했다.

"큰일이 아주 없었던 것은 아니지요. 만 노사께서 세상을 떠나셨으니까요."

"음… 정말 안타까운 일이야. 하지만 어쩌겠는가. 사람의 운명이란 정해진 길인 것을……. 그나저나 그럼 이제 동궁의 일에서는 손을 떼신 겁니까?"

조오현이 다시 고검에게 묻자 고검이 고개를 끄덕였다.

"그럴 생각입니다. 이미 홍택호에서 충분히 그들에게 도움을 주었으니 이쯤에서 발을 빼는 것이 좋다는 생각입니다. 또 사패의 토벌대가 발동했으니 그 속에 본 장의 청부사들이 끼어드는 것이 이상하기도 하고요."

고검의 말에 조오현이 고개를 끄덕였다. 확실히 사패의 토벌대와 무불장의 청부사들은 어울리지 않는 존재들이었다. 그러다가 문득 조오현이 고검에게 물었다.

"그런데 귀왕 마천과 신주마 악불위가 손을 잡았다고 했습니까?"

"그리 보고 있습니다만……."

"그렇다면 신주마 악불위는 앙천곡에 있겠군요?"

"아마도 그렇겠지요."

그러자 조오현이 고개를 갸웃하며 중얼거렸다.

"역시 잘못 본 것인가?"

조오현의 태도가 이상했기에 고검이 조오현에게 되물었다.

"무슨 일이라도……?"

그러자 조오현이 여전히 고개를 갸웃거리며 말했다.

"내가 잘못 보았을 수도 있겠습니다만 이곳으로 오기 전 포양호 인근에 표행을 나갔는데 그때 얼핏 신주마 악불위와 그 수하들을 본 것 같아서 말이외다. 흠, 역시 잘못 본 것이 분명해. 지금 그가 포양호에 나타날 이유가 없지. 그가 귀왕 마천과 손을 잡았다면 당연히 앙천곡에서 사패의 토벌대를 기다리고 있을 테니……."

순간 장내의 분위기가 차갑게 가라앉았다. 비록 조오현은 자신이 잘못 본 것이라고 말했지만 이건 그리 간단하게 넘어 갈 문제가 아니었다.

"당시의 상황을 좀 더 자세히 말해보게."

능운백이 재촉하듯 조오현을 다그쳤다. 그러자 조오현이 잠시 생각을 정리한 후 입을 열었다.

"본시 우리 금오표국의 표행은 대부분 선박을 운용해서 이뤄지지요. 이번 표행은 포양호 남쪽 남창에 가는 일이었는데 돌아오는 길에 포양호에서 기이한 모양의 배 한 척을 보았습니다. 그 모습이 워낙 특이해서 눈여겨보다 얼핏 그 선상에서 과거 노류지에서 보았던 신주마 악불위와 비슷한 모습을 한 자를 보았습니다."

조오현은 과거 황금선의 사건 때 노류지에서 신주마 악불위를 일견한 적이 있으므로 그의 모습을 충분히 알아볼 수 있었다.

"확실히 그자던가?"

"그게… 석양 무렵에 보아서 확신을 하지 못하겠습니다. 귀왕 마천과 그가 손을 잡았다면 역시 잘못 본 것이 아닐까 했던 거지요. 하지만……."

"하지만 뭔가?"

"제가 그를 신주마 악불위가 아닐까 생각했던 것은 그의 모습 말고도 그 곁에 거한 한 사람이 서 있었기 때문입니다. 무림에 그런 거한은 흔치 않지요."

"설마 천괴 그자를 말하는 겁니까?"

대웅산이 놀란 듯 물었다. 그러자 조오현이 무겁게 고개를 끄덕였다.

"하지만 그 역시 천괴 그자라고 확신할 수는 없네. 역시 석양 아래서 본 것이니……."

조오현이 전하는 말은 확실히 모호했다. 하지만 사람들은 그의 말을 가볍게 받아들일 수 없었다. 적어도 상대가 신주마악불위라면 무불장과도 불가분의 악연으로 맺어진 인물이 아니던가.

"그가 아니라고 단정할 수도 없지요. 그가 귀왕 마천과 손을 잡았을 거란 건 그저 모두의 추측일 뿐이니까요. 기실 그가 무한에서 사라진 후 그를 보았다는 사람이 없는 실정이니까요."

추산이 정색을 한 얼굴로 말했다.

"그게 정확히 언제 일인가?"

"정확히 삼 일 전의 일입니다."

능운백의 물음에 조오현이 대답했다.

"삼 일 전이라……. 어떤가?"

능운백이 재빨리 미심을 돌아봤다. 그러자 미심이 얼른 고개를 끄덕였다.

"알아보겠습니다."

대답을 마친 미심이 순식간에 장내를 벗어났다.

*　　　*　　　*

　연락이 온 것은 하루가 지나기 전이었다. 포양호 인근에는 수많은 기루와 객잔이 들어서 있었고, 그 때문에 화맹의 정보망이 가장 촘촘한 지역 중 하나였다.

　그런데 미심이 가져온 소식은 능운백을 포함해 무불장의 전 고수들을 경악시키기에 충분한 것이었다.

　"이백이라고 했나?"

　능운백이 놀란 눈으로 미심에게 물었다. 미심 역시 평소의 그녀답지 않게 흥분해 있었다.

　"그렇습니다, 어르신. 적어도 이백 인 이상의 고수들이 며칠 사이 포양호를 통과해 동쪽으로 이동했다고 합니다. 하나의 무리로 몰려 움직인 것은 아니었지만 결국 그들이 한 세력의 인물들일 거라는 것이 화맹의 판단입니다. 그리고 그중 조 노사께서 말씀하신 신주마와 천괴로 추측되어지는 자들도 분명 있었다고 합니다. 더군다나 그중에 수룡맹의 주요 고수랄 수 있는 인물들로 추측되어지는 자들도 있었다는 전언입니다."

　순간 능운백이 가볍게 탁자를 내려쳤다.

　"이건?"

　"반격이군요."

　추산이 단정적으로 대답했다.

　"반격?"

　대웅산이 놀란 얼굴로 묻자 추산이 고개를 끄덕였다.

　"앙천곡은 비었을지도 몰라요. 아니, 적어도 수룡맹의 주요 고수들 중 일부는 앙천곡을 떠난 것이 분명해요. 그들은 사패의 토벌대가 앙천곡으로 향하는 것을 역이용해 동궁에 일대 반격을 가하려 하는 것이에요. 그들이 향한 곳은 어디지요?"

추산이 미심에게 물었다.

"예상대로라면 항주가 됩니다만……."

순간 추산이 탄성을 자아냈다.

"항주 북쪽 현암산에 동궁의 본궁이 있지요. 동궁은 애초에 세력이 크지 않은 곳. 주요 고수들은 모두 앙천곡으로 향했을 테니 현암산 본궁의 수비는 허약할 거예요. 결국 수룡맹은 동궁의 역린이랄 수 있는 현암산 본궁을 공격하려는 거예요. 현암산 본궁이 무너지면 전세는 걷잡을 수 없을 거예요. 더군다나 수룡맹이 앙천곡을 포기했다면 사패의 토벌대는 헛걸음을 하고 말 테니 수룡맹은 이 기습으로 홍택호에서의 패배를 완전히 회복할 수 있을 뿐 아니라 동궁의 세력권을 일거에 탈취할 수도 있을 테지요."

"동궁의 역린이라……. 휴, 움직여야 하는가!"

능운백이 한숨을 내쉬며 자리에서 일어났다.

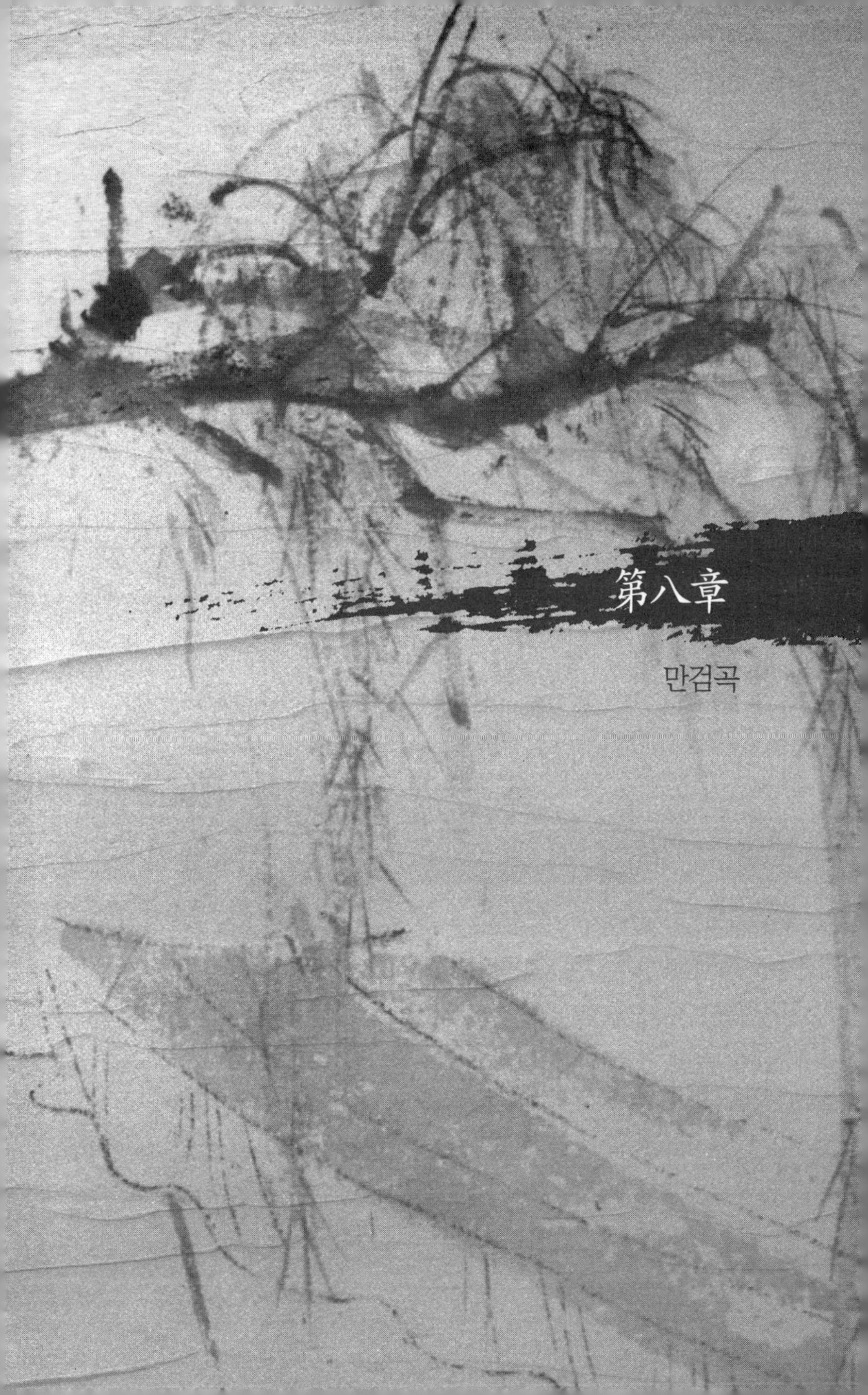

第八章

만검곡

“천검, 오랜만일세.”

풍도 가한이 백발을 휘날리며 배 위에서 천검을 맞았다. 가한의 뒤쪽으로 십여 척의 배에 사패의 고수들이 늘어서 있었다.

“모두 몇인가?”

능운백이 가한의 인사를 손을 들어 받으며 급히 물었다.

“대략 이백여 명은 되네.”

“무공은?”

“글쎄, 나름대로 일가를 이룬 자들이기는 하나 만약 수룡맹의 초절정고수들이 모두 움직였다면 쉽지는 않을 걸세.”

가한의 낯빛이 밝지 않았다. 그러자 곁에 있던 동궁의 군사 대하 이존이 입을 열었다.

"일단 토벌대 쪽으로 급전을 보냈으니 소식을 듣는 대로 회군을 할 것입니다."

"결국 토벌대가 회군할 때까지 그들을 막아내야 한다는 것인데… 여산 동궁의 본궁에 남아 있는 전력은 어떻소이까?"

능운백이 묻자 이존의 얼굴이 어두워졌다.

"지금으로선 미미한 숫자입니다. 수룡맹과의 전쟁이 시작된 후 삼각오대의 주요 고수들이 모두 강호로 나와 있는 상황이니까요. 그나마 제대로 된 전력이라면 오대 중 궁주의 호위를 담당하는 호궁대 정도라고 할 수 있습니다."

"음, 수룡맹의 정예를 감당할 정도는 아니겠구려."

"그렇다고 봐야겠지요."

"그렇다면 그들이 현암산에 도착하기 전에 막아야 한다는 말인데… 그들의 움직임은 파악했소이까?"

능운백이 다시 이존에게 물었다. 그러자 이존이 고개를 끄덕였다.

"인근에 나와 있는 현각의 고수를 모두 투입했습니다. 다행히 무불장에서 전해주신 정보를 바탕으로 그들의 움직임을 대략은 파악할 수 있었습니다. 현재 그들은 본 궁의 시선을 피하기 위해 절강성 남부를 관통해 동부 해안을 따라 북상 중인 것으로 나타났습니다."

"본 장에서 파악하기로는 대략 이백여 명쯤으로 판단했소이다만……."

"저희 또한 그 정도 인원으로 보고 있습니다. 물론 그 뒤에 얼마의 숫자가 더 있는지는 모르지요. 더군다나 그중에는 배를 타고 바다로 이동하는 자들도 있는 모양인지라 정확한 숫자는……."

대하 이존이 말꼬리를 흐렸다.

"흠… 바다라……. 또 다른 변순가? 그래, 사패의 대책은 무엇이오?"

수룡맹 고수들의 이동을 감지한 것은 무불장이지만 그에 대한 대책을 마련해야 할 사람은 사패였다. 그러자 대하 이존이 재빨리 입을 열었다.

"그들이 현암산 본궁에 도달하게 놓아둘 수는 없는 일입니다. 현암산 본궁은 적을 막아 싸우기에는 좋은 장소가 아니지요. 또한 본궁의 중심이 전장이 되는 것은 그리 좋은 모습이 아니기도 하고 말입니다."

"하면……?"

"그들이 동쪽 해안을 따라 북상한다면 분명 항주로 진입하기 위해 회계산을 거치게 될 것입니다. 그들이 회계산으로 진로를 잡는다면 그들을 막아설 적당한 곳이 있습니다."

"어디요?"

"회계산 인근의 만검곡이라는 곳입니다. 남쪽에서 은밀히 항주로 이동하려면 반드시 그 만검곡을 지나게 될 겁니다. 우린 그곳에서 그들을 맞을 생각입니다."

"만검곡(萬劍谷)이라… 이름이 범상치 않군."

능운백이 중얼거렸다.

"사연이 많은 곳이지요."

대하 이존 역시 의미심장한 표정으로 대답했다.

희뿌연 아침 안개가 뱃머리에 갈라지고 있었다. 대해로 들어선 지 이틀. 무불장 고수들과 사패의 고수들을 태운 십여 척의 전선은 어느새 항주를 옆에 두고 있었다.

"이거야 원, 번갯불에 콩 볶아 먹는 것도 아니고… 이런 전력으로 과연 그들을 막아설 수 있을까?"

대웅산이 투덜거리며 뒤따르고 있는 십여 척의 전선을 바라봤다.

"그나마 모을 수 있는 고수는 모두 모은 것이라잖아요."

추산이 어깨를 으쓱거리며 말했다.

"숫자야 얼추 맞췄지만 추 아우도 알다시피 수룡맹의 최정예 고수들을 상대할 정도는 아니잖아. 더군다나 신주마 악불위가 이끄는 마천의 무리까지 포함되었다면… 그들은 마총에서 얻은 마천삼십육마종의 마정을 모두 자기 것으로 만들었을까?"

"그간 시간이 제법 지났으니 어느 정도는 그 정수를 얻었겠지요."

"음… 그렇다면 더 문제군."

"일단 만검곡에 먼저 도착하는 게 우선이지요. 이후의 일은 어떻게 다른 궁리를 해봐야겠지요."

추산으로서도 뾰족한 수를 낼 수 없는 상황이었다. 워낙 사패의 고수 중 정예들이 토벌대로 많이 빠져나갔기에 지금으로선 사패가 급히 동원할 수 있는 고수가 그리 많지 않았던 것이다.

"그나저나… 흐흐, 인연은 인연인 모양이야."

그런데 심각한 대화를 나누던 대웅산이 음흉한 표정을 지으며 실소를 흘려냈다.

"무슨 말이에요?"

"북천무맹 도문 설 여협 말이야."

대웅산의 말에 추산이 살짝 인상을 찌푸렸다.

"설 여협 얘기는 왜 꺼내요?"

"흐흐, 이것 봐, 추 아우. 아무리 부정하려 해도 설 여협이 추 아우에게 보통 이상의 호감을 가지고 있는 것은 분명하다고. 이번에도 굳이 그녀가 뒤늦게 이 싸움에 참여한 이유가 뭐겠어? 더군다나 그녀는 홍택호에 오자마자 본 장의 행방을 물었다잖아. 그리고 이곳에 오는 내내 추 아우에게서 눈길을 떼지 않고 있다고!"

"그런 말은 그만 하세요. 전 이제 여자에겐 관심이 없다고요."

"왜? 주하령 그녀에게 제대로 한 번 당해서 그래? 하지만 추 아우, 한 번 수렁에 빠졌다고 길을 가지 않을 수는 없는 일이라고. 여자에게 한 번 속았다고 모든 여자를 거부하는 것은 좋은 결정이 아니야."

“누가 모든 여자를 거부한다고 했나요?”

“호오? 그럼 마음에 두고 있는 여인이 있다는 말이군. 그런데 설 여협은 아니다? 그럼 남은 사람은 결국 한 사람뿐이군. 결국 인화 처제란 말이지?”

대웅산이 확신하는 듯 고개를 끄덕이며 말했다. 대웅산의 말에 추산은 굳이 부인하지 않았다.

“여자나 남자나 오랫동안 함께 지내온 사람만큼 믿을 만한 사람이 없지요.”

그러자 대웅산이 고개를 끄덕였다.

“맞는 말이야. 사람의 속마음이란 믿을 것이 못 돼서 오랫동안 지켜본 사람이 아니면 쉽게 믿을 수 없는 것이지. 특히 강호에선 말이야. 하지만 설 여협은 진심인 것 같은데…….”

대웅산이 흘깃 그들이 타고 있는 배와 나란히 움직이고 있는 건너편 배에서 이쪽을 바라보고 있는 설상지를 보며 말했다. 해풍에 머리를 흩날리며 추산을 바라보고 있는 설상지의 모습이 한 송이 해당화처럼 맑고 아름다웠다.

추산이 나직하게 입을 열었다.

“그녀의 진심을 의심하는 것은 아니에요. 사실 그녀와 난 죽을 고비를 함께 넘은 사이이기도 하니까요. 하지만 그녀는 아니더라도 북천무맹의 십이룡 중 하나인 도문은 믿을 수가 없지요. 제가 그녀와 인연을 맺는다면 결국 강호의 불구덩이 속으로 뛰어드는 것이나 마찬가지 아니겠어요?”

“그렇긴 하지. 하지만 그것 때문이라면 그녀를 도문에서 빼

내오면 될 것 아닌가? 굳이 추 아우가 도문에 들어갈 이유는 없잖아?"

그러자 추산이 정색을 하며 대웅산에게 물었다.

"대 형님은 무상문을 떠난 지 오래되었지요?"

"뭐, 십 년이 넘었으니까."

"하지만 이번에 홍택호에서 보니 여전히 무상문이 가슴에 남아 있으시더군요. 아니라고 하실 수는 없을 거예요."

그러자 대웅산이 잠시 생각에 잠겼다가 순순히 고개를 끄덕였다.

"추 아우 말이 맞아. 잊고 있다가도 동궁이나 무상문이 위기에 처하면 마음이 급해지더군."

"그러니 어찌 사람이 자신의 뿌리를 온전히 떠날 수 있겠어요. 그녀가 도문을 나선다 해도 그녀가 도문의 사람이었음은 변하지 않는 사실이지요."

"듣고 보니 그도 그렇군. 결국 도문이 걸림돌이란 말이군."

그러자 추산이 고개를 저었다.

"꼭 그녀가 북천십이룡 도문의 사람이기 때문에 그녀와 인연을 맺길 포기하는 것은 아니에요."

"그럼?"

"지난번 만불곡에서 주하령의 함정에 당할 때 가장 먼저 생각나는 사람이 인화더라구요. 그리곤 깨달았죠. 인화가 제게 얼마나 중요한 사람인지요."

"흐흠… 고난 속에서 찾게 되는 사람이 진정한 자신의 사람이라고 할 수 있지. 추 아우가 그때 인화 처제를 생각했다면 역시 추 아우의 짝은 인화 처제라고 할 수 있겠지. 자, 그럼 저 불쌍한 여인은 어떡하누?"

대웅산이 건너편 배의 설상지를 보며 측은하게 말하자 추산이 입을 열었다.

"이미 그녀 또한 저와 인연이 될 수 없다는 것을 알고 있을 거예요. 예전에 천화 사저가 그녀에게 저와 인화 사이를 과장되게 이야기한 적이 있거든요. 그래서 설 여협이 한동안 무불장 출입을 하지 않게 되었던 것이죠."

"그러니 더 문제라는 거야. 그러던 그녀가 다시 이렇게 자넬 찾아왔으니 그녀 자신도 자신의 마음을 다잡지 못하고 있다는 말이 아니겠는가?"

듣고 보니 대웅산의 말이 한편으로는 일리가 있었다. 그러나 추산은 잠시 후 고개를 저었다.

"하지만 결국 그런 문제는 스스로 극복해야 할 문제겠지요. 제가 어떻게 해줄 수 있는 문제가 아니잖아요?"

"뭐, 그렇긴 하지만 가끔 강호에는 남녀 간의 정염 때문에 예기치 못한 일들이 발생하는 경우가 있어서 말이야."

"후후, 그런 일을 벌이기에는 그녀가 너무 현명하죠."

"하긴 도문의 설상지가 정염에 빠져 엉뚱한 일을 벌일 여인은 아니지. 그나저나 이제 도착한 것인가?"

어느새 두 사람이 타고 있는 배 앞으로 작은 포구가 다가왔다. 이미 그들은 항주에서 남쪽으로 꽤 많이 내려온 상태였다.

"회계산과 가장 가까운 포구라고 했나요?"

추산이 물었다. 대웅산은 동궁 출신이라 동궁의 영역인 강소, 절강 지역의 지리에 대해서는 무불장의 누구보다도 밝았다.

"맞네. 백제포라는 곳인데, 오래전 동방의 백제국이 지배했던 곳이라 해서 생겨난 이름이지."

대웅산의 말이 끝나기가 무섭게 십여 척의 배가 작은 포구에 정박하기 시작했다. 그리고 미처 배가 멈추기도 전에 여기저기서 고수들이 몸을 날려 육지로 내려섰다.

"바로 이동할 것입니다. 최대한 빨리 회계산으로 이동할 생각이니 쉴 시간은 없습니다."

대하 이존이 사패의 고수들을 돌아보며 말했다. 사패의 고수들은 침묵으로 이존의 말을 받아들였다. 그때 포구 안쪽에서 일단의 인물들이 달려나왔다. 그들은 무불장 고수들에게도 익숙한 사람들이었다.

"손 각주로군요. 앙천곡으로 간 것이 아니었나요?"

추산이 어느새 곁에 다가선 고검에게 말했다.

"그는 동궁 정보 조직의 중심에 있는 사람이다. 섣불리 난전이 펼쳐질 전장으로 투입될 인물이 아니지."

"그렇군요. 그나마 다행이군요. 그가 있다면 동궁 현각이 원활하게 움직일 테니까요."

"아마도 그럴 거다."

고검과 추산이 대화를 나누는 사이 어느새 동궁 현각주 손통백이 대하 이존과 사패의 고수들 앞에 당도했다.

"어서 오십시오, 군사!"

비록 대하 이존의 나이가 손통백에 비해 한참 어리기는 했으나 동궁에서 대하 이존은 동궁주인 육자선문주 동종고조차도 함부로 대하지 못하는 위치에 있었기에 손통백은 깍듯이 대하 이존을 맞이했다.

"현각주께서 수고가 많으십니다. 그들의 행보를 확인할 수 있습니까?"

그러자 손통백이 얼핏 고검과 추산 쪽을 보며 대답했다.

"무불장에서 전해준 정보 덕에 그들의 움직임을 온전히 파악하고 있습니다."

"회계산과의 거리는?"

"빨라야 삼 일 후에 도착할 겁니다."

"삼 일이라… 다행히 늦지는 않겠군요."

대하 이존의 얼굴에 안도의 기운이 깃들었다.

"회계산까지는 현각에서 길을 열겠습니다."

"그래야겠지요. 사패의 고수들이 회계산으로 움직였다는 사실을 그들이 알면 안 될 테니 현각이 비도(秘道)를 열어주서야겠지요."

"알겠습니다. 그럼!"

손통백이 가볍게 고개를 끄덕인 후 서둘러 포구를 떠나기 시작했다. 그 뒤를 따라 전선에서 날아내린 사패의 고수 이백여 명이 노을이 지기 시작하는 포구를 떠났다.

　사패의 고수들이 손통백이 지휘하는 현각의 고수들을 따라 회계산으로 떠나자 그들을 싣고 왔던 십여 척의 배도 서둘러 포구를 떠나 바다로 향했다.

　"제길, 이게 무슨 고생이람! 청부금도 없는 일에."
　대웅산이 거친 산길을 달리며 투덜거렸다. 동궁 현각주 손통백이 안내하는 길은 사람들이 알지 못하는 비도로 백제포에서 회계산에 이르는 가장 빠른 길이기는 했으나 덕분에 무척 험준했다. 절정의 무공을 지닌 사패의 고수들조차 곳곳에서 숨을 헐떡이는 소리를 흘려내고 있었다.
　"걱정 마시게. 일이 끝나면 다른 어느 때보다 큰 청부금을 받아낼 수 있을 테니."
　고검이 투덜거리는 대웅산에게 말하자 대웅산이 고개를 저었다.
　"나중 일을 누가 장담하겠습니까?"
　"풍도 가한 어른도 계시고 또 대하 이존도 있네. 그런 사람들이 무불장의 공을 모른 척할 수는 없을 걸세."
　"뭐, 가한 어른이 계신 것이 적이 다행이긴 하지만……."
　그러자 곁에서 추산이 타박하듯 말했다.
　"청부금 걱정하기 전에 이번 일이 무사히 끝나기를 기도해야 할 거예요. 적은 수룡맹의 정예와 마천의 고수들이라고요. 더군다나 만약 귀왕 마천까지 나타난다면 이번 싸움은 무척 어려운 싸움이 될 거예요."

"설마 귀왕 마천까지 오겠어? 비록 이 기습전도 중요하긴 하지만 그래도 천하에서 벌어지는 사패와의 싸움을 지휘할 사람은 그밖에 없는데……."

"수룡맹이 이 한 번의 기습전에 모든 것을 걸었다면 그가 나설 수도 있지요. 천하팔대고수 두 명이 나선다면 구 할의 승산을 가져갈 수 있을 테니까요."

그러자 대웅산이 심각한 표정을 지었다.

"듣고 보니 그럴 수도 있겠는걸! 만약 그렇다면 우리 쪽이 너무 허술한 것 아닐까?"

"어차피 전력에서 그들과 견줄 수는 없는 상황일세. 최대한 그들의 진격을 막아 사패의 토벌대가 길을 돌려 도착하기를 바라는 게 최선일세."

고검이 담담한 목소리로 대답했다.

"이럴 때 추 아우가 한 번 더 실력을 발휘하는 것은 어때?"

대웅산이 추산을 돌아보며 물었다.

"무슨 말이에요?"

"진(陣) 말이야. 이럴 때 필요한 게 진 아니겠어?"

그러자 추산이 고개를 저었다.

"아마 그럴 시간이 없을걸요. 수룡맹과 마천의 정예 고수들이라면 웬만한 진으로는 감당할 수 없을 터인데 이렇게 급박하게 회계산으로 향하는 와중에 어느 틈에 진을 펼칠 수 있겠어요. 그것도 그들을 잡아둘 수 있는 진을요."

"그저 눈속임 정도의 진도 도움이 되지 않을까?"

“그런 진이라면 제가 아니라도 펼칠 사람이 꽤 되지요. 제가
굳이 나설 필요는 없을 거예요.”
추산의 말에 고검이 거들었다.
“추 사제의 말이 맞네. 대하 이존만 하더라도 이미 만검곡에
서 적들을 맞을 계산을 끝내고 있을 거야.”
“하긴 저 귀신같은 인사가 아무런 대책 없이 회계산으로 가
는 것은 아니겠지요.”
대웅산이 앞서 산길을 달려나가고 있는 사패의 고수들 속에
섞여 있는 대하 이존을 보며 중얼거렸다.

과거 춘추전국시대 오나라와 월나라 간에 치열한 전쟁이 벌
어져 월왕 구천과 오왕 부차의 전설이 서려 있는 회계산은 그
러나 그런 과거의 화려했던 전장과는 거리가 먼 모습으로 무
불장의 고수들 앞에 다가왔다.
회계산은 비록 중원에 널리 알려진 역사적인 장소이기는 했
지만 중원에서 남동쪽으로 멀리 치우쳐져 있어 사람의 인적이
드문 곳이었다. 고검과 추산이 그 회계산의 동쪽 제법 너른 분
지 보양의 숲 만검곡에 도착한 것은 백제포를 떠난 지 하루 반
나절, 그러니까 자시가 다 되어가는 깊은 밤이었다.
“좋군요.”
달빛 아래 만검곡을 굽어볼 수 있는 곳에 멈춰 섰을 때 추산
이 중얼거렸다.
“그렇구나.”

고검 역시 고개를 끄덕였다.

"도대체 뭐가 좋다는 겁니까?"

대웅산이 두 사람을 돌아보며 묻자 추산이 대답했다.

"소수의 인원으로 다수의 적을 막아내기에 좋은 지형이란 말이지요. 더군다나 일단 만검곡에 들어오면 남쪽으로 퇴각하거나 북쪽의 협곡을 통해 빠져나가는 것 말고는 다른 길이 없으니 수룡맹과 마천 고수들의 발을 묶어놓기에 이만한 지형이 없다는 말이에요."

"오호! 그런 의미였군."

대웅산이 탄성을 발하며 새삼스런 눈길로 만검곡을 바라봤다. 자세히 보니 과연 호리병 모양으로 이루어진 만검곡은 다수의 적을 가두어두기에 무척 적당한 지형이었다. 그때 멀리서 대하 이존의 목소리가 들려왔다.

"바로 포진을 하겠습니다! 각파의 수장들께서는 이곳으로 모여주십시오!"

이존의 말에 고검이 능운백을 돌아봤다.

"가보거라."

능운백이 고검에게 고개를 끄덕였다. 고검이 고개를 숙여 보이곤 훌쩍 몸을 날려 대하 이존과 사패의 수뇌들이 있는 곳으로 이동했다. 사패의 수장 이십여 명이 모이자 대하 이존이 근방의 지형을 그린 지도를 달빛 아래 펼치고는 일사천리로 각 세력이 포진할 위치를 설명하기 시작했다.

"역시 대단한 사람이군요. 이렇게 포진하면 누구라도 쉽게 만검곡을 빠져나가지 못할 거예요."

만검곡의 북서쪽 능선에 움푹 파인 비탈로 들어서며 추산이 감탄사를 흘려냈다. 추산은 대하 이존의 포진에 연신 감탄하고 있었다.

"다행인 것은 이 회계산 일대가 그와 동궁에는 낯설지 않은 곳이라는 것이겠지. 아무리 그라 해도 처음 오는 곳에서 이런 포진을 만들어내지는 못했을 것이다."

고검이 주변을 둘러보며 말했다.

"그건 그래요. 애초에 이곳의 지형을 숙지하고 있었군요."

추산이 맞장구를 치자 대웅산이 입을 열었다.

"본래 이곳은 혹시라도 있을 남련의 북상을 막기 위해 예전부터 동궁에서 관심을 두고 있던 지역이야. 현각에 이곳 지형에 대한 정보가 충분히 있었을 거야."

"그렇군요. 그런 준비가 있었군요."

대화를 나누는 사이 무불장의 고수들은 십여 장에 이르는 절벽을 등지고 아래로는 가파른 비탈이 이어진 곳까지 도달했다.

"자, 이곳이 우리가 지킬 곳입니다."

앞장서 걸음을 옮기던 고검이 걸음을 멈추며 말했다.

"보자. 크게 위험한 곳은 아니군. 저들이 만검곡을 빠져나가자면 정북의 협곡이거나 그들이 진입해 올 남쪽 입구 쪽을 노릴 테니 이리로 그들이 올 가능성은 거의 없겠어. 더군다나

이렇게 수십 장에 이르는 절벽이 뒤에 버티고 있으니 탈출구
로는 좋지 않은 곳이야. 적이 이쪽으로 이동할 일은 없을 것
같은데……."

능운백이 흡족한 표정으로 주변을 돌아보며 말했다.

"아무래도 무불장을 배려한 모양입니다."

대웅산 역시 주변의 지세를 돌아보며 말했다. 그러나 추산
은 능운백이나 대웅산과 달리 고개를 갸웃하며 입을 열었다.

"꼭 그런 것만은 아닌 것 같은데요."

"그건 또 무슨 말인가?"

대웅산이 묻자 추산이 정색을 하고 대답했다.

"물론 이곳이 절벽으로 가로막혀 있어 퇴로로 적당한 곳은
아니지만 이 절벽에 아랑곳하지 않는 고수라면 오히려 적을
따돌릴 수 있는 좋은 퇴로라 할 수 있지요."

"이 절벽에 아랑곳하지 않을 고수가 있을까?"

대웅산이 고개를 저었다.

"물론 그런 고수가 흔치는 않지요. 하지만 아주 없다고도 말
할 수 없어요. 적어도 귀왕 마천이나 신주마 악불위 두 사람이
라면 말이죠. 물론 그들의 수하 중 몇몇도 가능할지 모르지
요."

순간 사람들의 표정이 급변했다.

"그럼 우릴 배려한 게 아니라……."

대웅산이 허탈한 표정으로 말꼬리를 흐렸다. 그러자 고검이
담담한 표정으로 대답했다.

"아마도 사부님의 존재를 최대한 이용하려는 생각이었겠지. 대하 이존은 뛰어난 재사다. 그가 불리한 세력으로 적을 막는 상황에서 사부님의 힘을 포기할 이유가 없다. 그는 만약의 경우 신주마 악불위가 몇몇 수하를 이끌고 이 절벽을 넘자고 했을 때 그를 막을 사람은 사부님밖에 없다고 생각했을 거다."

그러자 사람들의 시선이 능운백에게로 향했다. 과연 능운백이 이 상황을 받아들일지에 대해 확신할 수 없었기 때문이다.

"뭐, 오랜만에 제대로 된 싸움 한판 하는 것도 나쁘지는 않지. 그리고… 이참에 만 노제의 빚을 갚는 것도 좋겠고, 애초에 만불곡에서 만 노제가 죽어간 것은 주하령 그 아이보다는 신주마 그자의 책임이 더 크다고 할 수 있으니……."

능운백이 별 부담 없는 표정으로 대답했다.

"자신있으세요?"

추산이 걱정스런 표정으로 물었다. 천검 능운백도 천하팔대고수지만 상대 또한 천하팔대고수가 아닌가?

"글쎄, 자신이라기보다는… 뭐 지기야 하겠느냐? 그나저나 그가 이쪽으로 올지 안 올지도 확실치 않은 상황에서 너무 앞서 가는 것 같구나. 일단은 지형을 숙지하고 상황이 어떻게 변하는 지켜보자꾸나."

능운백의 말에 무불장의 고수들이 일제히 고개를 끄덕이고는 찬찬히 주변을 살핀 후 요지에 자리를 잡기 시작했다.

　수룡맹 기습군의 움직임은 예상외로 빨랐다. 동궁 현각의 예상대로라면 적어도 하루 이상의 시간이 더 지나야 모습을 드러냈을 수룡맹 기습군은 급조된 사패의 고수들과 무불장의 고수들이 회계산 만검곡에 들어온 지 하루가 지나지 않아 만검곡 입구에 그 신형을 드러냈다.

　"예측이 틀리지 않았군."

　고검이 나직하게 입을 열었다.

　"그들의 이동 속도를 제외하고는요."

　추산 역시 조금 긴장한 목소리로 대답했다.

　시간은 늦은 오후로 접어들고 있었다. 수백 명의 동궁 고수들이 잠복해 있는 만검곡에는 팽팽한 살기에 어울리지 않게 늦은 오후의 따뜻한 햇살이 내리쬐고 있었다.

　깊은 계곡이라 해가 빨리 질 터이지만 아직은 그늘이 생기지 않은 상황. 본래 사람들의 눈을 피해 움직이는 자들은 어둠을 이용하기 마련이지만 수룡맹의 기습군은 짙은 수림에 몸을 은신한 채 거침없이 만검곡으로 들어서고 있었다.

　"사패의 고수들이 기다리고 있을 거란 생각은 못한 모양이군요."

　추산이 나직하게 중얼거렸다.

　"그들의 이동 경로를 보자면 이곳에서 사패의 고수들을 만날 거라 생각하긴 어려웠을 것이다."

　"저들이 저지될까요?"

　추산이 의구심이 어린 목소리로 말했다.

"쉽지는 않겠지. 사패의 주력 고수들은 모두 토벌대에 포함된 상황이니."

"그래도 각 세력에 몇 명씩의 절정고수가 있으니 그들의 활약을 기대해야겠군요."

"그래야겠지."

고검이 대답을 하며 만검곡 깊숙한 안쪽, 사패의 고수들이 잠복해 있을 지점들을 바라봤다.

지금 만검곡에 집결한 사패의 고수들은 그야말로 급조된 세력이라고 할 수 있었다. 홍택호 대전의 승리 후 앞 다투어 홍택호로 몰려온 사패의 주요 고수들은 모두 수룡맹의 본거지인 암옥, 즉 앙천곡을 공격하기 위해 결성된 토벌대에 포함되어 장강을 거슬러 올라간 후였으므로 지금 만검곡에서 수룡맹의 기습군을 막아내기 위해 모인 사패의 고수들은 그 나머지 세력이었다.

그나마 다행인 것은 강호 전체의 판세를 살피고 그에 대응하기 위해 사패의 주요 노고수 몇몇이 남아 있었다는 것 정도일까. 지금 기대를 걸 수 있는 것은 바로 그 노고수들의 활약이었다.

만검곡의 북쪽 출구는 동궁과 북천무맹에서 맡고 있었다. 북천무맹의 고수들은 전설적인 북천무맹의 노고수 풍도 가한이, 동궁의 고수들은 대하 이존과 홍택호 대전 후 출도한 동궁 육상천 해동이가의 가주 이현암이 맡고 있었다.

만검곡에서 동해로 이어지는 소로가 있는 동쪽은 서패천에서 지키고 있었는데 서패천의 고수들을 이끄는 인물은 서패천 칠대종가 중 하나인 일월장의 장주 일원신검 서융이었다.

그리고 남쪽에서 수룡맹의 퇴로를 차단하는 역할을 맡은 곳은 남련이었는데, 남련은 동궁과 경계를 같이하고 있는 세력이라 북천무맹과 서패천보다 많은 고수를 홍택호에 보냈기에 그 전력이 가장 탄탄했다.

남련의 고수들을 이끄는 사람은 남련십육문에 속하는 해월가의 가주 유고부와 남련 청룡대의 청룡대주이자 남련의 련주 제왕천주 사마륵의 사제인 비검 사마용이었다.

그리고 만검곡의 나머지 서쪽은 천험의 방어막인 절벽으로 둘러싸여 있어 적의 퇴로로 적당하지 않다는 가정하에 능운백과 무불장의 청부사들이 맡게 되었던 것이다.

한편으로는 강호천하 어디에 내어놓아도 빠질 것이 없는 세력. 그러나 정예 중 정예를 몰고 올 수룡맹 기습군에 비하면 어딘지 모르게 부족해 보이는 것이 사실인 전력이었다.

그래서 대하 이존이 세운 전략은 적들을 살상하는 대신 최대한 회계산 만검곡에 잡아두는 것이었다. 앙천곡으로 향한 토벌군과 사패의 본거지에 사발통문을 돌렸으니 만검곡에서 적의 발을 최소한 이삼 일 정도만 묶어둘 수 있다면 오히려 사방에서 몰려올 사패의 고수들로 인해 이 만검곡을 수룡맹의 최후 무덤으로 만들 수도 있다는 것이 대하 이존의 계산이었던 것이다.

"신주마인가요?"

추산이 고개를 갸웃하며 고검에게 물었다. 만검곡은 비록 계곡이라고는 하지만 그 안에 수십 장의 너른 분지와 수림으로 가득 찬 곳이었다. 그래서 만검곡에 들어선 수룡맹 고수들의 면면을 온전히 살피는 것은 아무리 고수라 해도 불가능에 가까웠다.

그런 와중에 만검곡 중심부 짙은 수목이 사라지고 사방으로 트인 이십여 장의 공터에 일단의 무리가 모습을 드러냈다.

"신주마인지는 모르겠지만 천괴 그자가 있는 것은 분명하구나."

수십 장 떨어진 곳에서도 단번에 그 정체를 알아볼 수 있는 인물. 그런 인물은 강호에 흔치 않다. 하지만 마천의 괴고수 천괴라면 누구라도 그를 알아볼 수 있었다. 그와 같은 거대한 신체를 지닌 인물은 강호에 없을 테니까.

"천괴가 있다면 당연히 그 앞쪽의 백발 마의노인은 신주마일 거예요."

"옷차림으로 봐선 그런 것 같구나."

고검도 고개를 끄덕였다.

"아직은 눈치 채지 못한 것 같죠?"

"망설임없이 전진하는 걸로 봐선 그런 것 같군."

고검이 고개를 끄덕이는 사이 어느새 마천 고수들의 뒤를 이어 수룡맹 고수들이 끊임없이 공터를 지나 만검곡의 북쪽으로 이동했다.

"생각보다 많은데요."

추산이 걱정스런 표정으로 말했다.

"그것보다 더 큰 문제가 있구나."

"더 큰 문제라뇨?"

"저자! 귀왕 마천이다."

고검의 말에 추산이 화들짝 놀라 만검곡 중앙으로 시선을 돌렸다. 그리고 잠시 후 믿을 수 없다는 듯 입을 열었다.

"정말… 정말 그란 말인가요?"

"너도 그를 앙천곡에서 보지 않았느냐?"

"하지만 그가 이곳에 나타난다는 것은……."

추산이 말꼬리를 흐렸다. 귀왕 마천이 앙천곡을 비우고 기습군에 포함되어 있다는 것은 수룡맹이 그야말로 이번 기습전을 통해 완전히 현재의 전세를 뒤집겠다는 것을 의미했다. 거기에 더해 현 동궁의 세력권을 오히려 수룡맹의 안방으로 만들겠다는 의도이기도 했다.

"결국 앙천곡은 비어 있겠군요."

"그렇다고 봐야겠지."

"하면 그 많은 수룡맹 고수들은 다 어디에 있는 걸까요? 이곳에 온 자들도 적은 숫자는 아니지만 수룡맹의 세력을 생각하자면……."

"아마도 심처에서 이번 기습전의 결과를 지켜보고 있겠지. 기습이 성공해서 동궁의 본궁을 점령하고 동궁주를 제거한다면 그때 일거에 동궁의 세력권으로 진입해 들 거야. 그리되면 나머지 삼패의 대응도 쉽지 않아지겠지. 사제도 알겠지만 동궁의 세력권은 공격하기 매우 어려운 지역이지 않은가? 더군다나 동해와 접했을 뿐 아니라 장강과 황하의 하류가 남북으로 이어져 있어 수상 전력으로는 강호 최고라는 수룡맹이 이 전쟁을 장기전으로 끌어갈 수 있는 기반이 될 수 있을 것이야.”

“그런 의미에선 귀왕 마천까지 나섰다는 게 이해가 되기는 하네요. 한마디로 사방에서 공격을 받을 수 있는 앙천곡을 버리고 동쪽에 치우친 동궁의 세력권으로 안방을 바꾸겠다는 전략이군요.”

“쉬운 일은 아니지만 성공만 한다면 수룡맹으로서는 더 바랄 게 없는 결과지.”

“에고, 그럼 여기서의 싸움이 더욱 중요해지는군요.”

“수룡맹이 이곳을 통과한다고 해서 현암산의 동궁 본궁을 장악할 수 있을 거라 확신할 수는 없지만 어쨌든 이곳에서의 승패가 양쪽에 중요한 것은 사실이지. 이곳에서 수룡맹을 패퇴시킬 수만 있다면 더 이상 동궁이 위협받을 일은 없을 거야. 전쟁은 끝이 난 것과 마찬가지고 이후에는 수룡맹의 잔존자들에 대한 무림의 사냥이 시작되겠지.”

“휴, 사형의 말을 듣고 나니 적이 긴장되네요.”

“긴장을 풀고 일단 진행되는 상황을 지켜보도록 하자.”

“알았어요, 사형.”

고검과 추산이 이런저런 대화를 나누는 사이 수룡맹의 고수들이 대부분 만검곡 중앙의 공터를 지나 북쪽 협로로 이어지는 숲으로 진입해 들어갔다.

　적이 출현했지만 사패의 고수들은 여전히 숲 속에 몸을 숨긴 채 어떤 움직임도 보이지 않고 있었다. 그렇게 이각여의 시간이 흘렀을까. 차가운 바람이 사람들의 옷깃을 파고들었다. 어느새 만검곡에 서쪽으로부터 그늘이 지기 시작했고, 동쪽 숲의 색깔은 핏빛으로 붉어지기 시작했다. 그리고 한순간 갑자기 서늘한 공기를 뚫고 한가닥 강렬한 충돌음이 터져 나왔다.

　콰콰쾅!

　격렬한 파열음에 만검곡 전체가 흔들거렸다. 동시에 막아놓았던 봇물이 터지듯 사방에서 살기충천한 고함 소리가 들려오기 시작했다.

　"막앗! 한 놈도 통과시키지 마라!"

　아마도 풍도 가한의 목소리일 거라고 고검은 생각했다. 비록 나이가 들어 백발이 되었지만 풍도 가한은 여전히 무림의 호랑이였다. 천하팔대고수의 반열에 이르지는 못했어도 그의 존재를 무시할 수 있는 자는 당금 무림에 존재하지 않았다. 자연스럽게 현재 사패의 고수 중 중심이 되고 있는 인물은 그였으며, 특히 수룡맹의 고수들이 이동한 북쪽 협로를 지키고 있는 사람들은 북천무맹과 동궁의 고수들이었다. 당연히 그 중심에 풍도 가한이 있을 터였다.

차차창!

"크아앗!"

폭풍 같은 격전의 굉음이 만검곡을 휘감았다. 거대한 아름
드리나무들이 쓰러져 내리고 곳곳에서 죽어가는 자와 산 자가
내지르는 비명 소리와 고함 소리가 터져 나왔다.

"대단하군요."

추산이 살짝 몸을 떨었다. 자세히 보이지는 않았지만 충천
하는 도기와 검기, 그리고 들려오는 소리만으로도 계곡 북쪽
에서 벌어지는 싸움이 얼마나 치열한지 능히 짐작할 수 있었
다.

"승패가 쉽게 갈리지 않는 것 같은데요?"

추산이 긴장한 듯 혀를 내밀어 입술을 축이며 말하자 고검
이 뒤쪽으로 시선을 돌리며 말했다.

"조금 기다려 보거라. 접전일 경우 서패천과 남련도 움직이
기로 했으니……."

고검의 말이 끝나기가 무섭게 만검곡의 동쪽과 남쪽 입구
좌우로부터 일단의 무인들이 모습을 드러내더니 무서운 속도
로 북쪽을 향해 움직였다. 그리고는 순식간에 나무들이 무성
하지 않은 공터를 지나 치열한 격전이 벌어지고 있는 북쪽을
향해 달려갔다.

쐐애액!

동시에 서패천과 남련의 고수들이 달려나가는 방향으로 날
카로운 파공음과 함께 화살이 떠올랐다.

"웬 화살이죠?"

"운 좋게도 남련의 고수 중 벽력문의 고수가 수십 명 있더구나."

"벽력문이라면……?"

"화탄과 궁술의 달인들이지. 수룡맹에 적지 않은 부담이 될 것이다."

고검의 말은 그대로 들어맞았다. 남쪽에서부터 치고 올라가며 쏘아 올린 벽력문 고수들의 화살이 전장에 떨어지는 순간 거대한 폭음 소리가 터져 나왔다.

콰콰쾅!

무림에서 화탄의 사용은 그리 큰 위협이 되지 못하지만 이런 난전에서는 적에게 적지 않은 부담이 되는 것이 사실이었다.

"크아악!"

화탄이 터짐과 동시에 거친 비명 소리가 터져 나왔다. 그리고 잠시 후 숲이 움직이기 시작했다.

"물러나는군요."

"일단 방어에 성공한 모양이군."

고검의 말이 끝나기가 무섭게 북쪽으로 치고 올라갔던 남련과 서패천의 고수들이 일제히 다시 남쪽과 동쪽으로 밀려 내려왔다. 그리고 그 뒤를 따라 수백에 이르는 수룡맹의 고수들이 만검곡 중앙 공터에 모습을 드러냈다.

그들은 일단 만검곡의 중앙에 다다르자 더 이상 움직이지 않고 둥글게 원형으로 포진하기 시작했다. 그사이 북쪽으로 치고 올라갔던 서패천과 남련의 고수들은 어느새 감쪽같이 숲으로 모습을 감췄다.

"수룡맹의 손실이 그리 큰 것 같지는 않군요."

"어차피 사패의 목적은 적의 진격을 막는 것이었으니 적을 살상하기 위해 무리하지는 않았을 것이다. 그래서 남련도 적의 허점을 노려 기습을 한 후 싸움에 뛰어들지 않고 퇴각한 것이고."

"이번 싸움으로 저들이 이곳에 모인 사패의 세력이 그리 대단치 않다는 것을 눈치 채지 않았을까요?"

"그랬겠지. 그래서 저렇게 사방에서 바라보이는 곳에 진을 치고 향후의 일을 논의하고 있지 않겠느냐? 하지만 그렇다고 함부로 행보를 결정하지는 못할 거야. 전면전이 아닌 이상 미리 만검곡의 요지를 선점한 사패의 방어막을 뚫기 쉽지 않다는 걸 알 테니까."

"결국 그들이 선택할 수 있는 길은 두 가지군요. 계속 진격하여 어떡하든 북쪽 길을 뚫고 현암산으로 진격하거나, 아니면 자신들의 비책이 드러났으니 후퇴하여 후일을 도모하든지……."

"돌아가기는 쉽지 않을 거다. 이곳에서 물러난다면 저들은 끊임없이 사패에게 쫓기게 될 거야. 그리고 그러다가 결국 몰락하고 말겠지. 현암산 동궁 본궁에 대한 기습은 저들로서도 마지막으로 선택한 비책일 테니 여기서 중지하지는 않을 거다. 아마도 동서남북 사방 중 어느 한쪽의 길을 선택해 길을 열 것이다.”

고검이 장담하듯 말했다. 추산 역시 고검의 생각과 다르지 않았다. 홍택호 대전 이후 수룡맹은 궁지에 몰린 쥐였다. 궁지에 몰린 쥐가 선택할 수 있는 최후의 방법은 오직 하나, 자신을 쫓는 고양이를 무는 것밖에 없었다.

그러나 만검곡의 험지에 갇힌 상황에서 사패의 방어막을 뚫는 것은 녹록치 않았다. 만검곡의 중심부는 넓은 분지였지만 사방으로는 거친 산과 암벽이 둘러싸여 있어 한 번 들어서면 좀체 밖으로 빠져나가기가 쉽지 않은 곳이기 때문이었다.

비록 지금 만검곡에 들어 있는 수룡맹과 마천 고수들의 전력이 만검곡을 지키고 있는 사패의 전력보다 훨씬 강하다고 해도 먼저 요지를 선점한 자들의 이점이란 언제나 서너 배의 전력의 열세를 감당할 수 있는 법이었다.

자연스럽게 수룡맹의 결정은 늦어졌다. 어느새 노을에 붉게 물들었던 만검곡이 어둠에 휩싸였다. 적의 공격이 없을 거란 걸 확신하는 듯 수룡맹의 고수들은 대담하게도 자신들의 진영 주위에 횃불을 밝혔다.

“대담하군요.”

추산이 횃불을 밝히는 수룡맹의 고수들을 보며 중얼거렸다.

“천하팔대고수 중 둘이 있다. 저 정도 배포야 당연한 일이지.”

고검이 담담한 목소리로 말했다.

“하지만 저 횃불들이 꺼졌을 때 정말 무서운 일이 벌어지겠지요?”

“그렇겠지. 그 순간 저들이 움직일 테니까. 그리고 그때는 아무리 사패라 해도 저들의 진격을 막아내기 쉽지 않을 거다. 저들은 어떤 대가를 치르더라도 길을 열고 말 테니까.”

“휴우, 그들이 선택하는 곳이 이곳이 아니길 바라야겠군요.”

“옳은 말이다.”

고검이 고개를 끄덕였다.

세상사는 대부분 바라지 않는 쪽으로 일이 진행되기 마련이다. 수룡맹의 진영에 횃불이 밝혀진 지 반 시진이 지났을 때, 갑자기 수룡맹 진지를 밝히던 횃불이 순식간에 꺼졌다. 그리고 어둠 속에서 수백 인의 고수가 움직이는 소리가 조용하면서도 서늘한 기운을 품고 흘러나오기 시작했다.

그런데 수룡맹 고수들의 움직임 소리에 귀 기울이고 있던 대웅산의 입에서 거친 욕지거리가 흘러나왔다.

“이런 망할 놈들! 겨우 선택한 곳이 이쪽이란 말이야!”

과연 수룡맹과 마천의 고수들은 무불장 고수들이 지키고 있는 서쪽 절벽을 향해 전진하고 있었다. 그들은 절벽이 가로놓여진 서쪽을 지키는 사패의 세력이 적을 거라 판단하고 오히려 그 허점을 노려 서쪽에서 활로를 찾기로 결정한 것이다.

第九章

절정

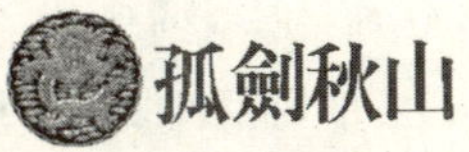

"귀찮게 됐군, 풰!"

능운백이 가뜩이나 추안인 얼굴을 찌푸리며 침을 내뱉었다. 장내의 고수 중 누구보다도 먼저 수룡맹 고수들의 움직임을 파악한 능운백이었다.

이백을 넘는 수룡맹 고수들, 그것도 수룡맹에서 날고 긴다는, 고르고 고른 고수들이 겨우 무불장 고수 일곱이 지키고 있는 곳으로 돌진해 오고 있었다. 이건 아무리 천하팔대고수 천검 능운백이라 해도 쉽게 감당할 수 있는 일이 아니었다.

무불장 고수들이 갑작스런 상황에 당황하고 있을 때 고검은 침착하게 주변을 살피고 있었다. 비록 지금도 서쪽의 절벽을 등진 채 요지를 지키고 있는 무불장 고수들이었지만 지금 이

대로 수백의 절정고수들을 맞을 수는 없었다.

"자리를 옮기죠."

나직하면서 침착한 고검의 목소리가 흘러나왔다.

"이곳을 포기한단 말이우?"

자존심이 상한 듯 대웅산이 물었다. 아무리 위급한 상황이라도 대무불장에서 적을 피한 적이 있던가?

"그게 아니라 적을 맞이하기에 조금 더 유리한 장소로 가잔 말이다."

"아! 그렇군요. 난 또… 흐흐."

대웅산이 위급한 상황에서도 실소를 흘려냈다.

"어디가 좋겠느냐?"

능운백이 묻자 고검이 손을 들어 수직으로 서 있는 수십 장의 너른 절벽 한가운데 한두 사람의 몸이 들어갈 만큼 좁게 파여 있는 부분을 가리켰다.

"저 중턱에서 적들을 맞이하면 견딜 수 있을지도 모르겠습니다."

그러자 무불장 고수들의 시선이 일제히 고검이 가리킨 곳으로 향했다. 과연 고검이 말한 곳은 적으로서는 절벽으로 타고 오르기에 가장 적당한 지점이면서도 또한 한 사람이 능히 백인을 상대할 수 있는 요처이기도 했다.

"좋은 곳이에요. 저들도 이곳에 도착하면 무턱대고 절벽을 오르는 대신 오르기 쉬운 길을 찾을 것이 분명하니 반드시 저쪽으로 올 거예요. 저곳에서 잠시 그들을 막아내면 사패의 고수들이 그들의 후방을 칠 테니 그들도 물러나지 않을 수 없을 거예요."

추산이 고개를 끄덕이며 말했다.

"하지만 역시 위험한 일이다. 목숨을 걸어야 할 거야."

목숨을 걸어야 할 일이라고 말하면서도 고검의 표정은 담담하다.

'사형의 모습을 보고 누가 목숨 걸 일이라고 생각하겠어요. 역시 이 추산의 사형이에요.'

추산이 듬직한 고검의 모습에 내심 불안했던 마음을 가라앉히는 사이, 어느새 고검이 먼저 신형을 날려 자신이 지목한 곳으로 이동했다.

무불장 고수들이 도착한 곳은 확실히 소수의 인원으로 다수의 적을 맞아 싸우기에 적합했다. 또한 이 소로를 통하면 능히 절벽을 넘어 만검곡을 벗어날 수 있는 요로이기도 했다.

고검과 무불장의 고수들은 지상으로부터 절벽 틈 소로를 따라 십여 장 높이에 있는 움푹 파인 지점에 자리를 잡았다. 몇 그루의 소나무가 척박한 땅에 뿌리를 내리고 기이한 모양으로 자라 있어 무불장 고수들의 신형을 가려주었다.

"생각보다 더 좋군."

능운백이 고개를 끄덕였다.

"얼마나 견디면 될까요?"

추산이 고검에게 물었다.

"글쎄. 사패의 고수들도 저들의 움직임을 주시하고 있을 테니 오래 걸리지는 않을 거야. 대략 이각 안쪽이면 되겠지."

"그리 긴 시간은 아니군요. 그런데 다른 길을 통해 귀왕 마천과 신주마 악불위 등 일부 고수만 벗어나려 하면 어쩌죠?"

"그야 그냥 놓아두어도 상관없는 일이다. 저들의 목적은 동궁 본궁을 기습하는 것인데 수뇌 겨우 몇 명만 이곳을 벗어난다면 그 계획은 틀어지게 될 테니까. 결국 저들은 전원이 이곳을 벗어나는 길을 택할 거다. 사실 그렇지 않고 귀왕이나 신주마 자신들의 안위만 생각한다면 아무리 사패의 고수들이 만검곡을 포위하고 있다 해도 이곳을 벗어나지 못할 인물들은 아니니까."

고검의 말에 추산이 고개를 끄덕였다. 고검의 말이 옳았다. 신주마 악불위와 귀왕 마천이 단신으로 이곳을 벗어나고자 한다면 천하에 그들을 막을 사람이 누가 있겠는가? 설혹 같은 천하팔대고수들이라 할지라도 그들이 도주하기로 마음먹는다면 그 발목을 잡을 수는 없을 터였다.

"결국 이 길만 지키면 되는 거군요."

추산이 주변을 돌아보며 말했다. 싸늘한 밤기운이 온몸의 솜털을 돋게 했다.

'아니, 저들의 살기 때문인가?

추산이 슬쩍 팔뚝의 소름을 다른 쪽 손으로 쓰다듬으며 절벽 아래 작지 않은 공터에 모습을 드러내는 수룡맹의 고수들을 보며 생각했다.

삭!

절정고수라도 귀를 기울이지 않으면 결코 알아채지 못할 만큼 작은 소음이 일어났다. 그러나 그 결과는 충격적이었다.

"큭!"

"끄으윽!"

두 마디 신음성과 함께 수룡맹 고수 둘, 가장 선두에서 절벽쪽으로 길을 열고 있던 고수 둘이 그 자리에서 피를 토하며 쓰러졌다.

"웬 놈이냐?"

그의 뒤를 따르던 수룡맹 고수들이 분노와 두려움이 동시에 느껴지는 목소리로 소리쳤다. 그러나 그들의 동료 둘을 죽음으로 몰아넣은 자는 전혀 그 기척을 드러내지 않았다.

어둠 속의 살인자. 동료가 죽은 것보다 어둠 속에 치명적인 살수를 전개하는 자가 숨어 있다는 것이 수룡맹 고수들을 더욱 공포스럽게 만들었다.

수룡맹 고수들은 전진을 멈추고 거대한 절벽이 뒤쪽을 가로막고 있는 공터 입구에서 모여 섰다.

"역시 조 노사군요."

나직한 목소리로 추산이 고검에게 속삭였다.

"이럴 때는 조 노사만큼 위험한 고수가 없지."

고검은 전혀 놀랍지 않다는 듯 대답했다. 조오현은 금릉에서 수룡맹 고수들의 움직임을 전한 후 금오표국으로 돌아가지 않고 무불장의 고수들과 동행했다.

당분간 금오표국에 표행이 없을 거란 말과 일생일대의 싸움을 구경할 기회를 놓치고 싶지 않다는 말은 아마도 핑계에 지나지 않았으리라. 조오현은 수룡맹 기습군의 진로를 막아내는 이번 일이 사패의 고수들에게나 무불장의 고수들에게도 무척 위험한 일이라는 것을 잘 알고 있었다. 단 한 사람의 고수라도 더 필요한 일이라는 것도 물론. 아마도 그래서 조오현은 무불장의 고수들과 기꺼이 동행했을 것이다.

그가 살수의 업을 접고 천하를 떠돌 때 십 년 동안 그에게 안식처를 제공한 곳이, 그리고 그의 의형제들이 모두 죽음의 덫에 걸려 노륙지에서 죽어갈 때 그 복수를 행하고 그의 의형이 남긴 유업 금오표국을 되살리게 해준 곳이 무불장임을 잊지 않고 있기 때문이었다. 그리고 지금 조오현은 전장의 가장 선두에서 자신이 진 빚을 갚고 있었다.

"무슨 일인가?"

듣는 것만으로도 두려움이 느껴지는 목소리. 절벽 사이 소로의 중턱에 몸을 숨기고 있던 고검과 추산, 그리고 무불장의 고수들이 자신도 모르게 긴장으로 몸을 떨었다.

흑의에 반백의 머리, 깊고 어두운 눈, 낮으면서도 위엄있는 목소리. 드디어 수룡맹의 주인 귀왕 마천이 어둠 속에서 모습을 드러냈다.

"숨어 있는 살수가 있는 모양입니다."

동료의 죽음 앞에 걸음을 멈췄던 수룡맹 고수가 급히 고개

를 숙이며 대답했다. 수하의 말에 수룡맹주, 과거는 암옥의 제
왕이라 불리던 귀왕 마천이 묵묵히 죽어 있는 두 명의 수하를
내려다봤다.

"좋은 솜씨군."

귀왕 마천은 역시 무인이었다. 죽은 자에 대한 동정이나 죽
인 자에 대한 분노보다도 죽은 자의 몸에 난 상흔에 감탄사를
흘려내는 귀왕 마천이었다.

"아마도 전문적으로 살법을 익힌 자 같소만……."

누구도 눈치 채지 못한 사이 마치 혼령처럼 귀왕 마천의 뒤
쪽으로 한 명의 인물이 다가서며 입을 열었다. 귀왕 마천은 수
룡맹의 주인. 그 귀왕 마천에게 하는 말투로 보건대 귀왕 마천
조차도 함부로 대할 수 없는 인물이 분명했다.

"그군요."

추산이 재빨리 고검에게 전음을 보냈다. 귀왕 마천과 신주
마 악불위와 같은 인물들이 모습을 드러냈는데 입을 열어 말
을 한다는 것은 위험하기 짝이 없는 행동이었다.

"그렇구나. 과연 저 두 사람이 함께 있구나."

익히 알고 있던 사실이지만 귀로 소식을 전해 듣는 것과 직
접 눈으로 보는 것에는 큰 차이가 있다. 지금 고검과 추산 두
사형제의 눈앞에는 천하팔대고수 중 두 명이 모습을 드러내고
있었다.

"조 노사는 괜찮을까요?"

"이미 장내를 벗어났을 거다. 애초에 그들의 걸음을 이곳에

멈추게 하고 그들에게 경고를 하는 것이 목적이었으니까. 그 것만으로도 우린 적지 않은 시간을 벌게 된 것이지."

고검과 추산이 전음으로 대화를 나누는 사이 귀왕 마천과 신주마 악불위가 고개를 들어 주위를 살폈다. 극강의 경지에 이른 두 고수의 움직임에 무불장의 고수들은 물론 수룡맹의 고수들 역시 두려운 눈으로 두 사람의 모습을 지켜보고 있었다.

"과연 대단한 자군. 벌써 장내를 벗어나다니……."

신주마 악불위가 중얼거렸다. 그의 가공할 무위에도 조오현의 흔적은 잡히지 않은 모양이었다.

"비록 이쪽이 절벽에 가로막혀 있기는 하지만 사패에서 방비를 하지 않았을 리 없소."

귀왕 마천이 담담히 말했다.

"하지만 이렇게 암중에 손을 쓰는 것을 보니 역시 다른 쪽과 달리 대대적인 고수들이 투입된 것은 아닌 모양이오. 역시 이쪽을 선택하길 잘한 모양이외다."

악불위의 말에 마천이 고개를 끄덕였다.

"그런 것 같소. 저 절벽 사이의 소로를 타고 넘는다면 사패의 무리가 몰려오기 전에 이 만검곡을 벗어날 수 있을 것이오. 앞서 겪어본 사패의 전력은 생각보다 약했소. 더군다나 우릴 만검곡 중앙에 몰아두고도 공격해 오지 않는다는 것은 그들이 우리의 움직임을 눈치 챘지만 미처 앙천곡으로 보낸 주력을 되돌리지 못했다는 의미. 이곳을 벗어나기만 하면 동궁의 본궁이 있는 현암산은 우리 손에 들어오게 될 것이오.”

귀왕 마천의 말에 악불위가 천천히 고개를 끄덕이며 앞으로 나섰다.

“시간을 다투는 일이니 수하들에게만 맡기고 있을 수는 없을 것 같구려. 내가 나서리다.”

“신주마께서 직접 나서실 것까지야…….”

귀왕 마천이 당황한 듯 말했다. 아무리 상황이 다급하더라도 수백 명의 수하를 두고 자존심 강한 천하팔대고수 신주마 악불위가 몸소 앞에 나선다는 것은 의외의 일이었다.

“자존심보다야 확실하게 일이 성사되는 것이 우선이지 않겠소이까?”

신주마 악불위가 씁쓸한 미소를 짓고는 성큼 앞으로 나섰다. 아마도 명목상으로라도 귀왕 마천이 이 집단의 수장이고 자신은 그의 아래에 있는 상태라는 것이 썩 달갑지 않은 모양이었다. 그렇지 않았다면 그가 아니라 귀왕 마천이 앞으로 나섰어야 하리라.

“따르겠습니다.”

신주마 악불위의 뒤쪽으로 산 같은 체구의 사내가 거대한 도를 손에 들고 따라나섰다. 천괴였다. 천괴의 뒤를 따라 몇몇 마천의 고수들이 함께 앞으로 나섰다. 그러자 신주마 악불위가 고개를 저었다.

“길이 좁아. 천괴만 따르도록!”

순간 마천의 고수들이 일제히 고개를 숙여 보이고는 뒤쪽으로 물러났다. 그렇게 천괴 한 사람만을 대동한 신주마 악불위가 천천히 절벽 사이의 소로를 향해 다가오기 시작했다.

"어쩌죠?"

추산이 재빨리 고검에게 전음을 보냈다. 그러자 고검이 망설이지 않고 무불장의 고수들이 모두 들을 수 있게 전음을 흘려냈다.

"신주마는 나와 사제가, 천괴는 웅산 아우가 맡는다!"

비록 능운백이 있었지만 사부를 앞세울 고검이 아니었다.

"흐흐, 대단한 싸움이 되겠구려."

대웅산은 위급한 상황에서도 천괴와의 대결이 기대되는지 흥분한 기색으로 전음을 흘려냈다.

"조심하게. 성급하게 덤비지 말고."

대웅산을 향해 고검의 경고가 이어졌다.

"흐흐, 걱정 마시우. 싸움 한두 번 하는 것도 아니고……."

대웅산이 능글맞게 대답하자 고검이 이번에는 추산에게 전음을 보냈다.

"사제가 먼저, 내가 나중에."

고검의 전음에 추산이 군소리없이 고개를 끄덕였다. 얼핏 생각하면 천하팔대고수 신주마 악불위를 상대하는 데 사제인 추산을 앞세운다는 것이 이해되지 않았지만 두 사람이 익히고 있는 무공을 생각하면 당연한 결정이었다.

백일검의 저주를 치료하면서 몇 단계의 진보를 이룬 추산의 공력 덕분에 추산의 유성검은 강호에 그 상대를 찾을 수 없는 쾌검의 정수에 도달해 있었다.

그러므로 추산의 유성검으로 악불위를 기습하고 뒤이어 고검의 무거운 중검으로 당황한 악불위를 공격하는 것이 가장 적합한 합공의 방법이었다.

"그럼 갈게요."

추산이 짧게 전음을 보내고 나서 미세한 움직임으로 조금씩 절벽 아래로 신형을 옮기기 시작했다. 접근할 수 있을 만큼 접근하는 것이 기습하는 자의 기본. 추산은 최대한 신주마 악불위와 거리를 단축하기 위해 노력하고 있었다.

'확실히 공력이 늘긴 늘었군.'

어둠 속에서 은밀히 움직이는 추산을 보며 고검이 생각했다. 과거의 추산이라면 벌써 그 기척이 신주마 악불위에게 발각되었을 테지만 지금의 추산은 과거의 그와는 확연히 달라져 있었다.

어느새 절벽 아래에 도착한 신주마 악불위가 고개를 들어 절벽 사이에 난 협로를 올려보고 있었지만 여전히 어둠과 키 작은 나무들의 그늘을 따라 움직이는 추산을 발견하지는 못하고 있었다.

그렇게 두 사람의 거리가 오 장 안쪽으로 좁혀들었다. 그러는 사이 절벽 사이의 협로를 살피던 신주마 악불위가 협로에 한 발을 올려놓고 뒤를 돌아보며 말했다.

"다행히 길을 지키는 자들은 없는 모양이외다."

신주마 악불위의 말에 멀찍이 떨어져 있던 귀왕 마천이 대답했다.

“그럼 서둘러 오르기로 합시다.”

마천의 말에 악불위가 고개를 끄덕였다. 그리고는 막 신형을 돌리려는 바로 그 순간 추산이 움직였다.

번쩍!

다섯 줄기의 청명한 검기가 절벽 사이에서 일어났다. 그때까지는 신주마 악불위도, 멀리서 악불위의 움직임을 지켜보고 있던 수룡맹의 고수들도 그 빛의 존재를 깨닫지 못했다. 그러나 다음 순간,

“앗?”

“엇!”

천하제일의 고수를 다투는 악불위와 귀왕 마천의 입에서 동시에 다급성이 터져 나왔다. 귀왕 마천은 드디어 절벽 사이의 어둠 속에서 터져 나온 다섯 줄기의 빛줄기를 보았기 때문이고, 신주마 악불위는 다섯 방위에서 자신의 사혈을 노리고 닥쳐드는 강력한 기파를 느꼈기 때문이다.

스슥!

비록 입으로는 다급성을 내뱉었지만 신주마 악불위의 움직임은 미려하기 이를 데 없었다. 단지 한 걸음을 뒤로 물러서는 동작만으로 그의 신형은 서너 장 뒤로 물러나고 있었다.

그러자 절벽에서 튀어나온 다섯 줄기의 검기가 마치 먹이를 노리는 뱀처럼 신주마를 따라붙었다.

“감히 이 신주마의 앞을 막다니……!”

신주마 악불위가 감히 자신에게 공격을 가하는 자에 대해 분노를 터뜨리며 두 손을 가볍게 휘저었다.

콰콰콰쾅!

순간 절벽이 무너져 내릴 듯한 거대한 충돌음이 터져 나왔다. 동시에 추산이 뻗어낸 다섯 줄기의 검기가 악불위의 장력과 충돌하면서 사방으로 비산했다.

"늙은이, 확실히 제법이야!"

추산의 입에서 상대를 도발하는 목소리가 터져 나왔다. 그러나 신주마 악불위는 추산의 도발에 전혀 흥분하지 않았다. 급히 장력을 뻗어내 막아내기는 했지만 두 팔을 통해 느껴지는 이 거대한 공력은 그가 수십 년 무림을 종횡하면서 좀처럼 만나보지 못한 막강한 것이기 때문이었다. 그런데 천하팔대고수인 신주마 악불위를 놀라게 만든 것은 이것이 전부가 아니었다.

추산이 뻗어낸 다섯 줄기의 검기와 악불위의 장력이 충돌하면서 만들어낸 극렬한 혼란 속에서 한순간 주먹 크기의 빛 덩어리가 어두운 야공으로 솟아올라 신주마 악불위의 머리 위에 멈춰 서듯 하더니 갑자기 상상할 수 없는 속도로 악불위를 향해 떨어져 내렸던 것이다.

"음!"

공격당하는 신주마 악불위보다도 전장을 바라보고 있던 귀왕 마천의 입에서 작은 신음성이 흘러나왔다. 지금 신주마 악불위를 향해 퍼부어지는 공격은 그조차도 쉽게 감당할 수 없는 고절한 것이었기 때문이다.

"하앗!"

신주마 악불위가 언제 이런 기합성을 입 밖에 내어보았겠는가. 천하의 고수라는 자 중 그의 손 하나를 감당할 수 있는 자조차도 쉽게 찾아볼 수 없었다.

그런데 그런 신주마가 입으로 기합성을 토해내며 붉게 상기된 얼굴로 허공을 향해 재빨리 일권을 뻗어내고 있었다. 그러면서도 그의 신형은 어느새 서 있던 자리에서 일 장 옆으로 이동하고 있었다.

쿠웅!

처음 추산의 검기와 충돌했을 때와는 또 다른 충돌음. 조용하면서도 그러나 훨씬 강력한 무게감이 느껴지는 충돌음이 일어났다. 그리고 나타난 결과는 장내의 모든 고수들을 경악시켰다.

콰쾅!

천하팔대고수 신주마 악불위가 뻗어낸 권장을 내리누르며 흰 빛 덩어리가 신주마 악불위의 몸을 스치며 땅에 꽂혀 내렸던 것이다.

"이놈들!"

두 번의 연속되는 공격을 막아낸 신주마 악불위의 입에서 분노 가득한 목소리가 흘러나왔다. 천하에 군림하던 그의 옷자락이 고검의 공격에 의해 거칠게 찢어져 있었다. 찢어진 옷 속으로 단단한 악불위의 몸이 언뜻 내비쳤다.

무공을 완성하고 무림에 출도한 후 처음으로 당해보는 치욕적인 상황에 신주마 악불위의 눈에서 시퍼런 한광이 줄기줄기 쏟아져 나왔다. 그리고 그렇게 한광을 담은 눈으로 악불위가 자신을 곤경에 빠뜨린 자들을 바라봤다.

"네놈들은!"

순간 신주마 악불위의 입에서 또 다른 의미의 외침이 터져 나왔다. 한 번의 공격을 마치고 절벽 아래 평지 위에 내려선 고검과 추산이 아무런 대답 없이 노성을 발하는 신주마 악불위를 바라보고 있었다.

"무불장의 황금충들이 사패에게 붙었느냐?"

악불위 대신 거대한 체구의 천괴가 노한 음성을 토해냈다.

"흐흐, 대마천의 고수들께서 수룡맹의 개가 된 것만큼 놀랄 일은 아니지."

천괴의 노성에 어두운 절벽의 협로에서 천괴만큼은 아니지만 사람들을 위압할 만한 몸집을 지닌 대웅산이 걸어나오며 대답했다.

"네놈은……!"

그런 대웅산을 노려보며 천괴가 신음하듯 중얼거렸다.

"참으로 질긴 인연이지? 자, 싸움에도 다 상대가 있는 법. 고수들은 고수들끼리 놀라고 하고 자넨 나와 좀 놀아보세."

대웅산이 걸쭉한 목소리로 천괴에게 말했다. 그런 대웅산의 능글맞은 반응에 천괴가 잠시 할 말을 잃고 있는 사이 신주마 악불위가 고검을 보며 입을 열었다.

“또 너희들인가?”

“그렇게 되었소이다.”

고검이 낮고 차가운 목소리로 대답했다. 순간 악불위가 뭔가 떠오른 듯한 표정으로 재빨리 입을 열었다.

“하령은 어찌 되었느냐?”

아무리 천하팔대고수이자 강호 최대의 악인으로 불리는 악불위라 할지라도 손녀의 생사는 궁금한 모양이었다.

“흥, 빨리도 물어보는군.”

추산이 비웃듯 말했다. 위기에 빠진 손녀를 놓아두고 도주한 그의 행동을 조롱하는 것이었다. 물론 그 조롱의 의도는 그의 심기를 흔들려는 것이었지만, 악불위는 전혀 흔들림이 없었다. 그는 무언의 눈빛으로 고검과 추산에게 대답을 요구했다.

“상상에 맡기겠소.”

고검이 대답했다. 그리고 이 대답은 추산에게조차 놀라운 대답이었다. 추산은 당연히 고검이 그녀가 살아 있다고 말할 것이라 생각했다. 평소 고검은 거추장스런 심기 싸움 따윈 하지 않는 위인이었다. 그런데 그 고검이 지금 악불위의 심기를 흔들려고 하고 있었다.

‘사형이 이런 귀계를 쓰다니, 확실히 천하팔대고수가 무섭긴 무섭군. 그나저나 이자의 심기가 흔들렸으니 어느 쪽으로 움직이려나?’

추산이 내심 악불위에 대한 고검의 대응에 놀라며 악불위의 다음 행동을 기다렸다.

그러나 고검의 대답에도 외면적인 악불위의 모습은 변화가 없었다. 그러나 아무리 고수라도 그 또한 인간. 그의 눈빛이 변했다는 사실을 고검과 추산은 순식간에 알아챘다.

"애초에 무불장과 본 천은 악연이었지."

악불위가 중얼거리듯 말했다.

"먼저 시작한 쪽은 그쪽이오."

고검이 담담히 응수했다. 그러자 악불위가 가는 미소를 지었다. 소름 끼치는 살기가 느껴지는 미소. 추산의 등줄기를 따라 차가운 한기가 차올랐다.

'두렵다.'

추산은 자신도 모르게 악불위에 대해 두려움을 느꼈다. 그와 도검을 겨뤄보지 않은 것은 아니었으나 그의 이 한줄기 미소는 오히려 도검을 마주할 때보다 더한 공포감을 일으키는 것이었다.

"애초에 능운백이 자운의 후인을 제자로 들인 것부터 일이 어그러진 것이지. 하지만 지난 시절의 인연이야 따져 무엇 하랴. 어차피 오늘 우리는 도검을 맞대고 목숨을 겨루고 있는데… 너희들을 무릎 꿇리고 하령의 행방을 물어보마. 그 대답 여하에 따라 네놈들의 죽을 모습도 결정되리라."

"가능하다면!"

고검이 한차례 고개를 끄덕였다. 순간 추산이 고개를 절레 절레 흔들었다. 악불위도 악불위지만 사형 고검의 대응 또한 악불위 못지않은 대고수의 풍모가 묻어나고 있었기 때문이다.
그러자 갑자기 추산의 마음속에서도 상대에 대한 자신감이 솟
아나기 시작했다.

'따지고 보면 사형과 나 두 사람이 힘을 합치면 천하팔대고
수라도 두려우랴!'

추산이 내심 마음을 다잡는 사이 갑자기 뒤쪽에 있던 수룡
맹주 귀왕 마천이 다가오며 입을 열었다.

"무불장이라……. 언제나 중요한 순간이면 무불장과 마주
치는군. 그런데 그대의 사부도 왔는가?"

귀왕 마천은 악불위보다 조금 더 현실적이었다. 이곳에 지
금 천검 능운백이 있느냐 없느냐는 수룡맹의 입장에서는 무척
중요한 문제였다. 능운백 한 사람의 존재가 만검곡을 벗어날
수 있는가 없는가를 결정할 만큼. 그러나 고검의 대답은 역시
모호했다.

"그 또한 상상에 맡기겠소."

그러자 악불위가 마천을 돌아보며 말했다.

"이 두 애송이는 내가 맡겠소이다. 혹, 천검 그자가 모습을
드러낸다면 맹주께서 맡아주시구려."

악불위의 말에 마천이 순순히 고개를 끄덕였다. 지금으로서
는 그것이 최선이었다. 능운백이 있는지 없는지도 모른 채 자
신까지 싸움에 끼어들 수는 없었다. 그리고 신주마 악불위라
면 아무리 뛰어난 무재를 지녔다고 알려진 무불장의 두 사형
제라도 능히 무릎을 꿇릴 수 있을 거란 믿음이 있었다.

"시간이 촉박하오."

귀왕 마천이 뒤로 물러나며 말했다.

"알고 있소이다. 최대한 빨리 끝내겠소."

대답을 한 악불위가 고검과 추산을 향해 돌아섰다. 그리고는 천천히 두 팔을 들어 올렸다.

"마총에서 못다 한 승부를 겨루도록 하자!"

악불위가 고검과 추산을 서늘한 눈빛으로 노려보며 말했다. 이미 그의 두 손에는 강력한 진기의 기운이 깃들며 주변의 공기를 끌어들이고 있었다.

우우웅!

마치 쌍둥이처럼 고검의 마검과 추산의 선검이 울음을 토해내기 시작했다. 이 신령스런 기운이 깃든 검들 또한 그들의 주인이 맞이한 적이 얼마나 대단한지 본능적으로 느끼고 있는 모양이었다.

고검과 추산이 서로를 바라봤다. 두 사형제가 허공에서 가볍게 눈으로 대화를 나눴다. 그리고는 한 발씩 뒤로 물러나 악불위와 정삼각의 대형을 이루며 갈라섰다.

"우리 싸움은 뒤로 미루지?"

대웅산은 고검과 추산이 천하팔대고수 악불위와 벌이는 싸움 구경을 놓치고 싶지 않았다. 그래서 천괴에게 자신들의 싸움을 미루자는 제안을 던지고는 훌쩍 뒤로 물러났다.

"조금 더 살려두는 것도 나쁘지는 않겠지. 하지만 잠시 후 네놈의 몸을 갈가리 찢어주마!"

천괴가 흉포한 미소를 지으며 역시 뒤로 물러났다.

"망할 놈! 입만 살아서……."

대웅산이 그런 천괴를 향해 투덜거리며 막 격돌하기 시작한 고검과 추산의 싸움으로 시선을 돌렸다.

팟!

역시 먼저 시작한 것은 추산이었다. 추산의 선검에서 만들어진 다섯 줄기의 검기가 빛보다 빠른 속도로 악불위에게 짓쳐들었다. 순간 악불위의 한 손이 맹렬하게 허공을 휘저었다. 그러자 악불위를 향해 닥쳐들던 추산의 검기가 악불위의 손짓에 따라 휘어지기 시작했다.

"엇!"

추산의 입에서 자신도 모르는 사이에 당혹스런 음성이 흘러나왔다. 자신이 만들어낸 검기가 상대의 진기에 의해 그 검로를 바꿀 것이라고는 상상치도 못했기 때문이다. 백일검의 저주를 벗어나면서 별스런 영약을 복용해 그 진기가 극고의 경지에 오른 추산의 공력도 천하팔대고수 악불위의 수십 년 적공을 감당하지는 못한 것이다.

파앙!

순간 고검이 가볍게 마검을 휘둘렀다. 그러자 그의 검끝에서 예의 그 투명한 진기 덩어리가 추산의 검기를 제압하고 있는 악불위를 향해 날아갔다. 쾌속을 우선하는 추산의 검기와 달리 막강한 진기가 내포된 고검의 공세는 악불위 또한 쉽게 대응할 수 없었다.

악불위가 다른 한쪽 손을 들어 자신을 향해 날아오는 고검
의 검강을 막아갔다.

퍼펑!

순간 또다시 고검과 악불위 사이에서 거대한 충돌음이 일어
났다. 악불위와 고검의 신형이 동시에 흔들렸다.

처처척!

고검의 신형이 삼사 장 뒤로 밀려났다. 악불위 또한 훌쩍 몸
을 날려 대여섯 걸음 뒤쪽으로 물러났다. 그런데 바로 그 틈,
고검과 악불위의 공수가 충돌하며 서로 뒤로 물러나는 바로
그 빈틈을 이용해 추산의 검기가 본래의 검로를 회복하며 물
러나는 악불위를 향해 닥쳐들었다.

"합!"

더군다나 추산은 이번 공세에 자신의 전 공력을 밀어 넣은
기합성까지 흘려냈다.

"놈!"

자신의 빈틈을 노리고 닥쳐드는 추산의 검기에 악불위가 노
성을 터뜨리며 어지럽게 두 팔을 휘둘렀다.

까가강!

날카로운 기파의 충돌음이 사방으로 퍼져 나갔다.

"웃!"

순간 검을 잡은 추산의 손끝으로 강력한 반탄력이 느껴졌
다. 추산은 순간 자칫 검을 놓칠 뻔한 위기에서 벗어나 서둘러
신형을 움직였다. 그러는 사이 어느새 고검이 바람처럼 신형

을 움직여 추산을 상대하는 악불위의 뒤쪽으로 다가갔다. 그리고는 다시금 강력한 검기를 악불위를 향해 쏟아내기 시작했다.

"과연 대단하구나. 천검의 제자답다!"

악불위의 입에서 감탄사가 흘러나왔다. 하지만 감탄만 하고 있을 악불위가 아니었다. 그의 몸이 거대한 독수리처럼 허공으로 솟구쳤다. 동시에 그의 두 팔이 사람들 눈에 보이지 않을 정도로 빠르게 휘둘러졌다.

쿠쿠쿵!

거대한 폭음이 연달아 장내에 울려 퍼졌다. 악불위는 마치 하늘에서 천신이 번개를 내리꽂듯 고검과 추산을 향해 무시무시한 장력을 퍼부어대고 있었다.

싸움은 길어지기 시작했다. 고검과 추산은 자신들이 지금껏 익혀온 무공, 능운백으로부터 전해져 결국 그들 스스로가 깨달은 무공의 모든 정수를 동원해 악불위와 맞섰다.

싸움의 양상은 수시로 변했다. 한순간 절체절명의 위기에 처했다가도 다시 격렬하고 신묘한 초식을 발휘해 상대에게 반격을 가하는 상황이 계속해서 일어났다.

시간은 마치 멈춰져 있는 듯 보였다. 왜냐하면 장내의 고수 모두 오직 좌중을 압도하며 격돌하고 있는 세 사람을 제외하고는 누구도 움직이지 않았기 때문이다. 아마도 그들은 싸움의 승패가 가려질 때까지 그렇게 움직이지 않을 작정인지도 몰랐다. 강호 최고의 고수들이 펼치는 격전은 강호인들에게 그 무엇보다도 강력한 흥분제였기 때문이다.

그러나 장내의 모든 고수들이 이 세 사람의 싸움에 빠져들어 있는 사이에도 냉정하게 현재의 상황을 주시하는 인물 둘이 있었다. 그들은 당연하게도 천하팔대고수의 다른 이 인(二人) 천검 능운백과 귀왕 마천이었다.

어느새 능운백은 절벽 사이의 어두운 협로에서 걸어나와 장내에 모습을 드러내고 있었다. 그가 모습을 드러낸 것은 귀왕 마천 때문이었다. 싸움이 길어지자 귀왕 마천이 세 사람의 싸움에 관여하려 했던 것이다. 장내에서 귀왕 마천의 움직임을 막을 수 있는 사람은 오직 천검 능운백뿐. 천검 능운백은 절벽 사이 어두운 협로에서 모습을 드러내는 것만으로 귀왕 마천의 발을 묶어놓았다.

덕분에 고검과 추산 두 사형제와 악불위의 싸움은 더욱 길어지고 있었다. 싸움을 지켜보고 있는 사람들 중 차가운 이성을 유지하고 있는 두 사람, 능운백과 귀왕 마천의 표정은 상이했다.

능운백의 입가에는 득의한 듯한 미소가 지어져 있었지만 귀왕 마천의 얼굴에는 낭패한 기색이 역력했다. 싸움의 승패가 어떻게 결말지어지든 수룡맹으로서는 이미 만검곡을 벗어나려던 의도가 어긋난 것이 분명했기 때문이다.

사사삭!

멀리서부터 미세한 수목의 움직임 소리가 들려왔다. 어느새 수룡맹의 고수들이 서쪽의 절벽으로 이동한 지 이각이 지나고 있었고, 사방에서 사패의 고수들이 수룡맹 고수들의 배후를 노리고 다가들고 있었던 것이다.

한 사람의 무인으로서는 몰라도 대세력을 이끄는 우두머리로서는 가부간의 결정을 지어야 할 시간. 이곳에서 사패와 일대 격전을 벌일지, 아니면 다시 후퇴해서 또 다른 기회를 노릴지를 귀왕 마천은 결정해야 했다.

그의 시선이 다시금 천검 능운백에게로 향했다. 그를 넘는다면 이곳에서 사패와 일전을 벌이는 것도 나쁘지는 않으리라. 그런데 마치 그런 귀왕 마천의 생각을 읽기라도 한 듯 천검 능운백이 가볍게 고개를 저었다.

순간 귀왕 마천은 순순히 상황에 순응했다. 절벽 사이의 길은 외길. 천검 능운백이 그 길을 내줄 리 만무했다. 그와 천검의 싸움이 시작된다면 오히려 배후를 노리는 사패의 세력에 수룡맹의 고수들이 밀릴 수도 있었다. 누가 뭐래도 지금 수룡맹 기습군 전력의 오 할을 차지하는 것은 자신과 신주마 악불위였으니까.

"물러난다!"

결심을 굳힌 귀왕 마천의 행동은 빨랐다. 기왕 물러날 것, 사패의 세력과 충돌하기 전에 움직이는 것이 유리했다.

귀왕 마천의 입에서 명령이 떨어지자 고검과 추산이 악불위와 벌이는 경천동지할 싸움에 정신이 빠져 있던 수룡맹 고수들이 퍼뜩 정신을 차렸다. 그리고는 이내 사방에서 몰려오고 있는 사패 고수들의 기척을 알아챘다.

"곡의 중앙으로 간다! 길을 막는 자들은 모두 베라!"

"존명!"

수룡맹 고수들이 일제히 머리를 숙여 명을 받고는 순식간에 절벽 앞에서 물러나기 시작했다.

사사삭!

수백 명의 고수가 움직임에도 소리는 그다지 크지 않았다. 그렇게 썰물처럼 수룡맹 고수들의 후퇴가 시작되었다. 그런데 이상한 것은 사방에서 밀려들던 사패 고수들의 반응이었다. 만검곡 그 어디서도 양측의 충돌음이 들려오지 않았다.

결국 사패의 고수들은 수룡맹의 고수들과 충돌할 의도가 없는 것. 어쩌면 그건 사패 고수들의 당연한 선택인지도 몰랐다. 애초에 전력 면에서 수룡맹의 기습군에 밀리는 사패였다. 그런 상황에서 무리하게 물러나는 수룡맹 고수들을 공격해 성급하게 이 싸움의 승패를 가를 필요는 없었다.

지금 만검곡을 지키고 있는 사패 고수들의 목적은 한 가지였다. 수룡맹의 기습군을 만검곡에 묶어두는 것. 그리하여 앙천곡 수룡맹 총단으로 떠난 사패의 토벌군이 만검곡으로 되돌아올 때까지의 시간을 버는 것이 유일한 목적이었으므로 쓸데없는 충돌을 일으킬 필요가 없었던 것이다.

접전은 벌이지 않고 은밀한 진퇴를 하고 있는 사패와 수룡맹 고수들의 어둠 속 신경전. 그러나 그 속에서도 여전히 치열한 승부를 펼치는 사람들이 있었다. 고검과 추산 사형제와 신주마 악불위였다. 세 사람의 격전은 시간이 갈수록 더욱 광포

해지고 있었다.

번개가 터져 나오듯 줄기줄기 뻗어 나오는 고검과 추산의 날카로운 검기와 두 사람의 합공을 막아내며 순간순간 두 사람을 위기로 몰아넣는 악불위의 강력한 장법. 양측 어느 누구도 감히 승부를 예단할 수 없는 싸움이 지속되고 있었다.

그러나 사람이 하는 싸움이 영원할 수는 없었다. 더군다나 장내 상황이 급변하고 있는 상황에서 세 사람 역시 수룡맹 고수들의 움직임에 영향을 받지 않을 수 없었다.

그리고 그중 불리한 쪽은 당연히 신주마 악불위였다. 이제 장내에 남아 있는 악불위의 동료는 오직 천괴가 유일했다. 다른 모든 수룡맹 고수들은 귀왕 마천의 명에 의해 만검곡의 중앙으로 후퇴를 시작했지만 천괴만큼은 자신의 실질적인 주군(主君)인 악불위의 싸움을 여전히 태산처럼 무거운 몸을 우뚝 세운 채 지켜보고 있었다.

"이쯤 해서 그만두는 게 어떻겠소?"

갑자기 장내에 한마디 나지막한 목소리가 흘러나왔다. 천하의 신주마 악불위에게 싸움을 멈추라고 권할 수 있는 사람은 오직 한 명, 천검 능운백뿐이었다.

능운백의 말이 떨어지자 순식간에 고검과 추산이 악불위에 대한 공격을 멈추고 뒤로 물러났다. 악불위 역시 가벼운 움직임으로 십여 장 뒤쪽으로 물러났다. 천괴가 재빨리 악불위의 옆으로 다가섰다.

"대단한 제자들을 두었소이다, 천검!"

악불위가 능운백을 보며 말했다. 감탄하는 그의 표정에 진심이 묻어났다. 그는 무인으로서 고검과 추산의 무공에 진정으로 감탄하고 있었다. 강호에 나와 그가 오늘처럼 힘겹고 격렬한 싸움을 벌인 적이 없었다. 그런데 그 상대가 아직 장년이 되지 않은 젊은이들이었으니 악불위로서도 감탄하지 않을 수 없었다.

"제자 놈들의 솜씨가 눈에 차신 모양이구려?"

능운백이 흐뭇한 미소를 지으며 물었다. 다른 것은 몰라도 능운백 역시 고검과 추산 두 제자에 대한 자부심만은 감추지 않는 인물이었다.

"눈에 차다 뿐이겠소. 자칫했으면 이 늙은이의 목숨이 달아날 뻔했소이다. 두 사람의 나이 또래에 그 정도 경지에 오른 인물이 과연 누가 있겠소이까? 향후 십 년이 지나지 않아 천검의 두 제자는 천하팔대고수를 능가하게 될 것이오."

"핫하하! 설마 그렇기야 하겠소?"

능운백이 너털웃음을 터뜨렸다. 그러자 악불위가 정색을 한 얼굴로 입을 열었다.

"빈말이 아니오. 강호 무인에게 좋은 후인을 두는 것도 큰 복 중 하나라 했으니 천검께서는 복이 많은 분인 모양이오."

"후후, 사실 제자 복이야 좀 있다고 할 수 있소이다."

그러자 악불위가 묘한 표정을 지으며 말했다.

"만약 천검께서 두 제자 분을 앞세우고 강호에 나선다면 아마도 천하를 다툴 수 있을 것이외다."

순간 능운백의 표정이 급변했다.

"나와 내 제자들은 오직 자유롭게 강호의 황금충으로 살아가길 원할 뿐이오."

단호한 능운백의 말투에 악불위가 가만히 능운백을 바라보다 작은 한숨을 내쉬며 입을 열었다.

"휴, 그 실력을 가지고도 황금충으로 살아가겠다니… 역시 사람마다 세상 사는 방법이 모두 다른 모양이구려. 어쨌든 오늘은 이만 물러가야겠소이다. 보내주시겠소?"

능운백에 고검과 추산이 함께 길을 막는다면 악불위라 해도 몸을 빼기가 쉽지 않은 상황이었다. 그러나 능운백은 선선히 고개를 끄덕였다.

"누가 감히 천하팔대고수의 앞길을 막겠소."

그러자 악불위가 쓸쓸한 미소를 지었다.

"천하팔대고수 두 명이 지금 이 만검곡에 갇혀 있으니 그 말은 틀린 것 같소이다. 어쨌든 오늘은 이만 물러가리다. 다시 봅시다."

신주마 악불위가 깊은 눈으로 고검과 추산, 그리고 능운백을 한 번씩 바라보고는 천천히 신형을 돌렸다. 그런데 막 어두운 숲 속으로 들어가려던 악불위가 다시 고개를 돌리며 입을 열었다.

"이제는 말해줄 수도 있지 않겠나? 하령은 어찌 되었나?"

고검에게 하는 질문이었다. 그러자 고검이 담담한 목소리로 대답했다.

"그녀는 잘 지내고 있소."

순간 악불위의 얼굴에 가벼운 미소가 떠올랐다.

"후후, 역시 의협들이란 말인가? 나였다면 당장 목을 베었을 것인데… 어쨌든 고맙군. 빚을 진 것으로 하지."

그 말을 남기고 악불위가 순식간에 어둠 속으로 사라졌다. 그 뒤를 따라 천괴 역시 거대한 신형을 움직여 숲으로 들어가 버렸다.

만검곡은 다시 예전의 상태로 돌아갔다. 수룡맹의 고수들은 여전히 만검곡의 중앙 분지에 머물러 있었고, 만검곡의 사방은 사패와 무불장 고수들에 의해 가로막혀 있었다.

그러는 와중에 수시로 만검곡의 하늘 위로 전서구들이 날아들었다. 사패와 수룡맹의 고수들에게 각기 외부의 소식을 전해 나르는 전서구들이었다.

물론 무불장의 고수들에게도 전서구가 날아들었다. 화맹에서 보내온 전서들이었다. 그리고 그중 가장 마지막에 도착한 전서구에는 사패의 토벌대 중 가장 강한 일백여 명의 절정고수들이 어느새 회계산으로부터 하루 거리에 도달했다는 소식이 쓰여 있었다.

第十章

천하제일청부사 고검 추산

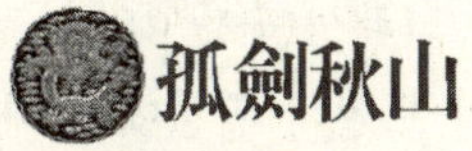

고검과 추산은 서쪽 절벽을 등진 채 만검곡의 중심부에 진영을 구축하고 있는 수룡맹 고수들을 응시하고 있었다. 수룡맹 고수들이 만검곡에 갇힌 지 정확히 육 일째. 만검곡 밖의 강호천하는 폭풍처럼 요동치고 있었지만 만검곡의 사정은 그대로였다.

"오늘 움직일까요?"

추산이 문득 고검에게 물었다.

"오늘이 아니면 기회가 없을 테니까."

고검이 대답했다. 고검 손에 들린 전서(傳書)에 적힌 내용은 수룡맹의 수뇌부에게도 전해졌을 터이다.

"하긴 사패의 토벌대 중 일백의 초고수들이라면 아무리 수

룡맹이라 해도 도저히 감당할 수 없는 전력이지요. 그들 하나
하나가 강호백대고수의 반열에 오를 만한 자들일 테니까요.”

추산이 고개를 끄덕였다. 본시 무림의 전쟁이란 피가 넘치
고 죽음이 난무하는 비참한 곳이지만, 또한 강호의 영웅들에
게는 자신의 명성을 떨칠 좋은 기회이기도 했다.

그래서 수룡맹의 본거지가 있는 앙천곡을 향해 출발한 사패
의 토벌대 일천에는 대부분 사패에서 가장 뛰어난 고수들로
채워져 있었다. 그리고 그중 또다시 고른 일백(一百)이라면 그
파괴력은 수천의 강호 고수들에 버금가는 것일 터였다.

지금 만검곡에 머물고 있는 수룡맹의 기습군 이백 역시 수
룡맹에서 고르고 고른 자들일 테지만 수십 년 강호를 지배해
온 사패의 정예 일백을 감당할 수는 없는 일이었다. 그러니 그
사패의 정예 일백이 만검곡에 도달하기 전에 수룡맹의 고수들
이 만검곡을 벗어나야 함은 당연한 일이었다.

만약 사패의 절정고수 일백이 도달했을 때까지도 수룡맹 고
수들이 만검곡을 벗어나지 못한다면 그건 아마도 수룡맹 고수
전원의 전멸을 의미하게 될 터였다.

“이쯤 되면 대하 이존의 책략은 성공했다고 봐야겠네요. 수
룡맹의 고수들이 오늘 밤 이곳을 벗어난다 해도 더 이상 현암
산 동궁 본궁을 공격하기는 어려울 테니까요.”

“그렇다고 봐야겠지. 사실 이 싸움은 지난번 저들이 이 절벽
의 길을 넘지 못한 것으로 끝났다고 보는 것이 옳아. 그때 저
들이 물러나는 순간 저들의 이번 계획은 실패했고, 이제 수룡

맹이 이 전쟁의 전세를 역전시킬 기회를 찾기란 어려울 것이
다. 그들이 선택할 수 있는 길은 단 한 가지, 어떻게든 이곳을
벗어나 목숨을 부지한 후 강호에 숨어들어 다시 힘을 기르는
길뿐이겠지."

"승리를 위해 움직이는 자들보단 생존을 위해 움직이는 자
들이 더 무서운 법이지요."

추산이 긴장한 목소리로 말했다.

"그 이치를 알고 있다니 오늘 밤 이곳에서 벌어질 싸움이 얼
마나 처절할지도 알고 있겠구나. 조심하거라."

고검이 당부하듯 말했다.

"헤헤, 걱정 마세요. 저도 이제 제 한목숨은 지킬 수 있게 되
었으니까요."

"널 믿는다. 하지만 사형으로서 걱정은 어쩔 수 없구나. 그
나저나 저들은 과연 어느 방향으로 움직일지……."

고검이 차갑게 가라앉은 눈으로 만검곡 중심에 머물고 있는
수룡맹의 고수들을 보며 말했다.

"다시 이쪽으로 오지 않을까요?"

그러자 고검이 고개를 저었다.

"사부께서 계시다는 것을 알고 있는 이상 이쪽 길을 선택하
지는 않을 것이다. 더군다나 길이 외길이니 대규모 인원이 단
번에 이동하기도 어렵고."

"하면?"

"아무래도 남쪽이 아닐까?"

고검의 말에 추산이 잠시 생각에 잠겼다가 고개를 끄덕였다.

"그렇겠군요. 아마도 그들이 이동한 남쪽에 수룡맹의 나머지 전력이 숨어 있을 가능성이 클 테니까요."

"또한 만검곡을 놓고 보았을 때 남쪽의 입구가 가장 넓은 편이지."

고검이 대답했다.

고검과 추산 두 사형제의 예상은 적중했다. 귀왕 마천과 신주마 악불위를 필두로 한 수룡맹의 정예 기습군 이백은 땅거미가 질 무렵 급작스럽게 이동을 시작했다. 그리고 그 방향은 남련의 고수들이 막고 있는 만검곡의 남쪽이었다.

스스스!

저녁을 알리는 바람 소리인지, 혹은 고수들이 움직이는 소리인지 모를 기이한 소리가 만검곡 전역에서 울려 나오기 시작했다. 수룡맹 고수들의 움직임을 눈치 챈 사패의 고수들이 일제히 남련의 고수들이 막고 있는 만검곡의 남쪽으로 이동하고 있었다.

"아예 이곳에서 승부를 보겠다는 걸까요?"

추산이 걱정스런 표정으로 입을 열었다. 사패의 애초 목적이 수룡맹의 기습군이 현암산 동궁의 본궁을 치는 것을 막는 것이었다면 이미 그 목적은 달성했다고 할 수 있었다.

그렇다면 물러가는 수룡맹의 고수들을 굳이 막아설 이유가 없었다. 더군다나 현재의 전력은 수룡맹에 비해 사패가 밀리는 상황. 수룡맹에 대한 공격은 토벌군이 도착한 이후로 미루는 것이 상책임에도 불구하고 만검곡에 모인 사패의 고수들은 수룡맹 고수들이 만검곡을 벗어나는 것을 용납지 않을 생각인 모양이었다.

"조금만 견디면 이곳에서 이 싸움을 끝낼 수 있다고 생각하고 있으니 욕심을 내는 것이겠지."

고검이 씁쓸한 표정으로 대답했다. 인간이란 만족을 모르는 동물이다. 동물은 배가 부르면 사냥을 그만두지만 인간은 더 많은 사냥감을 원하는 족속이 아니던가.

"관여하실 건가요?"

추산이 묻자 고검이 고개를 저었다.

"우리 일은 끝났다. 이미 수룡맹의 기습은 실패로 끝났으니 향후의 일은 사패의 몫이다."

청부사로 고검의 결정은 단호했다. 더 이상 수룡맹과 사패의 싸움에 무불장의 고수들을 끌어들여 위험을 감수할 수는 없다는 것이 고검의 판단이었다.

"하지만 싸움 구경은 해도 되지 않겠수?"

대웅산이 넌지시 고검을 보며 물었다. 그로서는 동궁, 그중에서도 무상문의 옛 문도들에 대한 걱정을 하지 않을 수 없는 모양이었다.

"끙, 모질지 못한 놈 같으니… 본시 청부사는 일의 끊고 맺음에 있어 냉정해야 하는 법이야."

능운백이 책망하듯 대웅산에게 말하자 대웅산이 고개를 주억거리며 얼버무렸다.

"그야 모르는 바는 아니지만… 이런 싸움 구경을 놓치는 것은……."

"망할 놈! 끝까지 무상문을 입에 올리진 않겠다는 거냐?"

능운백의 추궁에 대웅산이 더 이상 입을 열지 않았다. 그러자 능운백이 고검을 보며 말했다.

"어떠냐? 이놈 말대로 흔히 볼 수 없는 싸움 구경일 테니……."

사부가 제자에게 허락을 구하는 경우는 흔치 않다. 그것도 그 사부가 천검 능운백일 때는. 그러나 지금 무불장의 행보를 결정하는 사람은 누가 뭐래도 고검이었다. 아무리 천검 능운백이라 해도 고검의 의견을 무시할 수는 없었다. 그리고 고검은 사부의 뜻을 거역할 제자가 아니었다.

"가보도록 하죠."

고검이 순순히 대답했다.

"히, 고맙수!"

마음을 졸이며 고검을 바라보고 있던 대웅산이 얼른 고검에게 다가서며 능글거렸다.

"하지만 싸움에 관여하는 것은 그야말로 최악의 순간일 때만이다."

"약속하우!"

대웅산이 고개를 끄덕였다. 그때 만검곡의 남쪽에서 강력한 충돌음이 일어났다.

콰콰쾅!

"크아악!"

"이크! 벌써 시작한 모양이우."

대웅산이 조급한 기색을 보이며 말했다. 그러자 고검이 고개를 끄덕였다.

"웅산 자네가 앞장서게."

"알았수, 장주!"

대웅산의 신형이 대답이 끝나기도 전에 만검곡의 남쪽 출구를 향해 달려가고 있었다.

싸움은 예상외로 진행되고 있었다. 개개인의 무공에서 사패의 고수들을 능가하는 수룡맹 고수들이었으나 의외로 만검곡의 남쪽 방어막을 쉽게 뚫지 못하고 있었다.

"역시 대하 이존이군!"

능운백이 감탄사를 흘려냈다. 무림의 싸움은 본래 개인과 개인, 고수와 고수의 대결로 그 승패가 결정되는 것이 상례. 그런데 지금 사패의 고수들은 일정한 진형을 형성한 채 다수가 만들어내는 조직적인 힘에 의해 수룡맹의 절정고수들을 막아내고 있었다.

대하 이존이 주도했을 것이 분명한 이 방법은 비록 수룡맹의 고수들을 제압하지는 못했지만 그들이 만검곡을 벗어나는 것은 효과적으로 막아내고 있었다.

“이건 너무 재미없군. 강호의 싸움 같지가 않아.”

고수와 고수 간의 치열한 격전을 기대했던 대웅산이 조금은 맥 빠진 음성으로 말했다.

“뛰어난 머리도 결국 하나의 무기죠.”

추산이 대웅산의 의견에 반론을 제기했다.

“뭐, 그렇기는 하지만… 그래도 강호 고수들 간의 싸움은 서로의 절기와 절기를 동원해 겨루는 게 어울리지 않을까?”

“무림이나 다른 곳이나 싸움은 결국 목숨을 거는 것이다. 목숨을 거는 싸움에서 멋을 부릴 필요는 없어. 서로 유리한 방법을 선택하는 것이지.”

고검까지 대웅산의 말에 반박하자 대웅산이 멋쩍은 표정을 지으며 말을 얼버무렸다.

“뭐, 그렇기는 하지만…….”

모두들 대웅산의 불만을 반박하기는 했지만 싸움이 지루해진 것은 어쩔 수 없는 사실이었다. 양측의 고수 중 그 누구도 단독으로 상대 진영으로 뛰어드는 인물은 없었다. 또한 다수가 한 모습으로 휘두르는 도검에 당할 인물도 장내에는 없었다.

사패와 수룡맹은 마치 썰물과 밀물처럼 전진과 후퇴를 반복하며 지루한 신경전을 계속했다. 그리고 그러는 사이 시간은 계속 흘러갔다. 시간이 사패의 편이라는 것은 장내의 고수 누구나 알고 있는 일. 이런 상태에서 사패의 절정고수 일백이 닥쳐들면 수룡맹으로서는 치명적인 위험에 빠질 터였다.

그러나 곤란에 빠진 수룡맹에도 한 가지 비책은 존재했다. 적이 형성한 단단한 방어막에 빈틈을 만들어낼 수 있는 절대적 고수의 존재가 바로 그것이었다.

"물러나라!"

사패와 수룡맹 고수들 간의 밀고 밀리는 지루한 공방이 이어지자 갑자기 수룡맹 고수들의 뒤쪽에서 누군가의 목소리가 흘러나왔다. 그러자 사패의 고수들과 도검을 맞대고 있던 수룡맹 고수들이 일제히 뒤로 물러났다. 그리고 잠시 후 뒤로 물러난 수룡맹 고수들 사이로 두 명의 노고수가 천천히 걸어나왔다.

"그들이에요."

추산이 긴장한 목소리로 말했다. 수룡맹주 귀왕 마천과 신주마 악불위. 두 노고수가 드디어 전장의 전면에 나서고 있었다.

"좋은 계책이다. 하지만 강호의 법도에 맞지 않는군. 이런 방법을 생각한 자라면 당연히 동궁의 군사 대하 이존이겠지? 누가 대하 이존인가?"

귀왕 마천이 낮은 목소리로 말을 뱉어냈다. 하지만 낮은 목소리에도 불구하고 사패의 고수들은 긴장으로 몸을 떨었다.

"함부로 남의 영역에 침범해 혈란을 일으킨 분께서 강호의 법도를 따질 입장은 아닌 듯합니다만……."

귀왕 마천에 대응해 사패의 고수들 사이에서 한 사내의 목소리가 들려왔다. 사패의 수뇌부에 둘러싸인 청수한 인상의 중년 사내. 천하사패의 고수들을 지휘하는 사람치고는 너무 젊어 보이는 사내는 바로 대하 이존이었다. 그는 천하팔대고수 두 명의 등장에도 조금도 위축되어 보이지 않았다.

대하 이존의 등장에 귀왕 마천이 서늘한 시선으로 탐색하듯 그를 살피더니 다시 입을 열었다.

"그대의 말이 맞군. 내가 강호의 법도를 따질 입장은 아니지. 하지만 이쯤에서 길을 열어줘야겠어. 그대의 공(功)은 이 만검곡에서 우릴 막아낸 것만으로도 충분하지 않은가? 사람은 적당한 이익을 얻었을 때 만족할 줄 알아야 한다네."

설득하듯 말하고 있었지만 기실은 더 이상 앞을 막는다면 가만있지 않겠다는 협박이 내포된 말이었다.

"제가 결정할 문제는 아니지요."

대하 이존이 빙긋 미소를 지으며 말했다. 하지만 지금 이곳에서 대하 이존이 아니면 누가 사패의 진퇴를 결정한단 말인가?

"결국 내 충고를 받아들이지 않겠다는 말이군. 아마 적지 않은 대가를 치러야 할 걸세."

"수룡맹이 이대로 강호로 나가 일으킬 혈란에 비하겠습니까?"

순간 귀왕 마천의 곁에 있던 신주마 악불위가 진득한 살기가 배어나는 목소리로 마천에게 말했다.

"애초에 대화로 해결될 문제가 아니었소이다."

그러자 마천이 고개를 끄덕였다.

"그런 것 같구려. 결국 우리 두 늙은이에게 살계를 열게 만드는구려."

"기왕에 이리된 것, 서두릅시다."

"그럼 시작해 볼까요?"

귀왕 마천과 신주마 악불위의 시선이 허공에서 마주쳤다. 그리고 다음 순간, 마치 미풍에 날리듯 두 사람의 신형이 단단한 진영을 형성하고 있는 사패 고수들을 향해 날아갔다.

"스스로 선택한 길이니 우릴 원망치 말게."

가벼운 바람처럼 허공으로 날아오른 마천의 입에서 한줄기 경고성이 떨어졌다. 어느새 뽑아 들었는지 그의 손에 한 자루 검은색 도가 들려 있었다. 그리고 그의 말이 끝나는 순간, 그 도가 허공에서 일직선으로 그어졌다.

"위험하다!"

멀리 떨어져서 양측의 충돌을 보고 있던 능운백의 입에서 자신도 모르는 사이에 경고성이 터져 나왔다. 그러나 능운백의 경고는 장내의 상황에 아무런 영향을 미치지 못했다.

꽈르릉!

마른하늘에 날벼락이 떨어진 듯한 파열음이 터져 나왔다. 동시에 마천의 도에서 뻗어 나온 한줄기 도기가 사패의 진영에 떨어져 내렸다.

콰아앙!

"으아악!"

경천동지할 파열음과 함께 터져 나오는 비명 소리. 마천의 단 일격에 사패의 진영이 파도가 갈리듯 갈라졌다.

"길을 열지 않으면 죽음뿐이다!"

마천의 뒤를 이어 악불위가 노성을 터뜨리며 사패의 진영으로 뛰어들었다.

퍼퍼펑!

동시에 그의 양손에서 뻗어 나온 장력이 어지럽게 사패의 진영을 휘저었다.

"크아악!"

"조심하랏!"

악불위의 장력에 사패의 고수 서너 명이 피를 토하며 쓰러졌다. 동시에 사방에서 경고음이 터져 나왔다. 신주마 악불위와 귀왕 마천은 양 떼 속에 뛰어든 호랑이처럼 사패의 고수들을 주살하기 시작했다.

단 두 명의 공격이었지만 수백 명의 사패 고수들은 감히 천하팔대고수 두 사람을 막아서지 못했다. 순식간에 두 사람 주위에 피에 절은 시체가 쌓여갔고, 단단해 보이던 사패의 진영은 토담처럼 무너져 내리기 시작했다.

"모두 나서라!"

호랑이처럼 날뛰던 귀왕 마천의 입에서 한마디 명이 떨어졌다. 그러자 귀왕 마천과 신주마 악불위의 신위에 정신을 빼놓고 있던 수룡맹 고수들이 일제히 허물어지기 시작한 사패의 진영으로 뛰어들었다.

"막아라! 조금만 버티면 구원군이 온다!"

사패의 진영에서도 누군가의 커다란 목소리가 터져 나왔다.

"와아아!"

죽음의 두려움을 고함을 내질러 날려 버리며 사패의 고수들도 수룡맹 고수들을 향해 마주 달려나왔다. 그리고 그날 밤의 처절한 싸움이 시작됐다.

"전멸을 하더라도 저들을 막겠다는 건가?"

능운백이 눈살을 찌푸렸다. 막대한 인명이 귀왕 마천과 악불위의 손에 죽어가고 있었지만 사패의 수뇌부는 적에게 길을 열어줄 생각을 하지 않고 있었다.

"사패가 천하에 군림하게 된 건 저런 독함 때문이겠지요."

본래 말이 없는 조오현이 아주 오랜만에 입을 열었다. 독하기로 따지면 강호제일이랄 수 있는 사람의 입에서 나온 말이라 새삼스레 사패의 무서움이 느껴지는 순간이었다.

그런데 그때 다시 전장에 변화가 일어났다. 드디어 사패의 수뇌부가 더 이상 수하들의 손실을 견디지 못하겠는지 직접 귀왕 마천과 악불위를 상대하기 위해 나선 것이다.

"드디어 수뇌부가 나서는군요. 저 싸움으로 승부가 갈리겠어요."

추산이 말했다. 그러자 고검이 걱정스런 표정으로 대답했다.

"풍도 어른도 나섰으니 걱정이구나."

과연 고검의 말처럼 귀왕 마천을 협공하는 인물 중에는 백

발의 풍도 가한도 포함되어 있었다. 아니, 그는 귀왕 마천과의
싸움을 주도하고 있었다.

풍도 가한과 동궁 육상천 해동이가의 가주 이현암은 귀왕
마천을, 서패천 칠대종가 일월장의 장주 일월신검 서융과 남
련 청룡대주 비검 사마용은 신주마 악불위를 각각 좌우에서
포위하며 협공하기 시작했다. 난전이 펼쳐지는 와중에도 두
쌍의 싸움이 벌어지는 지점에 제법 넓은 공터가 만들어졌다.

"역시 풍도시군요. 팽팽한데요!"

추산이 손에 땀이 나는지 옷자락에 슥 땀을 닦으며 말했다.
확실히 풍도 가한과 해동이가의 가주 이현암은 밀리는 듯하면
서도 근근이 귀왕 마천을 감당하고 있었다. 하지만 다른 쪽 싸
움의 양상은 그렇지 못했다.

"겨우 이 정도로 천하의 패자를 자처했는가?"

신주마 악불위의 노성이 터져 나오며 그의 손에서 뿜어대는
장력에 서융과 사마용은 연신 위기에 빠지고 있었다. 천하사
패의 고수들 중에서도 내로라하는 고수들인 서융과 사마용의
무공은 가히 강호 절정이라 할 수 있었으나 절세적인 악불위
의 공격에는 속수무책으로 뒤로 밀리고 있었다.

"자, 이번에도 한번 견뎌보라!"

악불위의 입에서 차가운 노성이 흘러나오더니 그의 오른손
에서 강력한 일장이 터져 나왔다. 악불위의 손을 벗어난 장력
은 마치 살아 있는 동물처럼 꿈틀거리며 남련 청룡대주 사마
용을 향해 짓쳐들었다.

“이 노마가!”

사마용이 스스로 용기를 불어넣기 위해 악불위를 노마라 칭하며 자신의 심장을 향해 다가드는 악불위의 장력을 검으로 막아갔다.

우웅!

그의 검에서도 거친 음향이 토해지며 강력한 검기가 뻗어 나왔다. 그러나 다음 순간, 갑자기 악불위의 장력이 방향을 바꾸더니 사마용의 검로에서 순식간에 벗어났다.

“엇!”

순간 사마용의 입에서 헛바람이 새어 나왔다. 동시에 그의 신형이 재빨리 뒤로 물러났다.

“늦었어!”

악불위의 음울하면서 나직한 목소리가 흘러나온 것은 그때였다. 동시에 사마용의 앞에서 사라졌던 그의 장력이 어느새 사마용의 오른쪽 관자놀이를 향해 닥쳐들었다. 악불위의 말처럼 사마용으로서는 도저히 감당할 수 없는 괴이한 일장이었다.

“흡!”

대남련 청룡대주의 입에서 기겁성이 흘러나왔다. 그의 관자놀이가 여지없이 악불위의 장력에 바숴지려는 그 순간,

“멈춰!”

한마디 노성이 터져 나오면서 강맹한 일검이 악불위의 팔을 잘라왔다. 갑작스레 나타난 검기는 강맹하기 이를 데 없어 천

하팔대고수 악불위조차 무시할 수 없었다. 악불위가 재빨리 사마용을 향해 뻗어내던 오른팔을 들어 올렸다. 그러자 그의 팔이 있던 자리로 빛살처럼 한줄기 검기가 스치고 지나갔다.

"흥!"

사마용을 향한 자신의 결정적인 공격에 훼방을 놓은 적에게 비웃음을 흘려낸 악불위가 허공에서 한 바퀴 회전하더니 자신을 공격한 검객의 등 뒤로 그림자처럼 다가섰다. 동시에 그의 양손이 열 손가락을 쫙 벌린 채 앞으로 뻗어나갔다.

슈우욱!

마치 검기가 쏘아지듯 악불위의 열 손가락에서 열 개의 지력이 뻗어나갔다. 악불위의 손을 떠난 지력은 그물이 엉키듯 악불위에게 기습을 가한 자의 몸을 휘감았다.

"악!"

악불위의 지력에 휘말린 사패의 고수 입에서 비명 소리가 터져 나왔다. 그 처절한 비명 소리에 장내의 싸움이 잠시 멈춘 듯 보이는 순간, 지력에 휘말린 자의 몸이 순식간에 갈가리 찢겨져 나갔다.

"끄르륵!"

순식간에 온몸이 피투성이로 변한 사패의 고수가 분노의 눈으로 악불위를 노려보다 피 끓는 소리를 흘려내며 땅 위에 쓰러져 내렸다.

"유 가주님!"

죽은 고수 덕에 가까스로 목숨을 구한 남련 청룡대주 사마용이 재빨리 땅에 쓰러진 고수 곁으로 떨어져 내리며 그의 신형을 안아 올렸다. 그러나 악불위의 지력에 전신이 난자당한 사패의 고수는 이미 숨이 끊어져 있었다.

"이, 악독한 노마 같으니……!"

사마용이 분노가 가득한 눈으로 악불위를 노려보며 소리쳤다.

"흥, 분수를 모르고 죽음을 자처했으니 어찌 날 원망하랴. 그리고 이미 죽은 놈보다 네 목숨을 걱정해야 하지 않겠느냐?"

"이놈!"

악불위가 냉정하게 말하자 사마용이 호랑이처럼 포효하며 악불위를 향해 날아올랐다.

"어렵겠어."

능운백이 중얼거렸다. 악불위의 지력에 전신이 난자당해 죽은 자의 신분을 능운백은 알고 있었다. 장내 사패의 무인 중 다섯 손가락에 꼽히는 고수 중 한 명인 그는 바로 남련십육문 해월가의 가주 유고부였다.

절대고수의 죽음이 사패의 고수들에게 미치는 심리적인 영향은 적지 않았다. 더군다나 그 주검의 모습이 너무도 처참했다. 유고부의 죽음과 함께 전세가 완연히 수룡맹 쪽으로 기울기 시작했다. 그리고 오래 지나지 않아 또다시 사패의 고수들을 곤경으로 몰아넣는 사건이 발생했다.

"목숨을 건 싸움에서 흥분을 하다니, 너 같은 작자가 남련의 청룡대를 지휘하고 있었으니 가소롭기 이를 데 없구나."

악불위의 입에서 한마디 비웃음이 흘러나오고 그의 오른쪽 팔이 뼈가 없는 것처럼 흐물거리며 뱀이 튀어나오듯 앞으로 뻗어 나왔다. 순간 그의 팔이 삼 장여로 길어지는 듯한 착시가 일어나더니 어느새 남련 청룡대주 사마용의 심장을 움켜쥐고 있었다.

"끄으윽! 이… 이놈!"

사마용의 입에서 고통과 분노가 뒤섞인 음성이 흘러나왔다. 그러나 악불위는 상대의 반응에는 관심이 없는 듯 사마용의 몸속으로 파고들어 갔던 손을 거칠게 뽑아냈다.

"크아악!"

순간 사마용의 가슴에서 피분수가 솟아 나오며 그의 입에서 비명 소리가 터져 나왔다. 그리고 잠시 후 사마용의 몸이 꼿꼿이 선 채 천천히 뒤로 넘어갔다.

털썩!

메마른 땅 위에 검붉은 핏물이 녹아들었다. 천하를 지배하던 남련의 두 고수가 동시에 목숨을 잃은 것이다. 그럼에도 불구하고 사마용과 함께 악불위를 협공하던 일월장의 가주 일월신검 서융은 동료들의 복수를 시도할 엄두를 내지 못하고 있었다. 압도적이고 잔인하기 이를 데 없는 악불위의 신위에 그는 오히려 주춤주춤 뒤로 물러나고 있었던 것이다.

"풋! 가소로운 것들 같으니. 이제야 목숨이 중한 줄 아는 것이냐?"

악불위가 서융을 노려보며 일갈했다. 그러나 서융은 몸 앞
에 세운 도를 꽉 움켜쥔 채 아무런 대답 없이 여전히 뒤로 물러
서고 있었다. 천하를 지배해 온 사패의 수뇌로서 치욕적인 움
직임이었지만 지금 서융에게는 자신의 명예 따위를 생각할 겨
를이 없었다. 그는 완전히 악불위의 신위에 압도당해 있었던
것이다.

"살려주마. 대신 네 수하들이 네 목숨을 대신해야 할 거야."
악불위가 싸늘한 살소를 흘려내고는 훌쩍 몸을 떠올려 수룡
맹의 거친 공격을 어렵게 막아내고 있는 사패 고수들을 향해
떨어져 내렸다.

"크아아악!"
악불위가 사패의 고수들 틈으로 뛰어들자마자 처참한 비명
소리가 울려 퍼지기 시작했다. 악불위의 신위는 도저히 사패
의 일반 고수들이 감당할 수 있는 수준이 아니었다. 악불위의
손이 한 번 움직일 때마다 사패의 고수들이 피투성이가 되어
허공으로 날아갔다.

사패의 진영이 순식간에 허물어지기 시작했다. 토벌대의 고
수들이 오기까지 수룡맹을 만겁곡에 묶어두려던 대하 이존의
계획은 실패로 끝나가고 있었다. 그런데 그때 또다시 예상치
못한 변수가 발생했다.

"저저……!"
어느 순간 추산의 입에서 격정스런 목소리가 흘러나오기 시

작했다. 그의 시선은 격전이 벌어지고 있는 전장의 한곳을 주
시하고 있었는데, 그곳에서는 악불위가 악귀처럼 날뛰며 사패
의 고수들을 주살하고 있었다. 그런데 그의 신형이 움직이는
방향에 추산의 시선을 사로잡는 한 여인이 있었다.

"망할! 피하지 않고 뭐 하는 거야!"

추산의 입에서 욕지거리가 흘러나왔다. 도문의 설상지. 입
고 있는 옷이 피에 절 정도로 설상지는 미친 듯이 도를 휘두르
고 있었다. 그녀는 북천십이룡 도문의 절정 무공을 익히고 있
었으므로 장내의 사패 고수들 중 뛰어난 축에 속하는 무인이
었다. 당연히 그녀의 활약은 돋보일 수밖에 없었다. 그리고 그
런 그녀의 활약은 자연스럽게 악불위의 눈에 띌 수밖에 없었
다.

적을 물리치는 가장 좋은 방법은 적의 고수를 제거하는 것.
한순간 악불위가 그녀를 유심히 바라보더니 천천히 설상지 쪽
으로 신형을 옮기기 시작했다. 그러나 설상지는 악불위가 자
신을 향해 다가오는 것을 깨닫지 못하고 여전히 미친 듯이 도
를 휘둘러 대고 있었다.

그리고 어느새 악불위의 신형이 설상지의 오 장여 앞까지
다가왔다. 악불위는 잠시 정신없이 도를 휘두르는 설상지를
바라보다 천천히 한 손을 들어 설상지를 가리켰다.

"제길, 내가 미쳐. 또다시 미친 짓을 하고 있으니… 젠장! 사
형, 가봐야겠어요!"

추산이 고검을 향해 소리치고는 고검의 대답도 듣지 않고

신형을 날렸다. 당연히 그가 향한 곳은 설상지와 악불위가 있
는 곳이었다.

"어쩔 수 없는 일이었던가!"

고검이 한탄하듯 입을 열었다. 애초부터 깊은 인연으로 얽
혀 있는 지인들이 포함된 이 싸움에서 무불장이 자유로울 수
는 없었던 것이다.

"사제가 가면 나도 갈 수밖에!"

고검이 나직하게 한마디 말을 내뱉고는 훌쩍 몸을 날려 추
산의 뒤를 따랐다.

"어어, 뭣들 하는 거야?"

대웅산이 전장으로 뛰어드는 고검과 추산을 보며 얼떨떨한
표정으로 소리치는 사이 능운백이 불쑥 입을 열었다.

"나도 가봐야겠다. 늙은 친구를 죽게 내버려 둘 수는 없지."

그리고는 허공으로 붕 떠오르더니 전장의 가장 왼쪽에서 싸
움을 벌이고 있는 풍도 가한과 귀왕 마천이 있는 곳으로 날아
가는 것이었다.

"이런 제길, 난 아까부터 뛰어들고 싶은 것을 지금껏 참고
있었는데 자기들이 먼저 뛰어들다니… 나도 갑니다!"

대웅산이 남아 있는 무불장의 청부사들에게 소리치고는 동
궁 무상문의 고수들이 혈전을 벌이고 있는 쪽으로 움직였다.
그러자 남은 세 명의 무불장 고수, 왕민과 미심, 그리고 조오현
이 서로를 바라보며 말했다.

"이대로 있을 수는 없겠고."

왕민이 중얼거렸다.

"우리가 낄 싸움은 한곳밖에는 없겠지요."

미심이 왕민의 말에 대답했다. 그러자 조오현이 아무 말 없이 신형을 날렸다. 그가 향한 곳은 대웅산이 향한 곳이었다.

"역시 말이 필요없는 분이야."

왕민이 빙긋 미소를 짓고는 미심과 함께 조오현의 뒤를 따라 전장으로 뛰어들었다.

정신없이 도를 휘두르던 설상지는 뭔가 서늘한 기운이 자신을 향해 다가오는 것을 느끼고는 흠칫하며 고개를 돌렸다. 순간 그녀의 눈에 마신과 같은 공포감을 일으키며 다가오는 한 명의 고수가 들어왔다.

'이자는……!'

설상지는 자신을 향해 한 손을 뻗어내며 다가오는 자의 정체를 너무나 잘 알고 있었다. 천하팔대고수 신주마 악불위. 그리고 그 순간 그녀는 자신이 처한 상황을 명확하게 깨달았다.

'끝인가?'

문득 죽음이 아주 가까이 다가왔음을 느꼈다. 악불위의 차가운 눈과 그의 손에 어린 옥빛의 투명한 기운. 그녀는 그의 손에 어린 저 차가운 옥빛 기운을 피할 수 없으리란 걸 너무도 잘 알고 있었다.

'그는?'

죽음이 눈앞에 다가오자 설상지의 시선은 오히려 악불위에게서 서쪽 절벽이 있는 곳으로 향했다. 최후의 순간 그녀는 추산을 떠올리고 있었다. 과거 서안에서 실성한 자신을 이끌고 죽음의 고비들을 넘겼던 사람, 언제나 마음에 그렸지만 다가갈 수 없었던 사람. 죽음이 눈앞에 다다르자 추산의 얼굴이 떠오르며 설상지의 마음에 한가닥 후회가 밀려왔다.

'그에게 여인이 있었더라도 한번 시도라도 해볼 것을……'

추산의 주위만 맴돌다 그의 사저가 그에게 여인이 있다고 한 말을 듣고 그에게 다가서기를 그만둔 자신의 행동을 후회하는 그 순간, 사늘한 악불위의 수강이 그녀에게 밀려들어 왔다.

"분수를 알고 저항하지 않으니 대견하다. 고통없이 죽여주마."

그러나 악불위가 흘려낸 말은 그녀의 귀에 들어오지 않았다. 그녀는 여전히 서쪽 절벽을 응시하고 있었다. 그렇게 설상지가 삶을 포기하고 차가운 악불위의 손아래 자신의 목숨을 맡긴 순간, 갑자기 벼락같은 고함 소리가 설상지의 귀에 파고들었다.

"또 미쳤어요! 피해욧!"

순간 설상지의 신형이 본능적으로 소리가 들린 쪽으로 움직였다. 그러자 그녀의 시선에 무서운 속도로 날아오는 추산의 모습이 들어왔다.

'그가!'

추산의 모습을 보는 순간 갑자기 설상지의 가슴속에 삶에 대한 강렬한 열망이 생겨났다. 그리고 다음 순간, 그녀의 신형이 악불위의 수강을 피해 푹 아래로 꺼졌다.

"하앗!"

설상지가 자신을 돌아보기 전에 이미 추산은 검을 떨쳐 내고 있었다. 그의 선검에서 예의 그 다섯 줄기의 검기가 만들어지더니 빛보다 빠른 속도로 설상지를 지나 맞은편 악불위를 향해 날아갔다.

순간 악불위의 안면이 꿈틀거렸다. 설상지의 목숨은 그의 손안에 있었다. 그러나 설상지의 목숨을 취하면 자신 또한 추산의 검기에 적지 않은 손해를 봐야 할 터. 더군다나 젊은 녀석의 뒤에 따라붙는 무불장주의 모습을 보는 순간 악불위는 설상지의 목숨을 취하는 것을 포기했다.

"또 너희들이냐? 오냐. 이번에는 정말 승부를 내주마, 이 황금충들!"

악불위가 설상지에게로 향했던 손을 들어 올려 추산이 뻗어낸 검기들을 막아갔다.

까가강!

검기와 수강이 충돌하며 쇠가 부딪치는 충돌음이 일어났다. 순간 좁혀졌던 두 사람의 거리가 급격하게 벌어졌다. 그사이 추산의 손에는 어느새 설상지의 옷깃이 잡혀 있었다.

고검은 설상지를 잡아끄는 추산을 지나쳐 그대로 물러나는 악불위를 향해 날아들었다. 그의 마검이 허공에서 아래로 강렬하게 떨어져 내렸다.

쿠웅!

고검의 검끝에서 예의 그 투명한 빛 덩어리가 악불위를 향해 날아들었다.

"이 애송이 놈들!"

중요한 고비마다 나타나 자신의 행보를 막아선 고검과 추산에 대한 악불위의 분노가 폭발했다. 그가 두 손을 모아 강력한 장력을 응축시킨 후 고검의 검을 떠난 빛 덩어리를 향해 던져냈다.

콰콰쾅!

두 개의 진기 덩어리가 충돌하면서 강렬한 충돌음이 전장을 뒤흔들었다. 그러나 이미 삶과 죽음의 광기에 휩싸인 사패와 수룡맹의 고수들은 강력한 폭발음에 상관없이 여전히 상대를 향해 죽음의 이빨을 들이대고 있었다.

"이봐요! 정신 차려요!"

텅 빈 눈동자를 한 채 자신을 보고 있는 설상지에게 추산이 소리쳤다. 순간 설상지가 퍼뜩 정신을 차렸다.

"어떻게……?"

"처음부터 이 싸움을 지켜보고 있었어요. 하지만 관여할 생각은 없었죠. 그런데 결국 이렇게 관여하게 되네요."

"또 저 때문이군요."

설상지가 미안한 표정을 지었다.

"꼭 설 여협 때문만은 아니에요. 아마도… 어차피 관여하게 되었을 거예요. 워낙 인연들이 많아서……. 그런데 혼자 버틸

수 있겠어요?"

"걱정 마세요."

설상지가 들고 있던 도를 움켜쥐며 말했다.

"좋아요. 그럼 난 사형과 저 괴물 같은 인사를 상대해야겠어요. 악연이 얽혔으니 오늘은 어떻게든 승부를 봐야겠지요."

"조심하세요. 그는……."

"물론 그는 천하팔대고수죠. 하지만 나와 사형도 만만치 않다구요. 그럼!"

추산이 설상지에게 눈을 깜박여 보이고는 훌쩍 허공으로 뛰어오르며 신형을 비틀었다. 그리고는 강력한 검기를 막 고검과 충돌했던 악불위를 향해 뻗어냈다.

싸움은 다시 균형을 찾았다. 무불장의 고수들이 싸움에 뛰어들자 허물어져 가던 사패의 진영은 다시금 힘을 찾기 시작했다. 특히 신주마 악불위와 귀왕 마천이 고검과 추산, 그리고 능운백에게 발목이 잡힌 것이 장내의 전세를 변화시키는 데 결정적인 계기를 만들고 있었다.

"이거 또 빚을 지는군."

이미 귀왕 마천의 검에 한쪽 팔과 옆구리에 깊은 상처를 입고 있던 풍도 가한이 싸움에 뛰어든 능운백을 보며 말했다.

"제길, 늙었으면 뒷방에 물러나 있을 것이지 뭐 하러 이런 전장엔 나와서는 사람 고생시키나."

"그러게 말일세. 하지만 통 믿을 만한 사람이 있어야지."

"나에게 늙을 때를 대비해 제자를 들이라고 말한 사람은 자네야. 덕분에 난 노후를 두 제자 놈에게 의지할 수 있게 되었지. 그런데 정작 자네는 자네의 노후를 준비하지 않은 모양이군."

"중이 제 머리를 못 깎는 법이지. 그리고 고검, 추산 저 두 아이와 같은 재질을 지닌 제자는 인연이 없으면 만나지 못하는 법이고."

가한의 말에 능운백이 빙긋 미소를 지었다.

"맞는 말이야. 제자 복이라면 나만 한 사람을 찾기 어려울 거야. 내가 저 녀석들을 제자로 들이는 데는 자네 덕도 있었으니 오늘 일은 그때의 빚을 갚는 것으로 하지."

"그리 계산해 준다면야 나야 고맙지. 핫하!"

풍도 가한이 깊은 부상을 입은 몸으로도 호탕한 웃음을 터뜨렸다. 그런 풍도 가한과 반대로 지금껏 유리한 싸움을 전개해 오던 귀왕 마천의 표정은 차갑게 굳어져 있었다.

"천검, 정말 끝을 보겠다는 거요?"

귀왕 마천이 위협적인 표정으로 물었다.

"어쩔 수 있겠소? 하나밖에 없는 늙은 친구를 죽게 둘 수야 없으니……."

"수룡맹이 오늘의 위기를 벗어난다면 천검은 오늘의 결정을 반드시 후회하게 될 것이오."

"호호, 그럼 반드시 오늘 후환을 없애야겠구려."

능운백이 여유있게 미소를 지으며 자신의 낡은 검을 빼 들었다. 그러자 귀왕 마천 역시 능운백을 향해 천천히 도를 겨누었다. 그렇게 두 명의 천하팔대고수의 싸움이 시작됐다.

고검과 추산은 풍차처럼 돌아가며 악불위를 압박했다. 악불위는 두 사람을 맞이하기 전 이미 사패의 고수들을 상대하느라 많은 진기를 소비했음에도 불구하고 너끈히 두 사람의 합공을 막아냈다.

고수들의 싸움은 단 한순간에 결말이 날 수도 있지만, 일단 승부가 십 초를 넘기기 시작하면 끝없이 길어지게 마련. 고검과 추산 두 사형제와 악불위의 싸움 역시 어느새 수백 초를 넘어서고 있었다.

"망할 늙은이, 기력도 좋네."

아슬아슬하게 악불위의 지력을 피해내며 추산이 투덜거렸다. 이쯤 되면 기력이 빠질 만도 한데 악불위의 손속은 여전히 강맹했다.

"내 네놈들과 만 초를 겨루리라!"

악불위가 추산의 소리를 들었는지 노성을 토해냈다. 추산이 그런 악불위를 향해 냉소를 흘려냈다.

"흥, 늙은이, 싸움은 이미 끝났어."

순간 악불위가 노기를 드러내며 말했다.

"아직 이 악불위에겐 네놈들의 목줄을 끊어줄 힘이 남아 있다."

"젠장, 그런 말이 아니고, 보라구. 사패의 토벌대가 도착하고 있잖아. 그러니 이 싸움은 끝난 거야. 그러니 이제 그만 포기하라고. 혹 아나, 항복하면 목숨은 살려줄지.”

추산의 말에 악불위가 놀란 눈으로 주위를 살폈다. 어느새 하룻밤이 지나고 새벽이 밝아오고 있었다. 그리고 그 새벽의 빛을 타고 만검곡의 북쪽에서 일단의 인물들이 바람처럼 달려오고 있었다. 사패의 토벌대 중 가장 강한 일백의 절정고수들이 드디어 만검곡에 도착한 것이다.

순간 악불위의 눈에 허망한 기운이 깃들었다. 이것으로 그가 꿈꾸었던 모든 야망은 눈처럼 녹아 사라지게 될 터였다. 사패에서 가장 강한 고수 일백을 지친 수룡맹 고수들이 무슨 수로 감당할 것인가.

아니, 그것보다 지금 눈앞의 이 두 젊은 놈조차 감당할 자신이 없는 상태였다. 그런데 다음 순간, 모든 것을 체념해 가던 악불위의 눈에서 살기가 번뜩이기 시작했다.

“이 모든 것이 바로 네놈 황금충들 때문이다.”

“먼저 시작한 것은 그대였지.”

고검이 담담한 표정으로 말했다.

“나의 야망이 오늘 이곳에서 끝을 맺는다 해도 너희 두 놈은 반드시 지옥으로 데려가겠다.”

“그놈의 지옥은 늙은이나 혼자 가시오.”

추산이 퉁명스럽게 대답했다.

“끝을 보자!”

악불위가 광망을 흘려내며 추산을 향해 독수리처럼 날아들

었다. 그의 열 손가락이 쫙 펴지며 남련 해월가주 유고부를 피
투성이로 만든 예의 그 열 개의 지력이 쏟아져 나왔다. 순간
고검이 마검을 횡으로 눕혀 후방에서 악불위의 허리를 잘라갔
다.

그러나 이번만큼은 악불위의 반응이 달랐다. 악불위는 고검
의 공격에 아랑곳하지 않고 추산을 향해 계속 전진했던 것이
다. 그건 곧 고검의 검을 허용하더라도 추산을 제거하겠다는
의도. 순간 추산의 얼굴에 곤혹스런 빛이 떠올랐다.

지금까지 고검과 추산이 악불위를 상대할 수 있었던 것은
두 사람의 협공에 악불위의 힘이 분산되었기 때문이다. 그런
데 지금 악불위가 자신의 몸을 고검의 검에 내맡기며 추산 한
사람을 향해 전력을 다하고 있으니 추산으로선 그야말로 일생
일대의 위기가 아닐 수 없었다.

"늙은이가 과연 미쳤구나."

추산이 악불위를 향해 욕지거리를 내뱉으며 번개처럼 선검
을 휘둘렀다. 순간 추산의 검에서 다섯 줄기의 검기가 나선형
으로 회전하며 악불위가 뻗어낸 지력들을 향해 날아갔다.

"아아!"

멀리서 싸움을 지켜보고 있던 설상지의 입에서 탄식이 흘러
나왔다.

카카캉!

악불위의 지력과 추산의 검기가 허공에서 충돌했다. 격렬한
충돌음이 일어났다. 두 사람의 신형이 허공에 정지한 듯 보였

다. 그런데 잠시 후 충돌한 검기와 지력 사이에서 두 줄기의 지력이 다시금 생기를 얻더니 추산을 향해 날아들었다.

"웃!"

추산이 다급성을 흘려내며 허공에서 신형을 틀었다.

팟!

순간 추산의 몸에서 두 줄기의 선혈이 솟구쳤다.

"멈춰!"

고검의 입에서 노성이 터져 나왔다. 그의 눈에서 차가운 살기가 번뜩였다. 그의 검이 추산의 몸에 깊은 상처를 입히는 악불위의 허리를 갈라갔다.

삭!

미세하지만 소름 끼치는 소음이 일어났다. 고검은 손에 느껴지는 무게감으로 자신의 검이 악불위의 허리를 갈랐다는 것을 깨달았다.

"이놈!"

순간 악불위가 옆구리에서 터져 나오는 핏줄기에도 아랑곳하지 않고 재빨리 신형을 돌려 고검을 향해 일장을 내려쳤다.

퍼펑!

강력한 악불위의 장력이 고검의 몸을 스치고 지나갔다. 다행히 추산에 대한 공격에 집중하느라 중심이 불안정한 상태로 쳐낸 악불위의 장력은 고검의 몸을 정통으로 가격하지는 못했다.

"노마, 이번엔 내 차례야!"

그때 악불위의 뒤쪽에서 추산의 악에 받친 소리가 들려왔
다. 어느새 추산은 선검을 자신의 머리 위로 들어 올리고 있었
다. 그의 옆구리와 어깨에서 적지 않은 피가 흘러내리고 있었
지만 추산은 자신의 상처에 아랑곳 않고 자신의 몸에 깃든 모
든 진기를 끌어올리고 있었다.

"좋다, 이놈들! 끝을 보자!"

고개를 돌려 추산을 바라본 악불위도 노성을 토하며 양손을
허공으로 들어 올렸다. 그러자 그의 양손에 밝은 등 같은 빛을
흘려내는 진기 덩어리가 만들어지기 시작했다.

고검 역시 이번이 마지막 격돌임을 본능적으로 깨닫고 있었
다. 그도 무겁게 마검을 들어 올렸다. 마검이 그의 가슴을 지
나 머리 위로 올라가는 도중에 이미 예의 그 투명한 빛 덩어리
가 검끝에 만들어지고 있었다. 팽팽한 기운이 세 사람 사이에
찢을 듯한 긴장감을 만드는가 싶은 순간, 세 사람이 동시에 움
직였다.

추산의 검끝에선 다섯 마리의 용이 모습을 드러내 악불위를
향해 돌진했고, 고검의 검끝에선 한 덩어리 태양이 유려한 곡
선을 그리며 악불위의 머리 위로 떨어져 내렸다.

"하앗!"

동시에 악불위의 입에서 찢어질 듯한 기합성이 흘러나오며
그의 양손에 만들어진 진기 덩어리가 고검과 추산을 향해 폭
사했다.

쿠쿠쿠쿵!

천지를 갈라놓을 듯한 거대한 충돌음이 장내를 진동시켰다. 이번만큼은 모든 사람들의 시선이 폭음이 터져 나온 곳으로 향했다. 그리고 사람들은 목격할 수 있었다. 밝은 광채에 휩싸여 있는 삼 인의 모습을. 악불위를 가운데 두고 고검과 추산 두 사형제가 양쪽 옆에서 검을 내민 채 얼어붙은 듯 빛 속에 떠 있었다.

그리고 잠시 후 사람들은 서서히 고검의 검이 악불위의 목을, 추산의 검이 악불위의 심장을 향해 다가가는 것을 볼 수 있었다. 악불위는 두 개의 검이 자신에게 다가옴에도 어떤 움직임도 보이지 않았다. 그러던 어느 순간, 마치 거짓말처럼 그들 세 사람의 주위에 형성되었던 빛무리가 사라졌다.

슥!

삭!

동시에 두 개의 나직하면서도 소름 끼치는 소리가 흘러나왔다. 연이어 또 한마디의 신음과 중얼거림이 뒤를 이었다.

"크윽… 겨우… 겨우 황금충 따… 위… 에게……!"

미처 말을 마치지 못한 악불위의 신형이 서서히 땅 위에 허물어져 내렸다. 그리고 그 순간, 일백 명의 사패 최정예 고수들이 폭풍처럼 장내를 덮쳐 왔다.

고검과 추산은 자신들 곁을 스치고 지나가는 사패의 고수들에 아랑곳하지 않고 서로를 향해 마주 걸어나갔다. 천하팔대 고수를 제압한 두 젊은이의 얼굴에는 피곤한 기색이 역력했다.

“수고했다.”

고검이 피곤함 속에서도 대견한 듯 추산을 보며 말했다.

“다 사형 덕분이에요.”

추산이 씨익 미소를 지었다. 그의 몸에서는 여전히 많은 피가 흘러나오고 있었으나 그의 눈은 생기로 반짝이고 있었다.

“이번 일이 끝나면 아주 오랫동안 쉬자꾸나.”

“호호, 그러자고요. 움직일 힘도 없어요. 그나저나 저 노인네는 힘도 좋아. 아직도 싸우고 있으니…….”

추산의 말에 고검이 시선을 돌렸다. 멀리서 아직도 여전히 도검을 겨루고 있는 천검 능운백과 귀왕 마천의 모습이 눈에 들어왔다.

孤劍秋山
종장(終章)

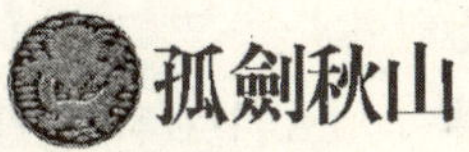

회계산 만검곡의 혈전 이후 무림은 급격히 안정을 되찾아갔다. 사패는 여전히 강호를 지배했다. 그들은 한동안 수룡맹의 잔당들을 소탕한다고 부산을 떨었지만 일 년이 지나자 그도 흐지부지되어 버렸다.

그러나 사람들이 모르는 사이에 강호는 또한 변하고 있었다. 사패는 여전히 천하에 군림했지만, 수룡맹과의 싸움을 통해 그 영향력은 눈에 띄게 줄어들고 있었다. 강호의 현자들은 사패의 시대가 서서히 저물어간다고들 말했다.

그러나 사패의 시대가 가면 또 다른 강자가 출현할 것이다. 낡은 것은 가고 새것이 오는 것이 세상의 이치니까.

천하팔대고수는 더 이상 존재하지 않았다. 신주마 악불위는

죽었고, 귀왕 마천은 천검 능운백에게 패하여 자신이 주인이
었던 앙천곡의 암옥에 무공이 폐쇄된 채 갇혔다. 그리고…….

회계산 만검곡 혈전이 끝난 지 삼 년이 지났을 때, 개봉의
한 고색창연한 장원이 오랫동안 닫혀 있던 문을 다시 열었다.
장원이 문을 연 그 다음날부터 강호의 온갖 사연을 지닌 사람
들이 만금의 금자를 싸들고 장원으로 찾아들었다. 왜냐하면
그 장원에는 천하제일의 청부사로 불리는 두 사형제 고검과
추산이 천하에서 찾아드는 청부객들을 기다리고 있었기 때문
이다.

고검추산 전권 完

潜行武士
잠행무사

김문형 新무협 판타지 소설

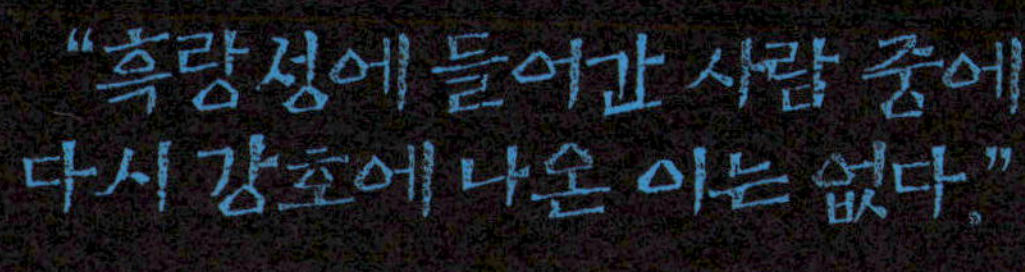

"흑랑성에 들어간 사람 중에
다시 강호에 나온 이는 없다."

서장 구륜사와의 결전을 승리로 이끌며 중원무림에
홀연히 나타난 문파 흑랑성(黑狼城).
그러나 흉흉한 소문이 사실로 드러나 무림맹으로부터
사파로 지목받고 멸문당한다.

그로부터 일 년 뒤.
강호의 은원을 정리하고 금분세수를 하려는 청위표국의 국주 송현은
마지막으로 무림맹의 의뢰를 받아들인다.
그것은 바로 금지 구역 흑랑성에 잠행하는 일.

송현은 무림에서 외면받는 무사 네 명을 선출하여
소림승 진광과 함께 흑랑성에 들어간다.
흑랑성의 비밀이 하나씩 드러나면서 밝혀지는 진실은
그들을 목숨을 건 사투로 끌어들여 가는데……

**액션스릴러로 만나는 무협
잠행무사!**

무영무쌍

김수겸
新 무협 판타지 소설

그림자도 찾기 힘들고[無影],
가히 대적할 자도 없다[無雙]!
강호의 절대고수 무영무쌍!

청설위국의 위사 진세인,
그를 찾아오는 수많은 사람들.
그를 원하는 수많은 세력들.

거대한 음모의 소용돌이 속에서
그는 그를 버렸던 용부를 지켰고,
그에게 검을 겨눴던 무림맹과 십만마교를 구해냈다.

모든 것을 가졌던 황제가 끝까지
갖지 못했던 단 한 사람!
위사 진세인과 동료들의
강호행이 시작된다!

몽월
新무협 판타지 소설

대법왕

大法王

'중놈이 될 바에야 차라리 죽겠다!'

소주의 개고기[犬肉]라 불리는 동천몽.
십육 세 생일을 맞아 거하게 놀려던 찰나, 네 명의 승려가 난입한다.
그렇게 본의 아니게 활불이자 영생불사의 존재인 대법왕이 되어버리는데……,

절대 중놈으로 살 수 없다는 주인공 동천몽과
악착같이 대법왕으로 모시려는 포달랍궁 사이의
밀고 당기는 싸움.

**과연 그는 대법왕이 되어 군림할 것인가,
아니면 소주의 개고기로 돌아올 것인가!!**

유행이 아닌 자유추구 -
WWW.chungeoram.com

BOOK PUBLISHING CHUNGEORAM

뉴 월드

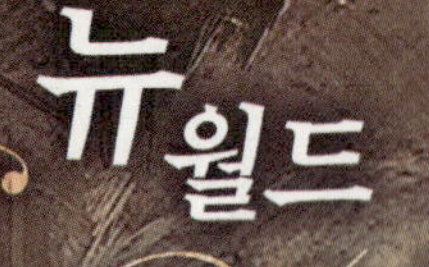

New World

김형신 게임 판타지 소설

**검이라는 지휘봉을 바람에 흩날리며, 피의 악보와
비명의 화음으로 죽음을 지휘하는 자… 마에스트로.**

최초의 가상현실 게임의 뒤를 잇는 뉴 월드의 출현.
마법과 기사, 신관, 몬스터의 서대륙. 주술과 검사, 무녀, 요괴의 동대륙.
현실과 또 다른 현실, 그 경계선에서 숨 쉬는 유저들.
그런 뉴 월드에 한 유저가 나타났다!

레벨 업을 위해서라면 잠도 포기한다!
아이템을 위해서라면 한자리에서 보름 내내 움직이지 않는다!
자신을 위해서라면 아부는 필수! 꼼수는 센스!

그가 뉴 월드에서 얻게 된 직업은 죽음의 지휘자…
마에스트로.

유헹이 아닌 자유추구—
WWW.chungeoram.com

Book Publishing CHUNGEORAM